日落碗窑

迟子建

作家出版社

目录

日落碗窑

关小明这一段与相处融洽的冰溜儿屡屡失和。已经有三天冰溜儿在清晨时静静出走，夜深时才悄悄回它的窝为主人守夜。这种僵局的出现源自盛夏那场大明马戏团的演出。

那是个艳阳当空的礼拜天。上午时关小明和其他男孩子一样在田间拼命干活，以博得大人们的欢心，下午好去城里看马戏。结果他们如愿以偿。八个伙伴在午饭后揣着钱，抄着田野的小路，兴高采烈地朝城里奔。中途他们渴极了的时候，还跑到一家萝卜地里，拔了几个水灵灵的青萝卜来吃，然后互相嘻哈打趣着说这不算偷，谁要报告给班主任谁就是孙子。天上的乌鸦因为在一片绿色中发现了几团鲜红的东西，以为是意外的肉食盛宴摆在面前，待它们追随过来低空徘徊时，发现那是几个光着脊的被阳光晒红了的孩子，是新鲜的活物，于是它们分外败兴地大呼上当，将那粗哑的叫声抛洒在一望无际的碧绿的田野里。关小明和伙伴们不由振臂冲乌鸦喊：

乌鸦乌鸦，偷麦谷吃；麦谷不熟，吃了拉稀，一拉拉
进磨眼里，二大娘摊出的煎饼臭烘烘。

　　二大娘是谁，他们也不知道，看来只有二大娘自己知道了。反
正歌谣里是这么唱的。

　　他们赶到城里后，票已经卖光了。一行人急得抓耳挠腮。后来
还是票贩子解了他们的燃眉之急，以两倍的票价圆了他们的梦。净
赚了几个毛头小孩的钱，票贩子还嫌不过瘾，将票递给他们时又厚
颜无耻地说："再叫一声爷爷，否则还加一倍的钱。"

　　几个孩子为了看马戏，齐声叫了"爷爷"，其实在叫的时候心
里都在反复骂道："这龟孙！"他们一进剧场，才发现座位在最后
一排，离着舞台无限遥远，更加觉得那一声"爷爷"叫得冤枉。中
间满是攒动的人头，卖冰棍的挎着白箱子在过道窜来窜去。他们口
渴难耐，可是再也没有多余的钱来解渴了。谁家的孩子被人给踩了
脚，哇哇地哭起来。一些人的汗脚味使空气臭烘烘的，好像威力无
比的马王爷放了个响屁后扬长而去。

　　开场铃声终于响了，紫红色的金丝绒大幕徐徐拉开，一个穿黄
绸子衣的女演员出场报幕，说第一个节目是《走钢丝》。舞台灯光
刹那间亮起来，灿烂得让人觉得伏天的太阳掉在那里了，一个穿蓝
绸衣裤、着黑马夹的男人开始在钢丝上伸开双臂行走。那钢丝悬在
半空，演员走得有板有眼、从容不迫，让人觉得他那双脚被施了魔
法，看得关小明手心直出汗，怕那人不慎跌下来。等那人安然无恙
走完钢丝时，关小明不由说："这功夫真深！"

　　接着是狗接顶碗的节目。一个十岁的男孩脑袋上顶着一摞碗，

领着一条漂亮的黄狗出来了。孩子不时地顶着碗行走，然后将碗一只只地抛向小狗，小狗准确无误地用嘴一一接住，把它们送到一个漂亮的女孩手中，女孩将碗再一只只地抛向男孩，男孩用头丝丝入扣地接住，使它们仍然能严密地摞到一起，直看得关小明目瞪口呆，觉得那狗一定是长着人的脑子，聪明得令人自叹不如。接下来又是小狗钻火圈的节目，那狗能精神抖擞地连续穿过三个熊熊燃烧的火圈而不烧着一根毛，然后跳上一个高台抱起两只前爪做出答谢的姿态，赢得满堂喝彩。虽然距舞台很远，但因为他们是敛声屏气在看，又由于他们眼力过人，所以仍然能看得一清二楚、兴趣盎然。接下来还有猴子吸烟、投篮和扭秧歌的节目。但是猴子没有像狗那样给关小明留下深刻印象。因为大人们都说人是由猴子变来的，想必猴子的智商在动物中应该是上乘的，它能表演几个节目又有什么大惊小怪呢。让人尊敬的倒是那条小狗，关小明以往认为狗只是个看家的伙伴，那台演出结束后他不那么认为了。冰溜儿的厄运也就是从那一天降临的。

冰溜儿的母亲是条热爱生育的母狗。几乎年年都要孕育出几双儿女，直到它衰老得丧失了生殖能力，才老眼昏花的不再出去四处撩情。冰溜儿是它第三次生育时三个子女中的一个，是其中唯一的一条公狗。关小明的家人认为冰溜儿的母亲水性杨花，怕它的女儿个个随它，总要不停地为它的生育而操心，所以抱回了这条公狗。关小明当时正站在春寒料峭的风中用舌头舔屋檐下的冰溜儿，见到一条可爱的小狗被抱进家门，便给它取名"冰溜儿"。

冰溜儿那时才断奶不久，它来后足足叫了三天三夜才算是认了命，俯首帖耳地舔米汤喝。晚上关小明睡觉时爱把它放进被窝里。

在炕头另一侧睡的爷爷总是说关小明："你不怕狗咬掉你的小鸡？"

关小明想，冰溜儿又不是母狗，它凭什么恨我的小鸡？所以仍然把冰溜儿往被窝里带，他起夜时冰溜儿也跟着下地，他清晨上学时冰溜儿总是舍不得地跟到门口狺狺地叫，可是关小明是不敢把它带进教室的。

冰溜儿长到一岁时已经出落得一表人才，矫健俊美，毛色油光。关家人都说狗是来守夜的，不能太娇惯了，于是在院子的窗前搭了一个窝，让它独立去生活。刚离开关小明被窝的那几天，它跟初来关家时一样闹了几天，晚上用爪子挠门想进去，心疼得关小明夜不能寐。然而这种强制性的拒绝出现几天后，冰溜儿就随遇而安了，而且它的雄性气质也一天天成熟起来，成为最机警的守夜神，连左邻右舍的事都管着。去年深秋的晚上，邻居张爱武家的鸡遭到了黄鼠狼的袭击，是冰溜儿狂叫着跃过一米多高的柈子垛，用爪子挠开张爱武的家门的。主人出来后只听得鸡鸣凄惨，便晓得黄鼠狼来作孽了，于是抄起棍子来到鸡窝，赶走了不可一世的黄鼠狼，救下了其余未被咬着的鸡。如若冰溜儿不及时报警，一窝鸡都将徒然送命。从此后冰溜儿的侠义为人称道，邻居家总是把吃剩的骨头送给它来犒劳。冰溜儿也够虚荣的，当人家把骨头扔给它时它故作深沉地不闻不碰，别人都夸这狗还不贪食。可是等人家转身离去后，它便迫不及待地将骨头叼回窝里，埋头啃咬起来，其间还伴着涎水的流出和心满意足的"哼哼"声。这种把体面留给别人而把贪婪留给自己的做法令关小明开心不已，反正在别人面前是个有骨气的就好。

关小明看完大明马戏团演出回家的那个傍晚，便把冰溜儿悄悄领出家院。他把它带到学校的操场上，抱着它的头说："现在我要和你联合起来，我要成为最好的马戏演员，你要成为最出色的狗！"冰溜儿温情地看着小主人，似懂非懂地呜呜叫着，然后用舌头一心一意地舔关小明的手心，表达它对他的亲密情谊。

"我们俩练出真本事后，就可以离开这个地方，我们也进城里，哪里都去，住高楼，坐小汽车，天天啃猪蹄，夜里你就不用睡在草地，而是睡在缎子被里！"

冰溜儿对于小主人所描述的锦绣前程并未充分领会，所以它很快就撒欢儿去了。关小明远远地对冰溜儿说："咱们好好干，将来还能把爸爸妈妈和爷爷都带进城里去，让他们享清福，天天在家包饺子吃。"

原来自由自在的冰溜儿的脖颈上先是多了一个黑皮项圈，然后一条长长的铁链子由此坠了下来。关小明这是为了训练而着想的。他牵着冰溜儿，让它一遍遍地朝桦子垛上跳。开始时冰溜儿觉得有趣，积极配合，然而站上桦子垛后觉得并没什么风光的，所以很快就跳下来，不解地咬着小主人的裤脚叫。关小明不厌其烦地苦练顶碗的绝活，先是把仓房里虽然补好却仍然漏水的破碗放在头上顶，在院子里由东向西、由北向南地走来走去。往往没走上几个来回那碗就像熟极了的柿子坠下来，破碗就碎得更破了，彻底地无法修复了。没了破碗，关小明就偷着顶好碗，有一次正顶得稍微入道的时候，父亲赶着牛车从草甸子拉草回来，看到儿子竟然敢把新碗放在头顶，不由怒火中烧："你是反了天了！"

结果关小明一惊，那碗吓掉魂般地坠到地上四分五裂，新鲜乳白的瓷碴在阳光下熠熠闪光。冰溜儿连忙卧到那片碎碗碴上，想为小主人掩盖罪行，然而这只能是欲盖弥彰，不仅关小明挨了打，冰溜儿也受到连累，它的身上挨了好几鞭子。关小明的爷爷闻声从昏暗的后屋颤颤巍巍地出来，骂他的儿子："碎个碗你就沉不住气了，你小时候还砸过两口水缸呢，我那时是不是应该剁掉你的手？"

关小明的父亲关全和受到老父亲的数落后只能由着关小明去胡闹。柜里摆着的碗越来越矮，门外垃圾堆上的碎碗碴却越来越多。邻居们都说关小明看马戏落下毛病了，异想天开要领着冰溜儿顶着碗去走世界。

关小明是家中的老小。两个姐姐都结了婚。他和俩姐姐之所以相差十几岁，并非由于关全和的女人在那十几年间懒于生养，而是因为他娶了两个女人的缘故。那两个姐姐跟他是同父异母。那异母死于意外事故，冬天时去地窖取白菜，事先没有打开窖口通好风，结果被一氧化碳的气体给摄走了魂儿。关小明的生身母亲吴云华比关全和足足小十一岁，她因为小儿麻痹而有些跛脚，但是格外俊秀贤惠，孝敬公公，体恤丈夫，与邻里相处融洽。只是因为关全和的前妻死于地窖，她不敢下地窖，也不敢走夜路，老觉得那个女人的魂还在关家徘徊。

碗一只只地破碎使吴云华心疼不已。而公公发了话，他们谁也不敢再说关小明一句。当有一天的黄昏关家守着一锅粥却因为碗不够使而终于犯了愁的时候，老爷子这才无可奈何地对孙子说："小明，你见那马戏团里耍把式的人顶的是真碗？"

"那还能有假的？"关小明说。

"我看是假的。"老爷子挤了一下眼角说，"你想想看，一摞真的碗顶在头上有多沉，顶得动吗？"

"就是真碗。"关小明申辩道。

"怕是用硬纸盒糊的吧？"吴云华小心翼翼地说，"那纸糊的碗轻便，又不怕碎。"

"真碗就是真碗。"关小明几乎要哭了。

跟关小明一样悲伤的还有冰溜儿。连日来它受够了折磨，它无法接住关小明扔过来的任何一只碗，累得它屁滚尿流，精神萎靡。为了逃避关小明的纠缠，冰溜儿已经有三天在清晨时静静出走，夜深时才回到主人家来守夜，让关小明抓不到它的影儿。尽管关小明给它系了铁链子，但他只是训练时用，平素若把它拴起来，他会觉得与冰溜儿已形同陌路。然而冰溜儿的三天出走使他动了要禁锢它的念头，尽管他还拿不准主意。

关小明做梦也没有想到，他的荒唐举动不仅连累了冰溜儿，也连累了爷爷。风烛残年的爷爷竟然走出家门，出现在南坡已经废弃多年的窑场里。

语文老师让关小明在黑板上默写生字。写"洞"字，关小明飞快地先写个"同"，就在座位上的同学喊喊喳喳地嘀咕不休的时候，他又在左侧点上雄浑的三点水，使"洞"字完美无缺。写"悲"字，关小明又是先写个扁扁的"心"字，然后再在上面添上个同样扁扁的"非"字，使"悲"字终于有了几分悲意。老师一共考了他十二个字，除了"骇"字他不会写外，其他十一个字都很正确，只是这十一个字的笔顺没一个是正确的。不是由左至右、由上而下的笔法，而是由右到左、从下至上。

语文老师说："关小明，你已经上四年级了，怎么连写字的顺序还没弄懂？你一直都是这么写字的吗？"

"一直都是。"关小明颇为自负地说。

"可是我怎么没发现过？"语文老师用一种受到愚弄的屈辱的腔调问。

"因为你从来就没有让我到黑板上来默写。"关小明振振有词地说，"我交的作业本你又看不出笔画顺序，反正我的字是写对了，管它是怎么写成的呢。"

同学们哄堂大笑，有人还趁火打劫地吹起了口哨。

"我想你以前不是这样写字的。"语文老师说，"自从你看完马戏团的演出后，你就鬼迷心窍了，各科成绩都在下降，而且连你家的狗和爷爷也遭到连累。"

老师在公众场合如此信口开河使关小明气愤不已。当大家听到关小明家的狗和爷爷被相提并论时，那种快乐的笑声简直就疾如暴雨了。关小明只觉得脸颊一阵阵发烧，他想指责老师的鼠目寸光，可他觉得这样显示不出他男子汉的威力，于是他热血沸腾地离开座位，出其不意地走到老师面前，在突然寂静下来的气氛中拖长了声音说："我——操——"然后就大摇大摆地离开了。他离开时同学们见他的裤脚裂了一条两寸多长的口子，那是冰溜儿拒绝合作气急败坏时所为的。

关小明没有回家，他径直朝南坡的窑场走去，爷爷在那里大约有一周的时光了。每天凌晨，爷爷就带着咸菜、干粮、水壶和黄烟从家里出去，直到日影斜斜的傍晚才蹒跚着回来。南坡的窑场已经有好多年不用了，以前人们常常在那脱坯烧砖。爷爷之所以去窑场，是因为打定主意要为关小明烧泥碗。既然砖能烧得出来，碗也一定会脱胎而出。烧出一窑泥碗，就够关小明顶上个一两年的了。泥碗碎了又不值得心疼，家里吃饭的碗就保住了。

爷爷年轻时是烧窑能手，经他手烧出的砖坚固耐用，表面均匀，色泽暗红。许多人家的房屋都是用他烧出的砖盖起来的。南坡一带土质黏性大，多为黄土，不大适合耕种，是理想的选取脱坯材料的场所。

天有些阴，恐怕是有雨的样子。燕子低飞着。关小明远远就看见爷爷佝偻着背在清理窑场。他选择了向西的一孔窑，在三孔窑中只有它塌陷得不厉害，其他的两孔窑上生满杂草。爷爷的脑袋基本已经秃了，只有齐着耳鬓的那一圈还环生着一些白发，很像是干干净净的圆太阳散发出的一丝金光。窑场废弃以后几乎成了埋死孩子的特定场所，那些未经出世即因流产而死的和长到三四岁便生病夭折的小孩子都被埋在这里。埋小孩子跟埋猫狗是一样的，挖个坑，只管把要埋的丢进去，然后将坑用土填平，用脚上去踩实，让小孩子的魂儿不再回来闹人。只是埋孩子和埋猫狗的悲伤程度不同，前者悲痛欲绝、哀不能持，后者则只是隐隐的伤心。一些常常在深夜路过窑场的人都说，走到那里会觉得头皮发麻，能听见怪异的声音，并且能看见又白又亮的光点一跳一跳。人们都说小孩子太小，死后还不成人，永远都是鬼，所以那魂儿就终日东游西荡着。

关小明因为听了太多有关窑场的鬼怪故事，所以朝这里走来时心情有些异样。好在爷爷在，四周又是开阔的田野，那种紧张感也就减轻了许多。

"你怎么这么早就下学了？"爷爷永远都管"放学"叫"下学"。

"我不想再去学校了。"关小明一屁股坐在一堆碎砖上，"没意思。"

"老师把你给开除了？"爷爷紧张地问。

"还没有。"关小明叹口气说，"不过也快了。"

"你惹了什么祸？"

"我在黑板上写字时没按笔画顺序。"关小明说，"我从上一年级时就这样写字，没人发现过，现在大家都知道了，老师认为我故意气他。"

"那你把字给写错了？"爷爷担忧地问。

"没有。"关小明笑了，"除了一个字不会写外，其他的都写对了，就是笔顺不对。"

"笔顺是怎么回事？"爷爷不解地问。

"比方是人早晨起来穿衣服。"关小明尽量通俗易懂地解释道，"一般来说都先穿上衣，后穿裤子，最后再穿袜子。可我喜欢先穿袜子，再穿裤子，最后穿上衣。"

"管他怎么穿，没露腚就行。"爷爷恍然大悟地偏袒着孙子说，"你们那老师也真死心眼，是哪一个？"

"就是王张罗。"关小明说。

"唉，是他哇。"爷爷的口气软了，"你别惹他生气啊，他四十岁了还没个儿女，这窑场埋着他两个死孩子呢。"

"他老婆的肚子又圆了。"关小明说，"那天在豆腐房里我都看见了，别人问她啥时候生，她说秋天。"

"你怎么知道人家肚子里装着孩子？"爷爷打趣他。

"反正不能装着狗。"关小明说。

"老天爷可怜他，让他家保住一个孩子吧。"爷爷吐了一口痰，然后放下铁锹摸旱烟来抽。

关小明本想告诉爷爷，老师把他和狗在一块儿来提，又怕爷爷生气以后痰多，也就闭口不说了。

凉爽的风尽情地吹过来，四周的绿色在风中跳跃着，快活地打着滚儿。那绿色就显得波澜起伏。燕子仍然低低地疾飞着，云彩开始发乌，好像是被人给打青了脸，满腹的委屈，不多时就呜呜地哭起来。雨在转眼之间就像脱缰的野马奔泻而下，关小明连忙和爷爷钻进窑里。

窑里又暗又潮，一股呛鼻子的霉味使关小明剧烈咳嗽起来。他们听着激烈的雨声，盼望着晴朗早些回头。爷爷盼晴想到的是活计，关小明盼晴则是要摆脱恐惧。他不知道那些死孩子是否被埋在窑里，那股难闻的气味使他有些恶心。他有点后悔来窑场，在窑里避雨大概同人死后入土没什么两样了。暗暗的天光透过窑孔送进来虚弱单薄的光，关小明瑟瑟发抖，不由得钻进爷爷年迈的怀里。他闻到了又香又浓的旱烟味。

爷爷抚了抚他的头说："泥碗会比瓷碗好得多，冰溜儿也会喜欢泥碗的。"

"我会练出真功夫吗？"关小明殷切地问。

"你想要练就练。"爷爷简短地说，"练成了就成了，练不成也就不成了。"

"那你真的能烧出泥碗吗？"关小明说，"大家背地里都说你只能烧砖，不会烧碗。大家说这是砖窑，不是碗窑，碗一进窑就不灵了。"

"我就能让它变成碗窑。"爷爷说。

冰溜儿大约看到小主人明显消瘦了，所以它在出走第十一次之后不再折磨他了。但看得出，它的这种妥协并非发自内心深处。关小明带领它在院子里训练时仍然能感觉到它浓浓的抵触情绪，不是用铁链子故意把脚缠起来举步维艰，就是在欲跳跃时腿打着哆嗦，做出力不从心的样子。

语文老师王张罗一踏进关家的院子，冰溜儿就飞速地跑到后屋给正在削一个木头楔的关小明报警。冰溜儿哈哧哈哧地喘粗气，然后蹿到后窗台上，示意关小明由此逃脱，关小明便明白老师是进了院子了，正面溜走会撞个正着。冰溜儿认得他所有的老师，有一次班主任家访后告了关小明的状，父亲趁爷爷那会儿不在屋将他暴打了一顿，冰溜儿便对那些手上散发着粉笔味的老师恨之入骨，只要他们一来，它就机警地前来报信。

关小明没有逃跑。因为父亲去田里劳作了，爷爷在窑场为烧碗而努力着，家里只有母亲、冰溜儿和他。谅母亲一个人的能力很难体罚他。

母亲正在炕头裹着块蓝头巾翻新棉裤。所谓"翻新"不过是将里子卸下来洗洗，若是短了再接块布，然后将膝盖和屁股那棉花已经不匀的地方再絮上一些新棉花，用那比麦粒还要匀称的针码将棉裤再纫好。一到晚夏时节，母亲就开始这样为冬天的事而忙碌了。

关小明示意冰溜儿不要出声，然后他将耳朵贴在墙壁上，倾听着前屋的声音。

"关嫂，纫棉裤哪？"王张罗的声音。

"是王老师，快屋里坐。"一阵窸窣，之后母亲大约是下了炕，

"我也不知道你来，看看我这一身的棉絮。"

"挺好挺好。"王张罗说，"这棉絮上了身不难看。"

"挺好个屁。"关小明在心里骂道，"我妈又不是给你看的。"

母亲大约是去沏茶了。关小明听得瓷杯一阵脆响。冰溜儿对这种声音不大熟悉，它竖着耳朵，不解地看着关小明。

"是瓷杯。"关小明小声对冰溜儿说，"妈妈要给他沏茶了。"

又停顿了好一会儿，王张罗开始讲话。他说关小明这一段学习成绩下降，脾气也变坏了，连着旷了好几个下午的课了。

"小明说这几天学校下午放假。"母亲颇为吃惊地说。

"他是为了在家领着狗顶碗找的借口。"王张罗说，"他就是上午来也不用心听讲，眼睛老是往窗外看，你说窗外能有什么，都是天天看惯了的东西，可他就是要看。"

"小明又让你们费心了。"母亲的声调带着一种乞求的意味，"你就放心地管他好了，就是打他我们也不心疼。"

"凭什么他打我？"关小明悄声对冰溜儿说，"我又没吃他家的一粒粮食。"

"我怎么敢打他？"王张罗委屈地说，"他不骂我就行了。"

"他还敢骂老师？"母亲大惊失色地叫道。

"还是当着全班人骂的呢。"王张罗颇为辛酸地说。

"那是因为什么？"母亲紧张得张口结舌。

"我让他到黑板默写生字，他成心气我，不按笔画顺序写。写'海鸥'的'鸥'字先写'鸟'字，然后再添上个'区'字；写'悲'字，先写'心'，然后再在上面加个'非'字。你说这海鸥倒也真是一种鸟，可是不能先写'鸟'吧？人一悲伤是从心里先涌上来的，可是不能就把'心'字先强调出来。牛马走路还有个辙印呢，何况是写字，怎么能信马由缰呢？我狠狠地在班上批评了他，结果他一拍屁股就走了，一点也不把老师放在眼里。走前还当着全班同学的面骂了我一句。"

"他骂什么了？"

"我——操——"关小明轻轻地学给冰溜儿听，"我就是这么骂他的。"冰溜儿一耸身子摇摇尾巴，对这种骂法现出无限欣赏的温柔神态。

"太难听了，我不想学。"王张罗说。

"你一定得学学。"母亲说，"不然我不知道这孩子坏到什么程度了。"

"我——操——"王张罗说。

"他敢这么骂老师？"

"就是这么骂的。"王张罗说，"学生们都笑，你说让我这脸往哪搁，本来我就觉得没脸，家里的孩子生一个死一个。"

"恐怕这个能保住吧。"母亲劝慰道，"第三个孩子肯定是个命大的。我看她显怀的样子，恐怕挺不过冬天了吧？"

"谁知道呢。"王张罗泄气地说，"她老是这样，怀着孩子时什么差错也没有，临到最后的时候就出问题。她一怀孕我就紧张，上窑场埋死孩子的滋味你们是想象不出来的。"

"不会总这样的，你要有信心。"母亲温存地鼓励道，"快到生的时候别让她干重活，别沾凉水，尤其是别跌跤，她耍脾气你就由她去。"

"她这个人怪着呢。"王张罗苦不堪言地说，"平时懒得连碗都不洗，一怀了孕就显着她了，没有她不想干的活，没有她不想去的地方，我得上班，又不能天天看着她。"

"这也真够你操心的了。"母亲轻轻地同情地叹息一声。

"云华，你说这日子这么过有个啥意思？"王张罗嗫嚅着说，"当初我是鬼迷心窍了……"

王张罗叫着母亲的小名，诉起了满腔积怨，这使关小明觉得自己已经逃出罗网，只是王张罗这么叫着母亲的小名让他有些愤愤不平。

王张罗当光棍的时候，正是关全和鳏居之后动了再娶的念头之时。王张罗年轻时得过肺病，弱不禁风，终日面颊青黄，三天两头就往卫生所里跑。据说他一见了药两眼放光，觉得生命有了依托，而且他也热衷于搜集各式各样的小药瓶。幸亏他肚子里装着些墨水，能教书挣口饭吃，否则像其他人一样凭力气吃饭他怕要常常面临断炊的局面。关全和和王张罗当时都有着两个选择，一个是美丽跛脚的吴云华，一个是同样美丽只是稍有痴呆的刘玉香。吴云华比刘玉香大一岁，属马。王张罗比关全和占据着些微优势，虽然体力不支，但他年轻，有工作，算是个读书人。而关全和年纪大，有两个待嫁的女儿，所以他觉得自己娶哪一个都算是福气。结果王张罗经过深思熟虑后还是将刘玉香迎进家门，他认为女人不需要用脑子，只要腿脚利索能吃苦耐劳就行。结果婚后半年他才明白自己吞下了一枚苦果，刘玉香不事家务，做饭的本事不强，而食欲却跟牛犊一样健旺，她常把家里搞得一团糟，女红的事一样也做不来，所以王张罗的衣裤仍然得求人去做，除了夜晚能求欢之外，王张罗觉得他和打光棍没什么区别，甚至更糟。而刘玉香对床上的事永远都是一知半解的，虽然说她已经怀过两个孩子，常常是王张罗兴致勃勃地求欢，而刘玉香却不为所动地沉醉于梦乡，令他叹息不已。他这才明白一个女人是需要有脑子的，有脑子的女人可以井井有条地操持家务，可以尽心尽意地伺候一家老少，可以感知对方温存眼神的暗示。他暗自悔恨自己没有选择吴云华，原以为跛脚的人会使家里乱得不可收拾，没想到腿脚好的女人却像野马一样四处跑。所以王张罗一看见关小明就想起自己的婚事，那种彻头彻尾的失败感令他悲从中来，所以那天他当众批评了关小明，当然也得到了关小明的致命还击："我——操——"其实他内心觉得关小明骂得好，他这个人才是真正的没脑子，该不折不扣地被人骂一顿。王张罗来找吴云华，其实是为了看看吴云华，他知道关全和在地里劳作，老爷子在窑场异想天开地烧碗，所以就打着关小明的旗号来了。当他喝着清香的茶，看着屋子里利利索索的陈设，望着吴云华身上落着的那层薄薄的棉絮，更加认定自己是个不折不扣的傻瓜。

当王张罗满怀忧伤地离去后，关小明带着冰溜儿终于出现在前屋。

"我听见他向你告状了。"关小明变被动为主动地说。

"你怎么能骂老师呢？"吴云华愠怒地说，"若是你爸爸在家听见，不抽你一顿才怪呢。"

"就是因为我写字笔画不对，他就张口埋汰咱们全家。"关小明说。

"他怎么埋汰咱们全家了？"

"他说我看完马戏团的演出后鬼迷心窍了，说我爷爷和狗都遭到了我的连累。他把爷爷和狗放在一起来提，全班同学都嘲笑我，我就骂了他。"

"那你说你是不是鬼迷心窍了呢？"吴云华又回到炕上去翻新棉裤，一缕棉絮精灵般地飞起来，"你去看看咱家柜里的碗，原先存着多少，现在还剩几个？你爸爸说明天该进城去买新碗了，都是因为你。"

"爷爷就快烧出新碗了。"关小明说，"到那时候我就顶泥碗。"

"烧砖和烧碗怎么能是一回事。"吴云华抖了抖未絮好的棉裤，惹得棉絮飞得更欢了，她就像是坐在雪花飘飘的场院里，让关小明望去有些朦胧。

"可爷爷说他能把砖窑变成碗窑。"

"你们关家人从老到少都有这个毛病，做事情是九头老牛拉不回，不撞南墙不回头。"吴云华顺水推舟地说，"等你们折腾得无路可走的时候就知道了。"

"我就不信我练不成，我也是个人，冰溜儿也是条好狗，老师都说过，功夫不负有心人。"

"那你就顶你的碗去吧。"吴云华说，"不过课还是不能旷的，不然就是你爷爷护着你也不行。"

"别的课我都上，我旷的就是王张罗的课。"

"不许说老师的外号，要叫'王老师'。"吴云华说，"你骗不了我，王张罗教语文，语文课都在上午，你旷的课都是在下午。"

"可教导处给王张罗调课了。他的语文课现在都在下午上。他老婆一到上午就爱出去瞎跑，下午时才消消停停地待在家里。王张罗怕她又要跑丢了孩子，所以上午时在家看着她。"

"你怎么又叫他王张罗了？"吴云华嗔怪道。

"那你也是这么叫的嘛。"

爷爷每天清晨风雨不误地去窑场，直到黄昏时才回家。每逢回家时在路上碰见乡亲邻里，大家都问他："你的碗烧到什么程度了？"

爷爷便说："快了，等着看碗吧。"

人家又问："窑场那儿埋着死孩子，你就不怕吗？"

"我这么大岁数了，还怕小孩子的魂儿？"爷爷回敬道。

"你烧碗专是为了给孙子来顶着玩？"

"烧好了说不定能用它盛饭呢。"爷爷说。

"那还不得打上一层釉才行？"

爷爷便背着手不再搭理人家了。他才不去想上不上釉的问题呢。现在的关键是，他得请王木匠去打个像样的碗模子。砖的模子几乎家家都有，这东西好打，三下五除二，钉个长方形的框子就行。砖模子不用之后都用它盛上土来植菜秧子，什么倭瓜秧、黄瓜秧、柿子椒秧、辣椒秧等等。一到早春时节，外面还因为残留的霜雪不能播种，屋内窗台上的菜秧子却挺起嫩绿的腰肢，直着脖子一个劲儿地向上长了。有时那砖模子的木头因为半朽，还生出细脚伶仃的狗尿苔来，令人忍俊不禁。

王木匠外号"王嘘嘘"，原因是他胖，每逢干活时就嘘嘘地喘个不休。他打出的东西虽然不秀气，但却坚固耐用。王嘘嘘最喜欢看木头的花纹，觉得世界上最美好的事物就藏在里面。他能从木纹里看出大河、云彩、高山、猫、狗、荷花，甚至剑和胡琴。他给家具上色永远都喜欢上哈巴粉。有一段哈巴粉不时兴了，小青年在结婚时喜欢直接涂上青油的木纹本色，王嘘嘘就拒绝给他们打家具。关小明家有一张八仙桌子就是王嘘嘘打的。四方大脸、笨头笨脑的，但出奇的经摔打，使了十来年也没见一个楔子有松劲。四条桌腿比猪脚还雄壮，跟青铜制成的鼎一样坚不可摧。王嘘嘘六十多岁了，有五个孙女，整天地盼儿媳妇们给他长长脸，生个有小鸡鸡的出来，结果儿媳妇仿佛合起伙来气他，花骨朵一个接一个地打，把一个个丫丫送到他怀里，这使得王嘘嘘干活时嘘得更厉害了。

风变得越来越清爽了，秋天很快就会来了。土豆长成了，一个个圆鼓鼓的白脑袋拱在黑土里，拼命汲取着养分，为出土做着准备工作。那些被留作籽的垂在架底的豆角，皮一天天地干瘪起来，肚子里一粒粒的籽却渐渐胀起来，跟女人怀孕没什么区别。最值得看的是朝天椒，它们被充足的阳光给晒红了，一个个�‍噘着可爱的小嘴看着天，妖艳异常。

王嘘嘘正坐在院子里喝茶，看见关老爷子进了院子，就一个劲儿"老哥""老哥"地叫着，然后让进屋里吩咐儿媳新沏一壶茶。王嘘嘘穿着件磨出了很多洞的白背心，虽然已是傍晚，天空不闷了，他的脸上和脖子上仍然流着热汗，一说话就嘘嘘地喘，胸脯上的肉随之起伏，"听说你上了窑了，给你孙子去烧碗？"

"啊，我在家里待着也没意思，出去透透气。"关老爷子说。

"那窑这么多年都不用了，还能行吗？"王嘘嘘问。

"凑合吧。我清理出了一孔。"关老爷子说，"向西的。"

"噢。"王嘘嘘说，"那孔窑当年出砖出得最好。"

关老爷子答应着，接过王嘘嘘儿媳递过来的茶碗。也许是在外面干了一天的活儿，他觉得那茶不同寻常的香，便赞不绝口。王嘘嘘趁机留他吃饭，说有一条咸鲅鱼还没有吃，一会儿让儿媳拿出来放上辣椒和豆豉蒸一下来下酒。关老爷子也想留下来解馋解乏，但怕家里人惦记，这么晚了不回来，别再去窑上找，空跑一趟。王嘘嘘说这还不简单，唤我孙女去你家传个信，就说今晚不回去吃了。

王嘘嘘叫来他的长孙女王雪晶，让她去关家送个平安信。王雪晶跟关小明同岁同班，白白净净的，细眉细眼红嘟嘟的嘴，眉心生着一颗黑痣，使整张脸焕然生辉。她在班级语文成绩总是名列前茅，不过她的算术却不太争气，混合运算题老是出错，所以她的总成绩在班级只处于中游。她平时话少，不喜欢运动，一上体育课就发蔫。爷爷吩咐她去关小明家，她十分不情愿，但又怕惹爷爷生气，还是答应着出了门了。

关老爷子向王嘘嘘提出了打个碗模子的要求。王嘘嘘一口答应了，说打个碗模子有什么难，你过三天来取就是了。

王雪晶走到关小明的家门口后就徘徊不前了。她怕关家的那条狗。冰溜儿的厉害可以说是声名远扬。她曾在放学回家的路上多次看见冰溜儿，它的确威武得不同寻常，跑起来浑身的毛发随之灿烂而优雅地起伏。人都说好狗不咬过路人，的确，尽管在路上与冰溜儿不期而遇的人都对它心怀恐惧，然而那只是自己吓唬自己，冰溜儿从不对与它不相干的人滥施威风。它只是玩它的，看着姿态娴雅的蜻蜓在飞翔，就现出无限羡慕的神态，或者是看着垃圾堆上突然长出来的一些菜秧子，做出苦苦琢磨的样子。

然而若是接近关家和直接闯入关家的话，冰溜儿可就不那么宽宏大量了。谁都知道它没有铁链子的束缚，它会嗅着生人的气息警觉地冲过来，冲你汪汪叫个不休，但它又从不咬人。尽管如此，王雪晶还是不敢轻易走进院子，她觉得爷爷打发她来真是不爱惜她，为难得她直想哭。天已经格外昏暗了，她忽然听见院子里传来清脆的碎碗声，接着关小明妈妈的声音随之响起："小明，你是不是想用锅来吃饭了？你摔了多少个碗了，你顶了这么长时间了，还没顶出个名堂，天生就不是吃这碗饭的，你死了心吧。"

"都是人，我就不信顶不成。"关小明说，"等我爷爷烧出泥碗就好了，省得你们老是埋怨我。我要是将来挣大钱了，就买上成千上万个碗赔你们，把仓房塞得满满的。"

"你还好意思说爷爷？"关小明的母亲说，"都这么黑了他还没从窑里回来，他眼神不好，路又坑坑洼洼的，他要是摔一跤可怎么好？"说到这里，她又开始召唤自己的丈夫："全和，你能不能勤快点，到路上望望爸怎么还不回来？天都这么黑了，窑上埋着那么多的死孩子。"

"死孩子又不会变成活人来拖爷爷的腿。"关小明颇为不耐烦地说，"我去窑上找爷爷，我带着冰溜儿去。"

冰溜儿未到门口就嗅出了生人的气息，它汪汪地叫了起来，王雪晶连忙大声喊："关小明，快勒住你的狗，我是王雪晶！"

她本来是不爱说话的，可情急之下她不得不说；她本来也从不大声说话的，可关键时刻她的声音高得穿透夜空。关小明连忙唤住冰溜儿，一个劲儿说道"别咬了别咬了别咬了"，冰溜儿果然偃旗息鼓，敛回满腹嚣张气焰。

"你爷爷从窑上回来去了我家里，他要跟我爷爷一起喝酒吃饭，让我来报个信。"

"他怎么去你家里了？出了什么事了？"

"我听他求我爷爷给他打个碗模子。"王雪晶边说边转身离开，"你可得勒住你的狗，别让它扑上来咬我一口。"

王雪晶那惊魂未定的神态极像冰溜儿初来关家的样子，纯真而惹人怜爱，关小明不由联想起大明马戏团里那个从小狗爪里接过碗的女孩子，一股热血在他周身汹涌，他觉得王雪晶的加盟将使他的节目变得完美无缺，更上一层楼。关小明不由冲口而出："你跟着我学顶碗吧，其实挺简单的，你只需从冰溜儿那儿把碗接过来就行，然后再把碗往我头上甩，我能把它们一个不漏地接住。"

"可是刚才我都听见你又摔破了一个碗。"王雪晶说，"那还是顶着碗平着走路摔的呢。"

"可我会越练越好的。"关小明并不觉得寒碜，他说，"王张罗不是说过嘛，功夫不负有心人，铁杵也能磨成针。"

"可我不会耍碗。"王雪晶说，"碗就是个吃饭用的东西。"

王雪晶几乎是一路小跑着回家了，关小明失神地看着她飘忽的背影，就像被赶出美妙的梦乡一样充满忧伤。天黑得使他很快就看不见王雪晶了。他无可奈何地引着冰溜儿回家。母亲从灶上听到了开门的声音，以为公公回来了，就从屋里迎出来，可是见到的仍然是关小明和狗，便焦急地问："你爷爷呢？"

"去王嘘嘘家了，不回来吃了。"

"去王嘘嘘家做什么去了？"母亲跛着脚一晃一晃地回屋，对正在灯下看小儿书的关全和说，"你说爸怎么去王嘘嘘家吃饭了？我这韭菜合子不是白烙了？"

"爸不吃，还有咱们呢。"关全和嘻嘻地笑着，与小儿书中的人物会心会意地交谈着，"我说你打不过那个红胡子吧，怎么样，马不是让人给杀了，宝也丢了吧？"

关全和有个嗜好，那就是看小儿书。他的文化程度有限，对全是字的书一向头疼，而对图文并茂的小儿书却情有独钟。有时字不认识，可却能从画面悟到故事的发展进程。所以每逢关小明犯了错误，关全和欲鞭打他的时候，他会像野马一样冲出院子，去找那一群小朋友借小儿书来讨好父亲。当然这讨好也并不是次次奏效，若借回了父亲从未看过的他会眉开眼笑的，而有时恰好借回的是他看了好几遍的，于是气上加气，脸也青了，脖子上的筋鼓得要爆裂了，打儿子时就多加了几分力气，让关小明觉得得不偿失。关全和看的小儿书除了三国故事，就是武打故事，再不就是抓鬼子、抗日的故事。有一次关小明推荐给他看《基度山恩仇记》，他一看画上的人都是高鼻梁，就怒不可遏，说怎么能看洋鬼子的故事，洋鬼子抽大烟搞女人，干不出什么好事来，听得关小明直乐。关全和每次进城，都忘不了抽出一些钱到新华书店买小儿书，那个胖乎乎的营业员都认识他了，知道他买过什么，每次都准确地将关全和没有的推荐给他。关全和将小儿书整整齐齐地摆在柜子里，不让关小明外借，怕借的时间长了就成了人家的，再不就是小儿书被还回时青春不再，被一双双脏手给翻得卷了边，容颜憔悴，你又不能让人家赔。关全和干活累了回家解乏时，喜欢趴在热炕头上看小儿书，顺便还能烙烙他因为风湿而常常酸痛的膝盖。

吴云华见丈夫看得如此入迷，儿子又把另一只新碗放到头顶上了，她便垂头叹息。想想那个满腹墨水的王张罗永远享受不到热汤热水的伺候，还在为孩子的事百般操心，便觉得又老又丑的关全和是掉进福堆了。

"吃饭了——"吴云华把一簸箕韭菜合子摆到饭桌，召唤着丈夫和儿子，"快来吃吧，韭菜凉了坏肚子。"

关小明觉得肚子咕咕叫了，他放下碗，带着冰溜儿跑进屋里，捏住一个合子将它的尖尖角放入口中，热辣辣地一咬，一股油随之冒出，溅到冰溜儿的身上，它呜呜叫着抖了抖毛。关小明不由叫道："搁了这么多的油，真香啊。"

冰溜儿摇着尾巴，馋得左顾右盼的。

王嘘嘘为了打碗模子已经有两天睡不好觉了。这东西实在难弄，体积小，弧度大，稍稍用力就会弄碎已经旋好了的木头。他白天干不好，晚上就在院子点起灯接着干，由于不顺手，他愈发嘘嘘地喘着。几个调皮的孙女一见他对着木头块发愣，就说："爷爷，你连个碗模子也打不出来呀？"

王嘘嘘就赶鸭子一样轰着她们说："去去，别来闹我，我得动动脑筋，这碗模子脱出来的坯怎样才能让中间空着个心？"

"你打两个碗模子啊——"王雪晶启发爷爷，"一个大碗模子，一个小碗模子，把它们套在一起。"

"套在一起怎么脱坯？"王嘘嘘埋怨道，"跟你爷爷一样死心眼。"

"把小碗模子放在地上，然后往它身上糊泥，糊到碗那么厚的时候，再扣上个大碗模子一压，一个光光溜溜的泥碗不就藏在中间了吗？"王雪晶说。

"嗨，你说的还真对路。"王嘘嘘说，"你小时候就爱吃鸭蛋黄，那东西补脑子，你就是比别人聪明。"他早把说孙女同他一样死心眼的话抛到九霄云外了。

王嘘嘘几乎是在院子里掌灯干了一夜，才算是把碗模子打出了几分姿容。天快亮时他关了灯，迷迷糊糊地回屋睡觉。才躺下不久，就觉得憋了一泡尿，要起来撒，而又嫌费事，胳膊和腿都服服帖帖地靠在热炕上，像是饥饿的婴儿找到了奶，不肯轻易起来。然而那尿却执意跟他过不去，顶得他下腹胀胀的，斗争来斗争去，他还是起来到院子里去撒尿。他起夜时从不到园子的厕所去，觉得厕所只是遮羞的场所，适合白天用，黑灯瞎火的时候就不用那么费周折了。院子的南面即是仓房，它是用未进过窑的砖坯垒成的，像座黑屋子，里面装着米面油盐和各种农具，还有一些没有用处却又舍不得扔掉的东西。仓房外的墙上挂着一串串菜籽、辣椒和蒜。王嘘嘘祖籍四川，三天不吃辣子，就觉得头晕眼花，所以家里园子中的辣椒种得最多，年年都有余绰。王家的油炸辣椒味曾使多少左邻右舍馋涎欲滴。可惜他们舍不得腾出大块的地来广种辣椒，即使舍得种了，又往往因为辣椒极难侍弄而收获微薄。

王嘘嘘迷迷糊糊地垂头走到仓房的墙根，撩开裤子，迫不及待地尿起来。大概由于憋久了，尿起来哆哆嗦嗦的，足足尿了两三分钟。尿毕，觉得困意已被劫走了七八分，于是抬起头来习惯地望了一眼仓房的黑墙。墙上竟直直地贴着一个白人！王嘘嘘吓了一跳，以为谁家的鬼来讨债了，便连连作揖后退。然而这白人竟起了哭声，哭得格外委屈，而且是个男人的哭声。王嘘嘘连忙说："你别哭了，你有什么委屈就说，你是谁家的鬼？缺钱花了，还是冬天的衣服薄？你尽管说来，我王嘘嘘今晚就给你捎去。"

那白人哭得更为伤心，他说："你尿了我一身，从来没有人往我身上撒过尿。"

王嘘嘘觉得这声音耳熟，是个活人的声音。他大着胆子靠近这个白人，仔细看他的头，原来是王张罗！

"本来我是不想来的，这成了什么，让我怎么有脸去见人。"王张罗仍然哭着，他的手上提着一串辣椒，他说，"我老婆就是要吃辣椒，闹了三天了，城里也没有卖的，我又不能不依她，她一不高兴就作践孩子，我不想让第三个孩子还进窑场。"

"那里成了碗窑了。"王嘘嘘随口说道。

"我在外面挨了一夜，你老是不回屋睡觉。"

"我在给关老爷子打碗模子。"

"我以为你回去后会睡下，这才进了院子。"

"一泡尿又把我给憋出来了。"王嘘嘘歉意地说，"你何苦三更半夜的来拿？你白天时只要说一声，一串辣椒我哪能舍不得？"

"你爱辣椒，我怕你不给。"王张罗仍然哭着，"我还算是个老师呢，让你弄了一身的尿水。"

原来被尿了身的这种污辱远远胜过了他偷东西的那种罪恶感，这使王嘘嘘觉得读书人真是可笑。他连忙劝他说："你赶快拿着辣椒回去吧，一会儿天亮了雪晶该醒了。"

"王雪晶要是知道了，全班同学就都得知道了。"王张罗说，"我没脸上讲台了。"

"我怎么能告诉孩子呢？"王嘘嘘跺了一下脚，"我要是跟别人说，我王嘘嘘就是大姑娘养的！你快回家吧。"

"可是我的身上全被尿水给弄湿了。"王张罗仍然站着不动，"我从来没被人这样对待过。"

王嘘嘘不再劝他，心想越劝你就越上脸。待我回了屋，你那面子就拢回去了，还不得乖乖溜出院子？王嘘嘘果然朝屋里走去，他关上门后蹲下身子停了几分钟，然后慢慢抬起身透过玻璃去看仓房，那条白影子果然不见了。王嘘嘘悄悄拉开门，又去察看挂着的辣椒还有几串，结果他发现王张罗竟然拿走了两串，他不由笑着跟自己说："好你个王张罗，够贪心的！"

尽管如此，王嘘嘘还是有些替王张罗担心，怕他丢了面子后一病不起。好不容易等到中午孙女放学回来了，他劈头就问："雪晶，王老师今天的语文课上得好吗？"

"还没上呢。"王雪晶说。

王嘘嘘吓了一跳，连忙问："他没来上班？"

"来了。"王雪晶说，"课间操时我还看见他了，他穿了条高粱米色的裤子，旁开门的，可能是他老婆的。"

"噢。"王嘘嘘这才稍微放心了，"那他今天没有语文课？"

"他的语文课都调到下午上了。"王雪晶嘻嘻笑着告诉爷爷，"他上午在家看傻子，怕她又把孩子跑丢了。"

"不许说人家是傻子。"王嘘嘘教训道。

"她本来就是缺心眼嘛。"王雪晶噘着嘴说。

王嘘嘘想，王张罗把那条被他尿湿的裤子给洗了，而他总不至于就一条裤子吧，换上个旁开门的怎么撒尿？王嘘嘘摇摇头，为王张罗的愚钝而感到心酸。

关老爷子每逢秋天来临就要犯气管炎。那时候他就整天都觉得胸闷，吃饭时明明是把饭咽到肚子里，可他却感觉到饭全都噎在嗓葫芦里，令他说话都困难。他年轻时体格健朗，没想到一到老年就成了个纸人。儿子对他极尽孝道，已经好几年不让他下地干活了，让他待在屋里喝茶抽烟享清福。也许他天生是个贱命，一歇下来，福的滋味没尝到多少，病却对他缠绵备至。今天受了风寒发低烧了，明天痔疮又疼得他坐不住，后天一个蒸土豆落肚后呕了好几天的酸水，真是愈老愈不中。想当年他在窑场干活，一天能脱一千块坯，一顿能吃掉六个玉米饼子。

由于要给孙子烧碗，他来窑上已经有二十几天了。秋风又刮起来，他站在风口里，竟然没有犯气管炎。而且这一段他食欲大增，一顿能吃下一碗粥外加个馒头。他每天中午一个人静静地坐在窑场铺天盖地的阳光中，喝温吞水，吃着用细柳枝拢起火来烘烤的干粮，竟觉得无限香甜。那天在王嘘嘘家吃咸鲅鱼，也香得他赞不绝口，王嘘嘘说这是因为他出去干活的缘故，不过他回家后咸得犯渴，夜里起来喝过三次水。关老爷子已经把脱坯用的土堆好了，一堆连着一堆，像是荞麦饽饽。他打算趁着天高气朗的时候赶紧把碗坯脱出来，由着漫天卷起的秋风把它们尽早晒干，然后入冬前让它们进窑里。他保证在落雪前能让孙子看到一窑金红色的碗。

一想到金红色的碗，关老爷子就忍不住激动起来。这几年他很少有梦，偶尔做上一两个，无非是看到已故的老伴年轻时的模样，笑眯眯地望着他，那温温存存的样子好像是仍然在那儿等着被他娶，使他觉得活着的枯燥和辛酸。而这一段时间他却屡屡做梦，仿佛户外的好空气把已窒息的梦之门给生生地吹开了。关老爷子不止一次梦见烧窑时那旺旺的火苗和那火苗燃烧时充满激情的声音，有两次他在梦中竟然看到出窑的碗，它们一个个迤逦相挨，颜色金红，在阳光下像一片盛开的金钟花，比鸡血还要灿烂。想想看吧，在这里祖祖辈辈生活着的人们只知道烧砖，却没有一个人烧碗，人们大概对这事连想都不敢想。而他不但想到了，并且开始做了，如果成功了这将是一件多么了不起的事情。他会改变一孔窑的名称，比如向西的这孔窑，这孔向着落日的窑，已经成为碗窑了。这跟改朝换代有什么区别呢？为此他得感谢孙子的异想天开，感谢那场马戏团的演出。他的碗将是孙子成功的关键。

关老爷子干劲十足地脱起碗坯。他先和好了一堆泥，然后脱下鞋，光着脚，将裤脚挽起，就像他年轻时干这活一样。坯场上阳光飞舞，他能闻到庄稼成熟的气息。王嘘嘘打的两个碗模子在他手中快活地捣来捣去，他以为一上午可以脱出几十个碗坯，然而他失望了。那碗模子如此不中用，脱出一个散一个，在瞬间是个碗，之后就是一团泥。他呆呆地盯着那一大一小两个碗模子，就像看着糟蹋了他满囤粮食的老鼠，充满仇恨。

"好你个王嘘嘘，你净耽误我的时间，这个碗模子怎么能脱出碗坯子！"关老爷子骂道，"你这个猪坯子！"

关老爷子穿上鞋，气冲冲地提着碗模子回村，直奔王嘘嘘的家。王嘘嘘正在院子里刨一块桦木，要给家里打个新面板，看到关老爷子的样子，便明白自己的三天工夫白费了。

"老哥，你可别急。我从没打过碗模子，它要是不中用，我再学着打。"王嘘嘘诚恳地说。

"你当了一辈子木匠了。"关老爷子略带嘲讽地说，"也算是个蹚六十多年河的人了。"

他不说王嘘嘘白吃了六十多年的盐，大概这个比喻太易于领会，于是独辟蹊径，挺幽默地让肥胖的王嘘嘘蹚起河来。王嘘嘘有些火了，他说："我当木匠是打箱子、柜子、椅子和饭桌的，我不会打那些花里胡哨的东西。"

"那你还打过红缨枪呢。"关老爷子揭露道，"那些年全学校的孩子不是都扛着你打的红缨枪吗？你还给刺刀头刷上银粉，把缨子给染红了拴上，那就不叫花里胡哨了？"

"那是校长让我给打的！"王嘘嘘气急地说，"又不是我发动他们扛红缨枪天天吆喝'杀杀杀'的，他们又能杀个屁！那木头、银粉、做缨子的棕绳、染缨子的红钢笔水，你去问问校长，哪一样是我王嘘嘘给出的？那都是学校上赶着给的！不信你问问校长去！"

"我上哪儿问他去？"关老爷子蔫了。校长死了三年了。

他们唇枪舌剑地争斗了一番，都有些泄气。王嘘嘘已经气得红头涨脸。当年学校里的学生每人肩扛一个红缨枪，飒爽英姿地走来走去，他的确觉得自己风光无限，认为他是一个时代的缔造者。而这情景没有持续多少年，学生们不再去操场操练，刀枪入库，琅琅的读书声如潮涌来，一个时代结束了。王嘘嘘虽然也觉得孩子们读书是本分，可他认为那些红缨枪没有罪过，他起早贪黑地一把把地打，菱形的尖头总是用砂纸给磨得光滑细腻，那一撮撮缨子有多么鲜润可爱啊！有一天他背着手去找校长，发现校长也背着手，他就把手放在前面，说："那些红缨枪怎么不让使了？"

校长说："我们把它们放进仓库了。"

"我知道你们给放进仓库了。"王嘘嘘说，"那红缨枪哪里打得不好？枪头都是一个一个用砂纸给磨出来的！"

校长哭笑不得地说："反正不时兴了。将来只能当柴火烧掉了。"

"那是我打的东西！你要是当柴火烧了我拿柴火跟你换！"

校长果然没有烧掉红缨枪，但是有关王嘘嘘与红缨枪的话题却传了出来。人们在笑的时候都觉得王嘘嘘的可爱，于是大家都愿意找他打个箱箱柜柜，尽管他打的东西缺乏美感，但却稳如泰山，对于讲究实际的农家来讲，这也就足够了。

红缨枪的话题使王嘘嘘黯然神伤了好一阵子。关老爷子意识到自己揭人家的短有些不善良，于是又连忙夸奖他心灵手巧，侠义心肠，受人尊敬。

"我巧什么？"王嘘嘘的气仍然没有消。

"怎么不巧。"关老爷子说，"秦子民家的那个地柜，打得多称意呀，玻璃门能对着拉，明面的门上一个木节子都没有。"

"木节子都让我给让出去了。"王嘘嘘道。

"就是。"关老爷子继续哄他，"还有全金贵家的箱子，两边都镶着铜把手，随时能抬着走，换作别人当木匠，想不了这么周全。"

王嘘嘘终于不生气了，答应再次为他琢磨碗模子。

关老爷子这才吁出一口长气，说："泥可都和好了，在窑上等着呢。"

"你就把心放到肚子里去吧。"王嘘嘘信誓旦旦地表示，"两天后你来取，我要是打不出来，就白白给你熬皮冻吃。"

他们相视而笑，和好如初了。

秋收了。学校放了三天农忙假。关全和同妻子商量着先收什么，后收什么。结果达成一致意见，先起萝卜，然后是土豆，最后是白菜。这三样蔬菜都种在远离家门的大地上，那里的自留地一片挤着一片。一到秋收时节，家家户户就拉着手推车，上面装着麻袋、镐、齿子等等工具，一伙伙地朝大地上走。

吴云华并不指望放了假的关小明能帮助他们做点什么，但还是为了不让他太痴迷于顶碗而对他说："小明，这三天假里你也跟着上地里去吧，把冰溜儿也带上。"

"爷爷歇了两天窑了。"关小明说，"王嘘嘘刚把碗模子打出来，这回是行了，我得帮爷爷脱碗坯去。"

"没大没小。"吴云华说，"怎么能叫王嘘嘘呢？要叫爷爷。上次我就说过你，你老师来家访，你口口声声叫人家王张罗。"

关全和问："王张罗啥时来过？"

"挺长时间了。"吴云华一拐一拐地往饭桌上摆碗和筷子，说，"为了小明的事。"

"怎么没听你说过？"关全和颇为警觉地问。

"又没什么大不了的，小明不过是写字不按顺序写，王老师生了气。"吴云华说毕，这才又去追问关小明："小明，你现在把写字的顺序改过来了吗？"

"改了。"关小明嘴上这样回答，心里却在说："我打上学时就这么写字，写惯了，改得过来吗？"

一家人就把话题扯在了王张罗身上。关全和说王张罗这两天又去卫生所打针了，说是重感冒。

"才上秋怎么就感冒？"关全和讥讽道，"我看不是刘玉香揣不住孩子，是他的种子不牢靠！"

关小明"扑哧"一声乐了。吴云华红了脸，对关全和说："你就当着孩子面胡说八道吧，做损呀。"

关全和自知失言，连忙对儿子说："出去出去，带冰溜儿顶你的碗去。"

关小明迫不及待地带着冰溜儿来到院子。

关全和小声对妻子说:"你说王张罗真是个命苦的人,他当初要是娶了你,他那后半辈子不就有福享了?"

吴云华淡淡地说:"看你——又这么说话——"

"你这一拐一拐走道的样子,我现在看着特别顺眼。"关全和说,"我现在看着别的女人长着两条好腿飞快地走,就特别不舒服,个个都像母夜叉。"

"我的腿把你的眼都看歪了。"吴云华的话音刚落,院子里忽然传来冰溜儿的哀叫声,关全和连忙循声去看,冰溜儿在院子里上蹿下跳着,疯了一般,忽而踹翻了鸡食盆,忽而又踢开了晒米的箩筛。关小明追着冰溜儿,呜呜地跟着哭。因为是傍晚,天色有些昏暗了,冰溜儿又上蹿下跳着,关全和一时不知道儿子和狗之间究竟发生了什么事,但他隐约看见地上又碎了一个碗,吴云华也从屋里随之而来,她问:"小明你哭什么?冰溜儿是怎么了?"

关小明终于还是抓住了冰溜儿,将它紧紧抱在自己怀中,悲伤地哭叫着:"我没想砸你的眼睛,我真的没想砸你的眼睛!"

"冰溜儿的眼睛怎么了?"吴云华叫着凑过去,用柔软的手抚了一下冰溜儿的眼睛,只觉得一股黏稠的东西流到手上,她意识到那是血,不由颤抖着叫了一声,"我的老天爷!它的眼睛怎么出血了?"

"我让它接碗,把碗甩过去,谁知它不用嘴接,跳了一下,那碗正好砸在它的右眼上。"

"全和——"吴云华哆哆嗦嗦地叫道,"快进屋拿出手电,照照冰溜儿的眼睛怎么样了。"

"我知道你疼，都是我不好，可是咱们练了这么长时间了，我都心急了，同学们都取笑我。冰溜儿，你忍一忍，一会儿就好了。"

关全和取来手电，照见了冰溜儿的那只血糊糊的右眼。它的颈部的毛已被血染红。它耷拉着耳朵，疼得用爪子挠地，那种痛不欲生的样子令人心寒。

"谁会给狗看眼睛？"吴云华焦急地说，"要不请卫生所的齐大夫来看看？"

"齐大夫是给人看病的，你请他来给狗看病，这不是埋汰人家吗？"关全和说，"我一会儿给它抓把炕洞灰糊上，止了血就好了。"

于是关全和就心急火燎地进屋去抓炕洞灰。灰还没抓出一把，只听"嗷——"的一声被屠戮般的惨叫，这声音一直从屋里传到院子，吴云华急忙循声而去，"全和，你怎么了？"她恨不能一步跨到丈夫身边，然而她的那双腿就是不争气，无法将三步并成两步。

原来关全和被火炭烫着了手。由于刚刚做过晚饭，柴火落架不久，火炭看着是没了，其实还有一部分耐燃的藏在软绵绵的灰里。关全和这一伸手，就被烫了，像一下子长了十几厘米的身高，反复跳了好几下。

"看看你，看看你，真是什么也不懂，怎么能用手去掏呢？你又不是不知道才刚做完饭。"吴云华心疼地看着丈夫的那只右手，本来它就瘦骨嶙峋，到处是起着黄包的茧子，这下又被烫出一些白白的印痕，这手就仿佛受了大刑一般越发让人看不得了。

"一会儿这些白痕痕就会鼓起来。"吴云华说，"起了满手的白泡后我看你怎么秋收。"

关全和觉得老婆的话缺乏温存和关怀，她心里想的是手受伤后给秋收带来的麻烦，却不顾这手的悲苦，于是就赌气地说："我拿针把这些泡给挑了，放在盐水中泡泡，照样能下地秋收，我不能白白待着吃闲饭！"

"谁说你吃闲饭了？"吴云华终于掉下几颗泪，"还不是心疼你的手？"

吴云华一时不知道该怎么处理眼前的这两桩麻烦。丈夫的手重要，冰溜儿的眼睛也重要。儿子的哭声和狗的呻吟还是占据了上风，眼睛永远比手重要，哪怕是狗的眼睛。于是她当机立断找来一根柴火棍，蹲在灶坑前拨弄灰，然后用撮子撮到院子里散散热气，由她的手把它们糊到冰溜儿的眼睛上。

冰溜儿在这期间一直哀叫不止。等到灰进了眼睛，它的疼痛再一次被剧烈激发起来，一度挣脱了关小明的怀抱，跑到一人多高的柈子垛上呜呜痛叫。不过最后它还是又从上面蹦下来，有气无力地偎在窝前。它眼睛的血终于止住了，只是不知这眼睛还能不能当眼睛用。

那一夜关家人的生活一下子缺了两样东西：晚饭和长夜里香甜的睡眠。关老爷子从窑上回来后也被这突然而至的一幕震动得毫无食欲，桌上的晚饭任凭灯光分分秒秒地照着，没了热气，没了香气，也没了饭桌前的那团活气。夜晚时关全和的手掌果然起了一层白泡，疼得他直流汗，吴云华不由得唉声叹气，彻夜不眠。关小明在那个夜晚每隔半小时左右就要出门到狗窝前去看看冰溜儿，不停地用手电晃它的右眼，希望它能灵敏地做出反应，然而他的希望总是落空。爷爷每当他回屋时都要问："它的眼睛没事吧？"

关小明总是说："我看不出来，它根本不理我。"

"都怨爷爷没有早些烧出碗来。"爷爷说，"要是泥碗碎了就戳不坏它的眼睛了。"

"不是碗碴扎的，是砸的！"关小明觉得爷爷的检讨是在有意扩大他的伤痛。

关老爷子不再多言多语，只是睁着眼睛挨到天亮。天一明，关家四口人全部来到院子，急急地看冰溜儿的那只右眼。那已经不是眼睛了，它灰蒙蒙的，毫无光泽。由于血迹和灰的污染，冰溜儿看上去又脏又老，很像个无法自拔的酒鬼。

"它的右眼瞎了。"关小明呜呜哭着，"它可怎么办？"

"你先别哭，说不定没事呢。"爷爷一听见孙子哭心里就哆嗦。

"全和，咱还是请齐大夫来给看看吧。"吴云华说，"咱好好求他，为了咱家的冰溜儿好好求求他。"

关全和无计可施，只得硬着头皮去求齐大夫。他才走出家门没几步，就被老婆喊住了："全和，你等等——"

关全和就站下等，顺便抬头望了望天。天是多么蓝啊。

"天有两只眼睛，一个是太阳，一个是月亮。"他想起关小明六岁时说过的话。那是那年的中秋节关全和抱着手拿月饼的关小明望月时他说过的话。当时关小明还嚷着要吃"太饼"，他以为有月饼吃，是因了月亮的缘故，那么太阳也像月亮一样天天出来，就该有"太饼"可吃。关全和望天的时候想起儿子的话，觉得儿子的比喻是恰如其分的，太阳和月亮的确是天的两只眼睛。天很聪明，不同时出一双眼睛，一个亮着另一个却闭着，一个睁开了另一个又合上了，两只眼睛交替着休息，所以它的眼睛抗使，永远也坏不了。而人世间的眼睛却是多么脆弱啊，天终归是天。

正慨叹间，吴云华走到他身边，把两瓶猪肉罐头递给他，说："拿给齐医生家吃吧。"

这两瓶罐头是想留在秋收中耗力时解馋的，但是为了冰溜儿的眼睛，关全和也不去心疼了。

结果齐大夫来到关家后宣布了冰溜儿的那只右眼已无法复明。齐大夫说如果不往眼睛里抹炕洞灰问题还不至于这么严重，灰虽然止住了出血，却伤害了视网膜。

吴云华没有想到自己竟帮了个倒忙，是她的主意害了冰溜儿。她不由抽抽搭搭地哭了起来，连连责备自己是个臭脑瓜子。

然而大人们对狗的哀伤毕竟有别于小明，他们觉得事情无法挽回后就不再总是折磨自己，该秋收还是秋收去了。真正哀伤的是关小明，而受罪的却是冰溜儿。它一整天都水米未进，直到黄昏，小主人为此愁得哭泣不已时，它才恹恹地伸出舌头舔了些米汤。

坯场上的阳光是金红色的。关老爷子清理出来的这片坯场与多年以前一模一样，虽然面积不大，但那颜色仍然是暗红色的。若是阳光威武，那片暗红色就成为金红色了。他依然脱了鞋，把裤脚高挽，拿起王嘘嘘新打的碗模子来脱坯。碗模子果然有了起色，不是一大一小，而是合二为一，底面凿出个圆孔，四围中空，泥就从中滑落而出，形成一个个碗状。只是这次的碗模子实在笨重，一个个碗五大三粗的，仿佛是要给绿林好汉使的。

关老爷子这一天脱了六十八个碗坯。数目虽然少些，可这六十八个若烧好了就够孙子顶上半年的了。他在落日西沉的时候欣慰地看着这些可爱的碗坯，想着落雪之前它们干透了，一个跟着一个进了窑，他守在外面点起柴火烧窑。掌握好火候地烧上几天，一窑碗就会像模像样地诞生。别看它们现在是黄泥颜色，一旦出了窑，便会个个脸腮绯红，比正飘飞着的晚霞还要好看。为此他得在以后的几天里陆陆续续背一些柴火来，儿子儿媳正埋头秋收，孙子悉心看护冰溜儿，不会有人帮他的忙的。

关全和的那手燎泡果然被吴云华咬着牙给挑开了。每挑一个她的心就抽搐一下，关全和龇牙咧嘴地嘶嘶叫着。泡破灭后，她端来一盆温热的盐水，唤丈夫伸进手去。关全和将手放进，"嗷——"地叫了一声，连连说着："我的天爷天爷天爷，杀死我了，唔噜噜噜……"他的舌尖在两个唇角间打着滚，吴云华连忙安慰道："忍一忍，杀一会儿就好了，这又不比女人生孩子更难受……"

关全和忍了忍，果然就不觉得那么疼了。他看吴云华时就觉得她更加美丽了，一股温柔撩上心头，他忍不住说："秋收完后我带你进城去。给你买件好衣裳，我买些新画书。"

关全和一直把小儿书称"画书"。

"我这腿进了城又跟不上你走路。"吴云华说，"还不惹得全城人都看我的笑话，丢你的人。"

"这叫什么话。"关全和说，"我就爱看你这么走路。"

"收完秋后我看你也该进趟城了。"吴云华说，"大娟二娟家孩子的棉袄棉裤都做好了，你给捎过去。"

大娟二娟是关全和与前妻生的两个女儿。

"她们自己都有婆婆，你年年都给她们做，惯得她们，老是让你挨累。"关全和虽然这样说，可心里却对吴云华感激万分。

"大娟家的虎头虚四岁了，也不知是不是还穿开裆裤，这种年龄的孩子应该穿死裆裤了。"吴云华小声说，"我还是给他做了开裆裤，年轻人不会做棉活儿，缝好死缝，开裆就不容易了。"

"你老是想得那么周到。"关全和说。

"下次去城里，把虎头的照片给我捎回一张，还有二娟家的圆英，她怕是会走路了吧？"吴云华帮助丈夫把右手抹上消炎粉，然后用绷带包扎好，端起那盆被弄污的盐水到院子里去泼。

关全和舒舒服服地钻进被窝里。老爷子和关小明早已睡下了。关全和听着座钟"嘀嗒嘀嗒"摆动的声音，觉得时光对他来讲是温存而幸福的，这都源自屋檐下有一个好女人。吴云华在灶房窸窸窣窣地洗手洗脚，她总是那么爱干净，之后她又到院子里去泼水，然后他听见她跟冰溜儿说话："你可别睡得死死的，要是万一谁上咱家仓房偷东西，你得出来报个信。别那么蔫头蔫脑的，瞎一只眼不是还有另一只好眼吗？你看看我，没有长着好腿，不跟好人过得一样吗？"

冰溜儿随之"唔唔"地叫了几声，大概吴云华去抚摸它的毛发了。冰溜儿永远喜欢爱抚，何况这又是它最需要爱抚的时刻。关全和为了自己女人的善良而无限欣慰，他的周身倏然涌动起一股不可遏止的激情，他连忙把灯拉灭。每次他向吴云华求欢时都主动先把灯拉灭，她便明白他的渴望了。果然吴云华很快关上门摸黑进了屋，小心翼翼地摸索着来到炕沿，才脱了上衣，觉得不放心，又摸着黑把他们的屋门又拉了一遍，确信它是关严了，这才又继续回到炕头脱裤子。他们迫不及待地拥抱在一起相互爱抚，幸福得关全和觉得天堂也不过如此吧。

"我的傻拐子。"关全和每到陶醉得不能自持时就这样说吴云华。吴云华也乐意听他这样说。他们彼此获得极致的欢乐后并没有分开，而是枕着同一个枕头说起了悄悄话。话题总是围绕着秋收。这时吴云华突然说："秋收后快上冻的时候，王张罗的老婆怕又该生了。我想去他家帮他几天。"

"你去王张罗家？"关全和将自己的胳膊从吴云华肩颈处抽出来，"你帮他什么？"

"你别急啊。"吴云华说，"刘玉香那前两个孩子都是因为早产而死的，她一临到关键时候脾气就坏，她就出去疯跑。一次跑到井台上让冰给滑倒，一次是在草甸子上追着一头牛，让牛给踢了一下。其实她不是不开窍，只是没个女人帮帮她，跟她说点体己话。她娘家人又不管她，婆婆离着十万八千里，王张罗是个男人，能认得几十筐的字，也不懂得女人生孩子的事。如果我过去帮帮她，陪她住几天，她一准能生下个好孩子。"

"你陪谁住几天啊？"关全和醋意十足地问。

"王张罗的老婆啊。"吴云华轻声笑了，"你可别犯小心眼。"

"不行不行，这成了什么，你住在他家，刘玉香傻，你和王张罗可不傻，好说不好听，我不同意。"

吴云华便不再要求，也不吱声。后来她竟嘤嘤地低泣起来。关全和碰了她一下，说："生气了？"吴云华没搭腔，仍是哭。关全和便说："哭也没用，什么事我都能答应，去王张罗家陪住，万万不行，王张罗本来就在你身上后悔了，我不放心。"

土地真是奇妙，只要是点了种，到了秋天就能从它的怀里收获成果。别以为成果是千篇一律的，它们出土时姿态万千，可见这土地有多么奇妙，让它生什么它就生什么。圆鼓鼓的白土豆出来了，它的皮嫩得一搓即破。水灵灵的萝卜也出来了，它们有圆有长，圆的是红萝卜，长的是青萝卜。宛若荷花骨朵一般的蒜出土时白白莹莹，而胡萝卜被刨出时个个颜色金红。每逢这种时刻，大地上人欢马嘶，羊叫狗吠，一片沸腾。关老爷子在窑场脱坯时常常能看见人们拉着手推车往家运土豆或萝卜，有时人们还甩给他一个萝卜，让他解解渴，顺便问问他的碗什么时候能烧出来，那碗纵是人不能使，鸡用它来吃食行不行等等。关老爷子便一一给人家答复着。因为好天气团结在一段时间里了，不仅给秋收带来了方便，也给他脱坯带来了好处和愉快。几天下来，已经有三百多个碗坯子。他想着如果碗真的烧好了，一个个瓷瓷实实，真的就可涂釉来吃饭。那时候他会给每家送去一个碗，他烧出的碗将成为每家世世代代可以传下去的东西。遐想带给了他力量和快乐，他的食欲倍增，看云彩时不再眼花缭乱。

这天傍晚他正要收工从窑场回家的时候，忽然看见一个人影远远地从坡上向窑场飘来。那人的身上有一点红飘拂着。关老爷子不由纳闷起来，谁这么晚了还来窑上？

待到那人终于晃悠到窑场，他这才看出是挺着个大肚子的刘玉香。她穿件蓝褂子，脖子上扎条红纱巾，满脸兴冲冲的。她不犯病的时候与常人无异，该叫爷爷的就叫爷爷。

"关大叔，我来朝你要个碗。"刘玉香甜甜地说，"我快生孩子了，要给孩子预备个新碗。"

"谁说我这儿有碗？"关老爷子问。

"我听好多人家都说你在这儿烧碗。"刘玉香说，"我就记住了，想着来窑上朝你要个碗。小孩子没有碗怎么吃饭？"

"你的孩子还没生下来呢，你急什么。"关老爷子认真地说，"我的碗还没进窑，等烧出来了最先送给你。"

刘玉香乐了，问："你烧的碗好看吗？"

"好看。"关老爷子肯定地说，"你看将落的日头是啥色，它就是啥色。"

刘玉香便看了一眼融融的落日，说："是红色吗？"

"是金红色呢！"关老爷子动情地说，"才漂亮呢。"

"有这红纱巾好看吗？"刘玉香摆弄着胸前的纱巾说，"这是俺家王老师进城给买的呢。"

"可比这红纱巾好看多了。"关老爷子道。

"那碗有花纹吗？"刘玉香又问。

"你想让它有就有。"关老爷子说。

"我想给碗边上描着芍药花纹，小孩子看着吃饭香。"

他们颇为融洽地尽兴地谈了碗的前程，这才一起回村。王张罗已经急得要尿裤子了，万万没有想到她却去了窑上，这使他觉得很不吉利，因为前两个孩子都埋在窑上。关老爷子回家后便把刘玉香去窑上的事跟儿媳学了一遍，吴云华微微叹了口气，说："她也是想生个活孩子呀，她把小孩子吃饭的碗都惦记上了。"

关全和飞快地翻着小儿书，弄得纸页唰唰地响。

秋收接近尾声的时候关小明带着冰溜儿出去散步。阳光照着黑土路，光影柔和。冰溜儿亦步亦趋地跟在小主人身后，失去了往昔的威风，一副落魄相。它的右眼的确是极其难看，所以关小明看它时只盯着它的左眼，左眼透出的也是一派凄怨。它这种一蹶不振的样子大大地影响了关小明，他已经好几天不再练习顶碗了。他怎么能带着一条瞎眼的狗去表演马戏呢？剧场里岂不要哄声四起？可是他又无法撇下冰溜儿再去寻一条好狗，那会令冰溜儿痛不欲生的。它的灾难是他带来的。病后的冰溜儿是头一次出门，它耷拉着脑袋，尾巴垂着，每逢遇见过路人时人家都要问关小明："冰溜儿的那只眼睛真看不见亮了？"

关小明便很想扇对方一巴掌。可是问话的不是叔叔伯伯，就是姑姑婶婶，都是他的长辈。关小明便想若是碰上个同学这么问他，他一定把巴掌狠狠地扇过去。

关小明每每走得快了的时候，冰溜儿就会被落在后面，他便停下等它。它弱不禁风，走路有些一瘸一拐，关小明就忍不住训斥它："你坏的是眼睛，又不是腿，你一瘸一拐的干什么？"

冰溜儿连忙赶上来，呜呜地凄怨地叫几声，仿佛它受到责备是不公正的。一遇到过路人，它就把头垂得低低的，好像它那样子无颜再见任何人似的。

他们走到村口时突然遇见了背着捆草从地里回来的王雪晶。她穿着件白地粉色碎花衣服，头发上沾了不少褐绿的草屑。男女生在校时基本都互相不说话，但既然是在村口遇见了，又没有别的人看见，关小明就鼓足勇气问了句："你背草啊？"

王雪晶站住，说："我给兔子背点过冬用。"

"你怎么不用手推车往回拉？"关小明说，"背着多沉。"

王雪晶将肩上的那捆草"噗"的一声放在地上，说："兔子又用不了多少草，背两趟就够了。"就在干草落地的一瞬，一股好闻的草香气也蓬勃而出。

"你原来见着冰溜儿就特别害怕，你现在怎么不怕它了？"关小明问。

"你怎么知道我原来怕它？"王雪晶的一双杏眼晶亮晶亮的。

"我偷偷看到过好几次。"关小明说，"你一遇见它就使劲用手拽住书包带，你紧张得要命。"

"可是现在谁会怕它？"王雪晶说，"它都不会咬人了吧？"

"你试试，你踹它几脚，看看它咬不咬你？"关小明挑衅地说，其实他心里也没底，若是王雪晶真的踢它几脚，它也许连哼也不哼一下。

"我可不想欺负它，它都成了这个样子，怪可怜的。"王雪晶说，"这都怪你，让它跟着受罪，非要让它学接碗。"

"我是想让它跟别的狗不一样。"

"这下它还不如别的狗了呢。"王雪晶说，"你非让狗做人才能做的事，把它给害了。"

"可是别的狗怎么就行呢？"关小明委屈地说，"大明马戏团里的那条狗比它还小呢，不但能接碗，还能钻火圈。那里还有个女孩子，也跟你这么大，她又能接碗又能送碗，人家不也是练出来的吗？"

"我说不过你。"王雪晶俯身背起草说，"我得回家了。"

"我爷爷说你爷爷的碗模子好使了。"关小明说。

"我看过那个碗模子，快赶上洗脸盆大了，你能顶动那么大的碗吗？"王雪晶背着草朝家去了。她养了一只兔子，是前年她父亲在山上捕到的。本来是想拿回来吃肉，可是王雪晶看它还活着，就央求父亲放了它一条生路。听说她给兔子取了个猫的名字，叫"咪咪"。

关小明带着冰溜儿来到窑上。冰溜儿连忙先找一处茂草来撒尿。爷爷正坐在地上吸旱烟，欣慰地望着他脱的那些碗坯。一看见孙子和狗，他就说早晨他到窑上时这里面落着一层密密麻麻的麻雀，当时轰也轰不走。关小明便说："那怎么现在一只也没有啊？"

"我让它们飞走了。"

"这里又没有什么好吃的，它们来这里干什么？"关小明问。

"我估摸着是来看碗坯子来了。我年轻时脱坯，这里麻雀就多，原来窑场前面还有个水泡子，我还在那里打过水鸭子呢。"

"碗坯有什么好看的？"关小明大惑不解，"它们应该喜欢谷子地，碗坯又不能吃。"

"人吃饱了饭还爱看个好看的东西呢。"关老爷子说，"就像你爸，天生就爱看画书。鸟还不是一样？吃饱了也喜欢看东西。它们最喜欢来窑上看砖坯子，它们认得。那时候一到要出窑的时候，麻雀子就多得张起网就能捕上个成百上千的，它们就喜欢看那砖从窑里出来变成了金红色。这么多年不烧窑了，它们想得慌。"

"它们见到碗坯子高兴吗？"关小明问。

"它们没见过碗坯子，只见过砖坯子，所以它们纳闷，当时赶也赶不走。后来我告诉它们这东西是干什么用的，然后又说它们什么时候进窑，什么时候出窑，让它们到时再来看，它们这才飞走了。"

"它们能听懂你的话？"关小明不信地说，"鸟又不会说人话。"

"那狗还不会说人话呢。"关老爷子说，"你说的话冰溜儿还不是句句听懂了？"

"那是因为它打小就跟我在一起。"

"那我打小就和麻雀在一块。它们就能听懂我的话。"

"可小时候认识你的麻雀早就死了好多年了。"

孙子的话使爷爷伤了心，他站起身迎着秋风走向西面的那孔窑。冰溜儿无动于衷地看着那些碗坯，仿佛看着自己灰暗的前程。那些碗坯的确如王雪晶所言，一个个大如脸盆，瓮头瓮脑的样子。关小明用手试着捏了一下已经半干的碗坯，结果弄下了一大块泥，使那个泥碗豁了个口。这使他对这些碗有了某种担忧。关小明蹲下身子抱着冰溜儿小声说："你说这碗坯子这么不结实，进了窑还不全碎了？"

冰溜儿大约还沉浸在失去右眼的哀伤中，所以无动于衷地看着小主人。其实秋收的这些天是关小明长大以来初次尝到痛苦的日子。王雪晶说得也许对，他让狗去做人做的事，使它在狗群中失去了它的绝对优势，而他的学习成绩也一落千丈。除了冰溜儿，他不可能再接受第二条狗，而一条瞎眼的狗怎么能进灯火辉煌的剧场呢？连日来他反复想着这个问题，矛盾重重，如果此时父母干涉他让他断了这个念头，他也许会就此为止。可他们什么也不说。而爷爷也大张旗鼓地在窑上干了一个秋天，碗坯子脱了这么多，说是要给他和冰溜儿用，可他隐隐觉得爷爷弄这些碗是为了自己。

关小明走到爷爷身后，说："这些碗这么大的个儿，都能扣住我的脑袋了。"

"可它们出了窑时就会变小了。"爷爷说,"窑火一攻它们就会收缩,颜色也会慢慢上来。"一说到烧窑,爷爷就激情满怀。

关小明有些失落地望了望天,然后说:"就是烧成了碗,我也不练了。"

爷爷愠怒地看着孙子,仿佛自己受了愚弄。

"冰溜儿都成这个样子了。"关小明解释道,"爸爸妈妈碍着你,不敢说我。其实我知道他们怎么想。我爸爸上次买回的一摞碗又快碎没了。再说,真的练成了,我去哪里找那个马戏团?听说他们离城里还很远很远呢,坐火车也得好几天。再说,他们那里的小孩子从三岁时就开始练腰,我都十来岁了,光练顶碗人家也不能要。"

爷爷将目光放在碗坯上,现出无限悲凉的神态。

"我班有个同学还说,朝鲜人个个都能用脑袋顶着水罐走路,要是那样,他们国家还不得到处是马戏团了?"

"你不用这碗,还有人要用呢。"爷爷忽然搓了一把脸说,"王张罗的老婆那天傍黑时来过,要给她的小孩子弄个碗来使。"

"她的孩子还没生呢。"关小明说,"何况她生下的孩子能用上碗吗?她生一个死一个。"

"你怎么这么咒人?"爷爷沉不住气了,"我看她这个孩子就能保住。老天爷也该可怜可怜王张罗了,成家这么多年了,连个孩子还没抱上,这也算人过的日子?"

"那你就给王张罗家的孩子烧碗吧。"关小明越说越失落。

"我就是不给她烧碗,也得为那群麻雀烧。"爷爷痴心地说,"我都跟麻雀说了,出窑时让它们来看碗,我不能说话不算数。"

关小明很想对着愚顽的爷爷笑几声,但一想到自己在别人心目中也一样愚顽，就笑不出来了。

屋檐有了白霜，田野荒芜，牲畜都不愿意出栏了。人们也把土豆、白菜、大葱等蔬菜下到深深的菜窖里。关全和一个人忙得不亦乐乎，吴云华在屋子里烙葱花油饼。她是不敢轻易走进菜窖一步的，只觉得关全和前妻的魂还飘荡在菜窖里。这使她有一种奇怪的感觉，关全和每次顺着梯子下去取菜，她都觉得他是和前妻幽会去了，他出来后她就有些不爱理他。所以一到清明和七月十五她就加倍地给那个女人烧纸钱，想让她拥有使不完的冥钱而永远不思念关家的生计。然而吴云华却屡屡失望，因为关全和每次从地窖出来都面色红润，那神态很像与她亲热后心满意足的样子。而且只有关家的菜窖到了春天蔬菜还该绿的绿，该白的白，不失水分，也没有冻伤，不像别人家的菜到了半冬时分就烂菜帮子，水分大失。这使她更加相信那个跟她一样热爱生活的女人还在暗中帮助关全和操持着这个家。

吴云华一边烙着油饼，一边还得看着不断沸起的小米粥。萝卜条咸菜放了花椒油和味素，勾起人的食欲。她每烙好一张饼就用盆扣起来，怕跑了热气。关全和一趟趟地进入菜窖，把该送进去的都送进去了。这时他已经饥肠辘辘，急不可耐地奔着香味而去，手都没洗，就捏起一张饼狠狠地咬了一口，赞道："真香，我一个人能吃五张！"

"也不洗洗你的老鸹手，不干不净的，还不得吃得养一肚子蛔虫？"吴云华用铲子将饼翻来翻去的。

"都晌午了。"关全和说，"小明怎么还没放学？"

"他刚才回来了，你没见书包撂在窗台上？"

"我怎么没见到？"关全和说。

"你能看见吗？"吴云华使劲翻腾着饼说，"你一进了地窖就不想出来。"

"别说，咱家的地窖就是好，里面才爽快呢。挖了多少年了，一点泥坯也不塌，这真是奇。"

"当然是奇了。"吴云华赌气地用铲子敲了一下锅沿。

"小明这又是去哪儿了？"

"和冰溜儿出去了。"吴云华觉得自己跟死人怄气未免有些小气，于是就嘘了一口气温和地说，"我看他是不想再顶碗了。冰溜儿瞎眼后不爱出门，他就领它出去到处转转，让它习惯习惯。"

"咱家的狗也太爱面子了。"关全和说。

"狗随主人嘛。"吴云华说。

"你是说它随我？"关全和说，"我才不在乎面子不面子呢，我这么大个男人天天看画书，别人肯定都要笑话，可我就爱看，才不管别人龇着大牙怎么笑呢。"

"可是爸在窑上干了一个秋天了。"吴云华将柴火往灶外撒了撒，说，"当初是为了让小明学顶碗才烧碗的，现在小明也不顶碗了，你劝劝他，让他回来算了。"

"爸这个人的脾气你又不是不知道。"关全和说，"他要干的事，非要一干到底不可。"

"我就是怕他干到底。"吴云华担忧地说，"要是真的烧出碗来那真是好，可万一烧不成爸怎么去见人？他都这么大岁数了，受得了吗？"

"那是他自讨苦吃。"关全和说。

"所以现在让他回来最合适。碗坯子又没进窑，就当是烧成了。"

"我看是劝不住的。"关全和说。

"你们关家人怎么都是不见棺材不落泪？"

"你就别瞎操心了。爸有烧窑的经验，估计能烧成的。"关全和指着锅里的饼说，"烙这么多干吗？就是再能吃也吃不了这些。"

"我想给王张罗的媳妇送几张去。"吴云华用不容置疑的口气说，"她那肚子，我看挺不到冬天了，我得过去帮帮她。"

关全和立刻觉得油饼不香了，他极其失落地走出屋子，恰好有群大雁嘎嘎叫着南飞，他就仰着脖子对它们说："一年年南来北往的，也不知道哪儿好了，就知道贪图暖和，走了明年就别再回来了！"

吴云华知道丈夫的气源自何处，她不由"扑哧"一声笑了，为了那些代她受气的大雁而惭愧。

碗坯子终于一个不落地进了窑里。关老爷子对烧窑充满信心。他初来窑场时周围还是起伏的绿色，如今已是萧瑟一片，他不得不穿上薄棉袄棉裤。开始烧窑的这天是个晴天，白太阳悬在空中，仿佛预示着前程一片灿烂，这使关老爷子心情很好。他点起了第一把窑火，柴火的缝隙间很快就被金红的火苗所缭绕。大地即将封冻，寸草不生，只有那孔向西的窑却蓄积了满腹能量，用它澎湃的热量温暖着大地。连着三天晚上他都没有回家，关小明带着冰溜儿每逢黄昏时就来给他送饭。冰溜儿对那孔窑总是流连忘返。爷爷明白孙子这一段是痛苦的，因为他的理想破灭了，他知道理想破灭的滋味。好在孙子年轻，他还会再有理想，所以他也不安慰孙子。接过儿媳做好的饭，赶紧放到窑火上再温一下，迫不及待地吃掉。关小明总是沉默不语地盯着炽烈的窑火，他的脸都被映红了。他每次离开爷爷要回家时总要说："爷爷，用不用我留下来和你做伴？"

爷爷就说："我这么大岁数了，还用人做伴？再说这窝棚里也睡不下两个人。"

爷爷临时搭起的窝棚呈"人"字形，很矮，是用粗柳条搭成的，上面苫了一层草，地面也铺着草和毡子。

"那就让冰溜儿留下陪你吧。"关小明说。

"你回家的路上还要和冰溜儿做个伴呢。"爷爷说。

的确，关小明返家时田野里已一片黑暗。关小明不再争执，因为他和冰溜儿的确无法分开。

吴云华果然去了王张罗家。那个家乱得像旧杂货店，吴云华第一天去就累得腰疼，她洗了一天的脏衣服，虽然王张罗不让，可他家的活儿实在多得像顶针的眼，不容谦让。刘玉香看见吴云华来了，兴奋得眼睛明亮。吴云华让她叠衣服，她就歪在炕沿慢吞吞地叠，她还向吴云华打听关老爷子的碗出没出窑，她生的小孩子能不能赶上用那里的碗。吴云华就感觉像是同三岁智力的孩子说话，只能哄着来。而在分娩前的危险期中，你只能百般讨好她，不让她发脾气，否则又将前功尽弃。王张罗给家里的门包上一层毡子，然后将咸菜缸挪进外屋地。吴云华又帮他腌了一缸酸菜，将窗缝用布条封好。王张罗感激万分，一天跑一趟商店，一会儿给吴云华去买罐头，一会儿又去买糖，吴云华便说："你挣那几个钱，将来还得养活老婆孩子呢，别去胡花了，我又不是外人。"

王张罗便不去商店了。他那几天给学生上课时精神倍增，嗓音也洪亮了，显得底气十足。别人都知道吴云华在帮助他，于是就有人私下和他开玩笑："后悔了吧？当初你嫌人家走道难看。"

这玩笑正划在王张罗的痛处，他无奈地摇摇头，一副追悔莫及的样子。

上午他在家看着刘玉香，下午吴云华就来了。虽然说刘玉香在孕期的下午喜欢睡懒觉，但一到分娩的前几天她就格外躁动不安，于是关键的几天王张罗把语文课调回上午，下午同吴云华一起守着妻子。刘玉香一会儿要吃肥肉酸菜粉，一会儿又要吃鲫鱼豆腐，急得王张罗抓耳挠腮。酸菜才腌上，一点酸味都没有；而鲫鱼只有城里的早市才有卖的，而且价格贵得惊人，一顿鲫鱼顶得上他半星期的薪水。然而为了孩子他还是豁出去了。那天四点多钟他就起了床，向邻居借了辆自行车，五点多钟赶到早市，恰好还剩下六条活鲫鱼，总共一斤三两，他把它们全部买下，又为她称了一斤精肉。吴云华调着花样为她做吃的，傍晚时还拉她的手出去活动活动。到了晚上，约莫九十点钟的时候，吴云华才千叮咛万嘱咐地离开王张罗家。她是不能陪她住的了，因为关全和威胁她说那样他会撞死在自家的菜窖里。吴云华也意识到陪住是不大必要的，夜里让王张罗警惕着点就行了。

吴云华每次从王张罗家出来时都会在拐角的障子边碰到关全和。他每次都说是屋子里空气闷，出来透透气。吴云华知道他不放心什么，就上去拉着他的手说："看你——"关全和就势狠狠地捏着她的手，一迭声地说："我要弄酥了你的骨头，让你再瞎操心。"

他们手拉着手亲亲密密地朝家走。因为吴云华的跛脚，关全和同她一起走时也不由自主地跛起来，他们一跛一跛节奏和谐地走着，仿佛一股海浪在暗夜中层层叠叠地涌动。

关老爷子看着最后一缕窑火夷为灰烬，已是朝阳初升的时分。白太阳微微冒了一下头，周围的景色就由昏转清，由暗转明。他敛声屏气了好一会儿才听到麻雀吱吱喳喳纷纷飞来的声音。它们密密麻麻地落在坯场上，一个个黑黑的小点一排排均匀地挤靠着，远远望去像大算盘上的珠子。他知道它们来看什么了。他想他会让这些大算盘上的珠子噼啪响起来的，因为他丰收了。

碗窑里热气腾腾。他坐了很久很久，看着白炽的热气缕缕消失在空中，这才起身戴上手套去开窑。果然是一窑金红的东西闪现在他眼前，他不由得一阵晕眩，这种喜悦已经久违于他了。麻雀扑棱棱地从坯场飞起，将向西的那孔窑团团围住。他伸出手小心翼翼地抓起一个碗，结果他觉得那碗出奇的轻，放在眼前一看，竟是一个金红的残片。他失望地丢下它，接着去拿第二个碗，结果又是一个金红的参差的残片。

"碗烧碎了。"他悲哀地想。

他心犹不甘地一次次把手伸向窑里，结果进了他手中的没有一个是碗，只是碗的残片，不绝如缕的残片。它们那种金红的颜色比夕阳还绚丽，同样也比夕阳还要残酷。

麻雀围着碗窑旋转翻飞，发出吱吱喳喳的叫声。他知道他彻底失败了，一个秋天的成果完全滚蛋了。他非常想哭，难过得像他丧失了老伴的那个时刻。

"你们快走吧——"关老爷子颤声对着麻雀说，"我把砖窑变成了碗窑，可是我没能烧出碗来。"

然而麻雀并不飞走，它们仍然盘桓在那孔窑上。关老爷子觉得这孔窑就是他的坟墓了。太阳升高了，晴朗使他心底的寒意更加强烈。他垂头坐在那里，一丝力气都没有了。他只能一遍遍地乞求麻雀快些飞走，后来它们果然从窑上飞下来掠过他的头顶，迅疾地消失在无边的天空中。他坐着，没有觉出寒冷，也没有觉出饥饿，甚至也感觉不出时间的存在。他想人若死了就是这种感觉吧。

"爷爷——"他听见有个男孩子的声音在叫他。他想那应该是关小明。可是又觉得声音不像，难道听力也扭曲了？

他不搭话，他的舌头发硬。后来一条狗上来用舌头舔他的手，他明白那是冰溜儿，它充满温情地唔唔叫唤着。那么跟随冰溜儿来的肯定是关小明了。

"爷爷，回家吧，我帮你把东西收拾回去。"孙子的声音怎么听上去都不像，细声细气的，这是怎么回事？

关老爷子终于抬起了头。结果他从孙子的眼中看见了泪水。

"爷爷，我不顶碗了，咱们回家吧。"

关老爷子把目光放在碗窑上，关小明也随着去看那孔窑，他到这儿的一瞬就已经感觉到了爷爷和碗共同的失败。

"爷爷，我真的不学顶碗了。"关小明带着乞求的口吻说，"天都这么冷了，咱们回家吧。"

"我没烧出碗来。"爷爷反复地说。

"也许是这里的土不行了。"关小明说，"再不就是窑里太潮了，都多少年不用了，那次我在里面避雨时都闻到发霉的味了。"

冰溜儿依然与小主人配合着一往情深地舔关老爷子的手，可他仍然僵直得像被谁给点了穴。

"爷爷，也许是王嘘嘘的碗模子打得不好。"关小明充分地找着形形色色的理由，"那么大的碗坯子，多难摆弄啊。"

关老爷子的心动了一下。他想或许真的是王嘘嘘的碗模子打得不地道。于是他声音沙哑地说："可是他打了两回呢。第二次的碗模子又挺好使。"

"那天我来窑上，在坯场随便拿起一个碗坯子，结果就碎了一块下来。"关小明说。

"当时你怎么不告诉爷爷？"

"那时都快进窑了，我说了也不管用。"

"可是我往窑里送碗坯子时一个也没碎。"爷爷说。

"也许是碎了，你没注意。"关小明说，"你老想着会烧出好碗，眼睛看东西时就往好处想，即使是碎的也当成整的。"

关老爷子觉得孙子是在批评他，说他夜郎自大，自欺欺人，不顾现实，他的喘气声有些急促了。

"如果不是碗模子出了毛病，那就是窑火不好。"关小明又一次找出一条理由。

"我烧了那么多年的窑，我知道什么时候火欠着，什么时候火过了，我不会犯这个过失！"

"我是说柴火不好，让雨给沤过一场，不那么好烧，窑火有时不旺。"关小明再一次请求爷爷回家，说是家里知道今天起窑，预备了酒菜。

"可是我没有烧成碗。"关老爷子几乎要哭了。

关小明见他找的千般借口也劝不回爷爷，就回家去请父亲，让冰溜儿仍然留在窑场陪爷爷。关全和一听满窑没一个好碗，就把画书撒在炕头，穿上鞋就往窑场赶来。软话说了几车，跪着求他回家，老爷子仍然纹丝不动。关全和只得回村去请王嘘嘘，说明了事情原委。王嘘嘘一拍胸脯说："我保证能把这个死要面子的犟老哥弄回家。"

果然下午的时候王嘘嘘从窑场劝回了关老爷子。冰溜儿跟在后面也回来了。王嘘嘘和关老爷子开怀对饮，关全和和妻子在灶间忙得不亦乐乎。吴云华还惦记着晚饭后要去看刘玉香，她这两天嚷肚子胀，怕是要临产了。但又因为怕公公一时想不开，在家里还要陪着说些好话，一时间急得恨不能把自己一分为二，一个留在家里，一个去王张罗家。王嘘嘘喝得尿水泛上来，他抽身去厕所的时候，关小明偷偷问他用什么招劝回了爷爷。

王嘘嘘说："我承认自己的碗模子不中用。"

"可是我也想到这一层了，爷爷也不回来。"

"傻小子，我说才管用，你说顶屁用！碗模子又不是你打的。"王嘘嘘说，"我跟你爷爷保证了，别人要说他没烧出碗来，我就说是我的碗模子害了他。"

"那你不怕丢人？"关小明问。

"我打了一仓库的红缨枪，都说过时了，我也没嫌丢过人。"王嘘嘘说，"要不你王爷爷我能这么胖吗？我这人心宽了。"

太阳将要落山时关家的筵席才散。原来是为了老爷子烧碗成功而设的，而今却成了为了安慰他的失败而归。好在王嘘嘘把一切罪责都包揽在自己身上。王嘘嘘喝得腿直发软，关全和不得不把他送回家中。吴云华连忙为公公烧了火炕，铺好被褥，让他好好歇歇乏。关老爷子也很想在火炕上美美地睡上一个长夜。

吴云华服侍公公上了炕，这才摘下围裙要去王张罗家。正待出门时，王张罗慌慌张张地来了，说是下午时他和刘玉香一起睡觉，一觉醒来后就不见了媳妇，村里的小道他挨条跑了一遍，连个影子也未寻着。

"这下小孩子又得给跑丢了。"王张罗毫不掩饰自己的泪水。

"别急，咱们出去找找看。"吴云华说，"她那么沉的身子，也跑不远。"

结果他们分头跑东家问西家地寻了个遍，人家都捧着饭碗说未曾见着，末了大家都关切地问一句："她又要生了吧？"

吴云华也急得要哭了，她从王嘘嘘家唤回了关全和，让他帮着找，又唤关小明也出去寻寻。

关小明本不愿意为王张罗去找老婆，但一想到王张罗这么大岁数还没当上爹，脸色整日煞白煞白的，就有些同情他了。他抱住冰溜儿的脑袋对它说："咱们出去找王张罗的媳妇吧，我可不知道她去哪里了，你要是知道，你就带我去。"

冰溜儿点点头，在前面跑着将关小明领出家门。它跑过一条小路，关小明便也跑过一条小路，他们这样接连跑了好几条路，累得关小明气喘吁吁，同时他却暗中庆幸冰溜儿自由天性的复活。他们来到村口，太阳已经向西了，那是轮血红的落日，它满腔热情地贴近地平线。田野里一片苍茫，小路变得有些模糊。冰溜儿望着落日停顿了一下，然后就飞快朝窑上跑去，关小明一边在后面追赶一边说："那个傻媳妇不会去窑上的，你又带着我空跑路，咱们今天都去过一次那里了！"

冰溜儿依然精神抖擞地朝窑上跑，关小明只能穷追不舍。他在向窑场奔去的时候觉得除了冰溜儿在牵引着他外，还有那轮猩红的落日。他每多跑一步就感觉它离自己近了一些，像是谁拿个红绣球在跃跃欲试地抛向他。

他们赶到窑场时夕阳已经沉了一半，另一半仍然是猩红的。冰溜儿呜呜叫着围着窑棚转圈，关小明连忙跟过去，他闻到一股腥热的血气，他将头伸进窝棚，结果看见刘玉香躺在一片干草上，一个红润的婴儿在她的胳膊里轻轻蠕动。

"关小明，我就盼着来人呢，快叫你们王老师来，把我和孩子接回去。"

"你怎么跑这儿来生孩子了？"关小明吃惊地问。

"我本来是要给小孩来找碗的。等我好不容易找到一个好碗要回家时，这孩子就非要下来不可，我就在这儿生了。"刘玉香柔弱无力地看着她的孩子说，"他出来时那个哭哇——"

"我爷爷一个碗也没烧成。"关小明说，"你怎么找着一个好碗了？"

刘玉香朝她的右侧努努嘴，关小明果然在一片干草上见到了一只完整的闪着暗红光泽的碗。那碗完美无瑕，均匀的弧度，浑圆的碗口，敦实的底座，颜色艳丽而不失庄重，不像从窑里出来的，仿佛是由夕阳烧成的。

刘玉香这次平安产下一个七斤半的男婴。全村人都为之惊喜。她居然一个人顺利地在窑场生下了孩子，而且带回了一只金红色的碗。人们奔走相告，都称之为奇迹。据卫生所的医生说，如果关小明再晚到一个小时，刘玉香怀中的孩子可能会被冻死。当人们夸奖关小明时，他就如实说是冰溜儿带着他去的。于是冰溜儿的威名虽减，但美名倍增。

小孩子满月的那天，校长特意准了王张罗一天假，由他在家办一桌酒席。晚上时他将王嘘嘘和关老爷子请到家里吃酒。他想如果没有王嘘嘘的两串红辣椒，他的孩子不会有如此强的生命力；他想如果没有关老爷子烧出的那只碗，他的孩子也将像以前的一样夭折。而王嘘嘘和关老爷子并不在意去喝满月酒，他们都惦记着去看那只非同寻常的碗。他们果然在灯下与它相遇了，它弧度均匀，碗口浑圆，底座敦实，颜色艳丽而不失庄重，的确像关小明描述的一样。他们久久地盯着它，甚至都不舍得用手去碰一下，因为它太完美了。

"你这碗模子打得有多好。"

"你这窑烧得有多么好，就是过去的皇上也没用过这么漂亮的碗！"

王嘘嘘和关老爷子互相赞美着，他们恨不得将自己的眼睛嵌在碗上，每时每刻地看。后来王张罗频频邀请他们入座，他们这才恋恋不舍地离开碗，意犹未尽地坐在酒桌旁。

"这个孩子是靠你们二老的保佑才活下来的。"王张罗激动地举起一杯酒，说，"我代小孩子向二老求个名字。"

关老爷子本想推让，可王嘘嘘当仁不让地把给孩子取大名的权力揽在自己手中，说："他总不能也叫王张罗吧。"

王张罗其实叫王亭运，只因他总是为着没孩子的事操心，大家才唤他王张罗。

"你叫王亭运，你儿子就叫王福临吧。"王嘘嘘说，"从此以后福运到来。"

　　王张罗叫着"好"，又去求关老爷子给小孩子赐一个乳名。关老爷子虽然为着王嘘嘘抢了大名的风光有些不悦，但一想乳名有时比大名还叫得长久，于是就将王张罗敬过的酒一饮而尽，在弥漫的酒香气中热辣辣地说："就唤他'碗窑'吧。"

　　王张罗同样叫了一声"好"，然后去把孩子抱过来让二位老人看。他们看碗一样充满深情和怜爱地看着王福临，看着碗窑。王嘘嘘不由将头拱在小孩子的腿间，用嘴亲着他的小牛牛，连连说着："羡慕死我了。"

1996 年

疯人院的小磨盘

一

　　小磨盘十二岁了，看上去却只有七八岁那么大。他很能吃，而且不挑食，可就是不长个儿。疯人院的灶房师傅常常几勺子磕着黑油油的马勺说："你把那东西都吃给谁了？蛔虫还是鬼？"这时的小磨盘通常是蹲在灶台前，一心一意地吃着什么。他顾不得说话，只是用倦怠的眼神懒懒地扫一眼炉台的火，继续慢条斯理地吃他的。当然，如果灶房师傅在数落了他之后随即爆起了油锅，落在沸油中的花椒、葱、姜、蒜或者辣椒被炸得蹿出浓烈的气味后，小磨盘就不得不弄出声音了，不过这电报音是从鼻腔发出来的："啊嚏！"跟下来，会有一串鼻涕像蚯蚓一样柔软地钻出来。小磨盘的妈妈这时不管忙着什么，总要直直腰看儿子一眼。若是那鼻涕落在了裤子上，她就要叹息一下；而要是落在了食物上，她就接着做事了。小磨盘不忌讳鼻涕，他会把它连着食物吃掉，而省却了她洗衣服的麻烦。

小磨盘就是这样吃饭的，他很少能坐在桌子前正经八百地吃。没到吃饭的时候，他就饿得头晕眼花了，于是就像老鼠一样溜进灶房，逮着什么吃什么。秦师傅最讨厌的就是他这一点。因为小磨盘吃东西是不分青红皂白的，他常常把师傅偷着留给自己的下酒菜给吃了，譬如一块酱牛肉，一盘拌得酸甜可口的萝卜丝，一碗刚出油锅的豆腐泡。秦师傅火气大，每逢此时，他都咬牙切齿地揪着小磨盘的耳朵恶狠狠地骂："你这偷食的野猫！你以为那好吃的都是孝敬你这个小王八蛋的？！"小磨盘这时就会理直气壮地反驳说："那吃的东西是个哑巴，我吃它时，它也没说它姓秦啊，我不吃它还留着啊？"秦师傅只能松了手，踢他一脚，说："快滚出去找你的那些疯子玩去吧！"小磨盘就一歪一斜地出了灶房。他走路老这副样子，似乎总是被狂风吹着似的走不稳。他吃东西喜欢蹲着，不用筷子，只是用他那双黑黢黢的手。今天他吃完了一个素馅包子，本来打算要出去的，可是他眼尖地发现了搁在碗柜里的一碟被炒得油汪汪的肉丁。小磨盘见秦师傅正在背对着他炒菜，于是放心大胆地吃起了肉丁。未等吃完，还是被秦师傅发现了，他照例奔过来揪着小磨盘的耳朵骂："你这偷食的野猫！"小磨盘疼得嗷嗷地叫着说："那你就去揪野猫的耳朵啊！"秦师傅撒了手，呵斥道："还不快滚，要不我可切下你的小鸡鸡，把它煎了下酒吃了！"小磨盘下意识地用手捂住裤裆说："这玩意儿臊烘烘的，有个什么吃头！再说了，就真是吃的话，你该吃你自己的啊，我这个太小，不够你吃的！"灶房里本来有切菜的嚓嚓声，有炖菜的咕嘟声，有炒菜的吱啦声，可是它们全都在瞬间湮没在暴雨似的笑声中了。秦师傅笑得掉了铲子，杨师傅笑得撤下了菜刀，王师傅则笑得把正欲添进锅里的一瓢水给洒了自己一身。只有小磨盘的妈妈没有笑出声，但她在心里也是笑着的，她忍着，把脸给忍红了。

其实三位师傅都是喜欢小磨盘的，他们也并不吝惜他吃什么。只是秦师傅算是灶房里管事的，人一旦管着点什么事，哪怕是丁点的小事，就爱耍耍威风。他留吃的给自己，往往也是为了显示其与众不同的身份。其他两位师傅对此看不惯，所以巴望着小磨盘去吃秦师傅的酒肴。而秦师傅表面上对小磨盘很凶，其实心里是疼他的，往往小磨盘被揪了耳朵而跑出灶房，秦师傅总要叹口气，说："唉，这小磨盘也是的，怎么干吃不长肉呢? 我可别把他的耳朵当树叶一样给揪掉了，要不他长大了说不上媳妇，还不得用刀把我给剁成肉馅!"小磨盘的妈妈若是在场，就会微笑着淡淡地说："怎么会呢。"她说话通常是很简短的，让人觉得这个俭省的女人在话语上也俭省着。在灶房里，只有她一人是女的，可她干的活儿却并不比三位师傅少。淘米、清理垃圾、择菜洗菜、发黄豆芽、给各个调料盒增添调料、打扫灶房及至分装盒饭，这些活儿都是她的。她大约有四十了吧，眼角聚集着一棱一棱的皱纹，仿佛她在那里种了一垄垄的庄稼。她很瘦，面色青黄，吃东西时老是打嗝，似乎所有的食物都不对她的胃口。无论冬夏，她衣服的颜色都是老绿色的，那颜色一旦褪了，就像一片荒芜的原野一样，让人看不得。她也许已经忘记自己是一个女人了，除了不爱打扮自己外，三位师傅开着一些有关男女之事的玩笑时，她也无动于衷。不过，她很爱看晚霞，一旦西边天弥漫了橙黄或嫣红的晚霞，她就会溜出灶房，出神地看上一会儿。每回看了晚霞回来，她的眼神就有了光彩，干活时更加卖力了。所以不管晚霞飞舞的时分灶房多么忙，师傅们都不催促她，任她看个够。晚霞又不是天天有，这点时间他们是乐意给她的。有一回，是盛夏的一个傍晚，那晚霞闹得很欢，几乎半边天都是红红火火的霞光，它们像火一样地燃烧，像涨潮的海水一样汹涌着，美丽得无边无际。小磨盘的妈妈抽抽搭搭地说："还是天有福啊。"秦师傅哈哈笑了，说："天有什么福？那么大的地方就放着两样大东西，一个太阳，一个月亮，再加上一堆烂星星，都穷成那样了你还说它有福，真是抬举了它！"就因了他的这句玩笑话，她足足一周没有搭理秦师傅。秦师傅私下庆幸地说："幸亏我还没说老天存着的东西跟屎是一个颜色的，不然她还不得一年不和我说话！"

人们都管小磨盘的妈妈叫"菊师傅"。其实她叫刘菊，应该叫她"刘师傅"的。可是大家觉得一个女人叫"刘师傅"没有女人气，就喊她"菊师傅"。

秦师傅教训和数落小磨盘的时候，并不忌讳他妈妈在场。菊师傅也不在意，该忙她的活计还忙她的活计，因为她认为这都是对小磨盘好。她偶尔抬头漠然地看小磨盘一眼，见他那副灰头土脸的样子就像一只在垃圾堆上觅食的老鼠，十分的可憎，就觉得秦师傅下手太轻了，应该给他来点狠的才是。至于怎么个狠法，她自己也想不出来。

王师傅笑够了，把炖熟的豆角往大铁皮盆子里盛，每盛一下他都要敲敲锅，灶房里便响着"当——当——"的声音，好像这菜被火熬得青春不再，它在锅里悲鸣呐喊。瘦削的杨师傅最听不得这声音，他拿了一块刚切下的洋葱，走到王师傅背后，出其不意地擦了他眼睛一下。王师傅被辣得号叫着，他骂："我敲的又不是你家的锅，你凭什么管我？"秦师傅在一旁笑着说："你以为疯人院的锅就可以白敲，要是敲漏了的话，我扣你一个月的工钱！"秦师傅永远把工资叫"工钱"，一副大地主的腔调。王师傅擦着辣出来的泪水说："我可真是在这儿干够了，一天到晚地受窝囊气，比小磨盘还不如！你们知道吗，城里有家馆子，看上了我白案上的活儿，要雇我去，白吃白住外，一个月净给我四百块，我都给回了！"秦师傅从鼻子里哼了一声，说："就你那白案的手艺，花卷盘得还没有牛屎好看，千层饼能弄出来三层都算多的，擀的饺子皮厚得像脚后跟，蒸锅馒头连碱都使不匀，你还吹牛呢，说什么你把人家给回了，我看是人家把你给回了！你要是嫌在这里施展不开，就赶紧卷行李走人，咱可别耽误你的前程！"菊师傅很喜欢听他们斗嘴，他们往往说着说着就急了，有时还大打出手呢。不过用不了三分钟，他们之间又有说有笑的了。

给前厅的食堂送过饭，菊师傅回到灶房的时候，三位师傅像往常一样坐在桌子前等她。她落了座，大家就开始吃中饭了。别看杨师傅单薄，吃东西可是有股一往无前的劲儿，他吃得狠而快，口腔老是发出呼呼的响声，好像他的嘴是卷扬机一样。胖胖的王师傅吃东西很斯文，比如他要是吮大骨棒里的骨髓油，得拿根塑料吸管插在里面，然后小心翼翼地吸。杨师傅这时就会鄙夷地说："我看你整个奶嘴得了！"王师傅也不恼，依然规规矩矩地吃他的。只有秦师傅，他吃东西有张有弛，不紧不慢，悠徐从容，很有派头。他们吃饭的时候通常要聊点什么，比如今天，他们讨论的就是小磨盘上学的事。

秦师傅首先说:"菊师傅,你前天说给小磨盘已经报上名了,这回他去上学,你可不能像前两次似的,他一叫唤你就心疼他,上个十天半月的就回来,那可就真把他给耽误了!"

菊师傅只是轻轻地"哦"了一声。

"再有几天就开学了,我看应该让这小东西收收心,不能让他再去玩了,让他在屋子里先摸摸书本,摸出点感情来,他就不会想着退学了。"杨师傅一边狼吞虎咽着,一边插话说。

菊师傅又"哦"了一声,随之打了个干嗝,哆嗦了一下。

"咳,照我看他全是让那些疯子给拐带坏了!"王师傅说,"你们想想看啊,他见了我们一天有话没有?没有!可是他见了那些疯子呢,那话多得比三九天落下的雪花都多!"

菊师傅抬了下头,她端饭碗的手本来就绵软无力的,这下更握不住碗了。那碗倾斜成了漏斗,里面的粥就要漫溢而出。她最怕别人把小磨盘和疯子联系到一起,这令她心惊胆战。想到死去的丈夫,菊师傅更加心慌气短。她顺势撂下饭碗,打算离开饭桌。秦师傅说:"你看你,一跟你提小磨盘上学的事你就心烦,心烦顶什么用?连饭也不想吃了,你再不吃饭,我就跟院长说,说你瘦得干不动活儿了,在灶房就是个废人,得白白养着你,让他把你给辞了,我看你还吃不吃东西!"菊师傅用湿漉漉的眼睛温情而又幽怨地望了秦师傅一眼,把撂下的饭碗又端起来。

杨师傅吃得热火朝天的,把鼻涕都吃下来了。他擤了一把鼻涕,劝慰秦师傅说:"小孩子没有爱上学的,他们谁不知道玩好啊。就说我家雪玫,那还是个丫头呢,还不一样贪玩?当年我领她报名去上学,她哭了一路,三天两头说逃学。等过一段,我教训了她几次，再加上老师剋她，她也就顺过来了，服服帖帖地自愿上学了！我看你不用心急，到时你坚持住不让他回来，他一个小孩子还能翻了天！"

王师傅说："我还是刚才那句话，少让他和那些疯子去玩，他也就不会什么都看不惯了！你们想想看哪，他前两次没上成学，他回来跟我们说什么？他说老师站在黑板前的姿势是可笑的，就好像要饭花子一样；他还说下课的时候做操的下蹲运动就像让人集体屙屎一样；还说到了中午就得吃饭不是人做的事，猪才按时按晌吃食。他要是不常和那些疯子在一起哪来那么多的怪念头！"

秦师傅撂下筷子，使劲咳嗽了一两声，这是他要郑重讲什么事的一个信号。果然他对菊师傅说："我看王师傅说得在理。小磨盘不喜欢我们，可他见了疯子就不一样了，简直就像见了家里亲戚似的。有一回我在院子里看见他和那个外号叫'张唠叨'的疯子在一起，他们用木棍在地上画了不少东西，有鸡，有帽子，有茶缸，有娃娃头，还有鞋、剪子、花瓶、板凳、帽子，他们在一起玩起了过家家，有滋有味的，看得我头皮直麻。张唠叨还把画上的帽子往小磨盘的头上比画，说'美——美——'，小磨盘笑得跟公鸡打鸣似的那么响，真是让我看不下眼！你啊，这几天就辛苦点吧，把他看住，别让他再去找疯子玩去了。"

菊师傅把夹起的一片黄瓜又放回盘子，她用蚊子一样的细声说："刚才你不是撺着他去找疯子的吗？"

秦师傅拍了一下桌子，气咻咻地说："小磨盘偷吃了我的酒肴，我说句气话发泄发泄，这你还计较啊？"

菊师傅没说什么，她瞅准了一块肥瘦相宜的肉把它夹了，搁在秦师傅的碗里，然后放下碗筷，抖抖衣襟起身，寻小磨盘去了。

王师傅和杨师傅目光都聚集在菊师傅夹给秦师傅的那块肉上。秦师傅吃喝道："瞪那么圆的眼睛瞅啥？还能把这肉给瞅成圆的？真是！"

一只小老鼠从饭桌旁簌簌跑过，让眼尖的杨师傅没捉着，倒把饭桌给弄翻了。王师傅懊恼地说："这下好了，这些吃的都成了老鼠的了。"

杨师傅说："那咱们就到门口晒太阳，让这些混账出来吃个够吧！"

二

北方的太阳什么时候最高呢？那就是现在，是八月，而且要是正午。这时的太阳光芒四射，高不可攀。它的每一缕光都非常有质感。若是它落在了渔民身上，他们就很容易把它当饵线给用了；若是它落在了女人手上，她们就轻易地将其当成雪白的麻线了。小磨盘呢，他对这时的阳光的感觉完全是从李扬那里得来的。李扬绰号"李竹板"，是疯人院里年龄最小的患者，只有十四岁。他对小磨盘说，从天上掉下来的那些光，你可别把它当成光啊。它们是一片一片的白桦树，落到哪里就能在哪里生根。小磨盘见过白桦，它们有着洁白的树身，树身上的黑褐色树斑大都呈梭子形状，很像一条条体态俊美的鱼。李竹板说阳光就是白桦树，在一定程度上解答了小磨盘心中对这树的来历的疑问。因为他想这么美丽的树，不会是人间的产物。这时节的小磨盘，就常梦见自己的脑袋长了一棵枝叶茂盛的白桦树。

小磨盘讨厌过夏天，是近几年的事。初夏倒没有什么，他仍可以心无旁骛地玩，一旦夏天老气横秋了，风开始凉了的晚夏时节，他就有些心烦意乱了，因为妈妈会张罗他上学的事。小磨盘觉得学校里净是些愚蠢而无趣的人，不想去那里，所以尽管他很喜欢这时的太阳，还是有些闷闷不乐。他被秦师傅揪了耳朵赶出灶房后，就直奔花园去了。所谓的花，不过栽着一片常绿的鱼鳞松，树旁修了个花坛，种着开得很长久且耐霜的花，譬如矢车菊和步步高。

当然，不知谁在花坛里撒了爬山虎的种子，于是又有几株爬蔓的植物伸展出来。由于它们的出现不在意料之中，负责清扫院子兼做花匠的老头就看不起它们，并没有给它们插个枝条让其能伸展着腰肢生长，它们也就随处乱爬，有的就近缠绕着高株的矢车菊生长，有的忍辱负重地先匍匐一段，然后顽强地爬到鱼鳞松的树干上，激情满怀地开着它那喇叭花形的花朵。小磨盘觉得那花就像一张张呐喊的嘴一样，只不过不明白它们喊的是什么。小磨盘有时会想象爬山虎这种老是张着嘴的花，在花界里是不是也要被当成疯子？花坛周围放了几条油漆斑驳的长椅，中午的时候，轻症区的患者就会一个一个晃荡过来，他们走路通常要甩胳膊甩腿的，他们有的坐在长椅上念念有词地说着什么，有的则四仰八叉地躺在椅子上看天，有的看着鱼鳞松上的爬山虎嘻嘻笑着，还有的围着花坛像拉磨的毛驴似的一遍一遍地转圈。

魏大华最先看见了小磨盘。他抽着脸，似乎十分不满意小磨盘的样子。

小磨盘问他："你中午吃什么东西了？"

魏大华一撇嘴说："我吃的全都是骗子，这些东西该吃，我把他们吃得吱吱叫，狗东西们！"

小磨盘逗他："这些骗子在你肚子里没闹腾吗？"

"他们哪里是听话的衙役，在我肚子里一个劲儿地折腾，想要出来，可我不吐他们，他们出得来吗！骗子！"魏大华使劲地捂着嘴，生怕一时不慎会让肚子里的骗子溜出来。

魏大华是疯子里长得最英俊的。他一米八的个头，腰板挺直，国字形脸，浓眉大眼的，唇角常常泛着笑意，举手投足间都带着股非同寻常的魅力，他最爱说的一句话就是"骗子"。那个爱唱歌的女疯子李雪芬最喜欢魏大华，只要在花坛望见了他，她就开始唱歌。魏大华对这歌声并不买账，他堵着耳朵，从鼻子里哼一声，说："骗子。"

小磨盘见魏大华对自己爱理不睬的，就问他："我怎么把你给得罪了？"

魏大华似乎很伤心，他的目光现出委屈的神色，带着哭腔说："别人问你怎么叫'小磨盘'，你就告诉；我问你，你就不搭理，以后我不跟你玩了，你找个驴跟你玩吧，你个骗子！"

小磨盘笑了，他说："我什么时候没告诉你我为啥叫'小磨盘'？那我就再跟你说一遍吧。我妈生我的时候，接生婆看我的脸长得圆，就说'哎呀，这小东西的脸比磨盘还圆哪'，从那以后，他们就管我叫'小磨盘'了。"

魏大华立刻就眉开眼笑了，不过他嫌小磨盘讲得太简单了。小磨盘就说，这个事就这么短啊，我想把它讲长也不行啊。

魏大华是为什么疯的呢？他原来在一家广告公司工作，挣了几万块钱后，就认为有了发展的本钱，就辞了工作，去了广州。不曾想到到那儿还不到两个月，他身上的钱就被一个骗子给骗走了，而这骗子逃之夭夭，至今没有落网。魏大华情绪低落，他两手空空地回到北方，觉得无脸见人。偏偏这时与他交往多年的女友又提出与他分手，他整日郁郁寡欢，久而久之认为天下人都是骗子，包括他的父母。他说他当初是不想来到这个混蛋的世界的，可他妈妈总是给他说动听的话，让他快快出来吃糖、看金鱼、放爆竹，他就被哄着从母腹中爬出来了。出来一看，这世界并不是他妈妈说的那个样子，到处都是口是心非的人，可他长大了，没法再回去了，只能挨着了。所以无论他见了人还是植物，总要骂一句："骗子！"

疯子们一见小磨盘来了，就渐渐朝他围聚过来。他们都喜欢他。张唠叨发现小磨盘的耳朵根又红了，就说："你偷吃东西了？"小磨盘以往告诉过他，若是发现他的耳朵红了，那一定是他在灶房偷吃好东西了。小磨盘点了点头，张唠叨就有些愤愤不平地说："灶房的师傅，有几个是好东西呢！他们一天到晚就和锅碗瓢盆打交道，一身的铁锈味，没趣！"

"没趣！"其他的疯子跟着齐声喊道。

小磨盘就觉得从中获得了巨大的安慰。他对他们说，再过几天，新学期要开学了。他就不能和他们玩了，他得上学去了。小磨盘叉着腰，学着菊师傅的口气说："小磨盘，你都十二了，连一年级都没读完，将来你不就是个废物吗！你这次要是还不定下心来好好学习，我就不要你了，你爱哪儿去就哪儿去"。

"她不要你，我们要，要个小磨盘多合适！"魏大华手舞足蹈地说。

张唠叨也说:"上学干什么? 我就是学校, 我是教授! 教授, 你们听说过吗? 我满脑子没别的东西, 全都是知识! 知识在那里面闹得我的脑袋都要爆炸了, 要不我能来这里住吗? 一个教授教你个一年级的学生, 绰绰有余! "

其他疯子听张唠叨这么一说, 就异口同声地说:"你教, 你教! "

张唠叨一梗脖子说:"他还没叫我老师呢, 我凭什么教他, 他得拜我! "

魏大华就把小磨盘的头使劲往地上摁, 完全把他的脑袋当印章来使了, 小磨盘就势让头点了地, 并且叫了他一声"张老师"。张唠叨叫张争, 原来在一家师范专科学校当老师, 因为从讲师晋升副教授不成, 怀疑是同事做鬼, 就放火烧了人家的房子, 被判服刑一年。出了监狱, 他的精神就不比从前了, 整天看什么都不顺眼, 且老是唠叨不休, 总说自己满脑子的知识要爆炸了, 他妻子就把他送到这里来了。他来了五年, 他那个漂亮而文静的妻子头两年还来看他, 后来就是他母亲来看他了, 传说他妻子另有所爱了, 只是由于法律的限制不能与他离婚而已。

张唠叨听小磨盘叫了自己"老师", 就咧嘴笑了, 他蹲下来, 用手指头在地上写了四个字"人马猪羊", 让小磨盘去念。李竹板认得这些字, 他就摇头晃脑地先念了一遍, 这引起了张唠叨的不满。他指着李竹板让他面对着李雪芬罚站, 李竹板只好站过去。可是李雪芬希望站在她对面的是魏大华, 于是劈手就给了李竹板一巴掌。她这巴掌扇得很响, 打得李竹板趔趔趄趄的, 仿佛是一棵被狂风鞭打的孱弱的小树, 李竹板委屈得呜呜哭了。小磨盘和李竹板最贴心，他不能允许别人欺负他，就霍地从地上站了起来，直奔李雪芬而去。小磨盘个子矮，他扬起手来也打不着李雪芬的脸，小磨盘就大叫了一声跳起来，眼疾手快地回敬了李雪芬一巴掌，打得清脆悦耳，就像除夕夜的爆竹声一样。李竹板不哭了，李雪芬哭起来了。坐在花坛旁看护疯子的林护士斥责小磨盘说："小磨盘，你招惹他们做什么？一会儿他们犯了病，把你给撕成碎片我可不管！"林护士满脸的雀斑，瘦得像棵豆芽菜，整日气冲冲的样子。灶房里的杨师傅与林护士曾在城里做过邻居，他说林护士在家常和丈夫吵架，经常是深更半夜吵，骂她男人是"流氓"。她丈夫是个司机，和杨师傅很熟，他对杨师傅诉苦说，林护士原来不在精神病院工作时，是个爱说爱笑的人，虽然她不漂亮，可是因为温柔、性格好，就觉得她是美丽的。谁知自从和疯子打了交道以后，她的性格变得古怪了，动辄就发脾气，而且不愿意和丈夫睡一个被窝了。

小磨盘冲林护士撇了撇嘴，心想瞧瞧你那一脸的雀斑，看着就像溅了满脸的泥点似的，真是显脏啊。林护士训完小磨盘，又教训疯子说："我看谁还敢再闹？那样的话，明天就不让你们出来晒太阳了！"她的话果然奏效，疯子们全都安静下来了。他们该去看花的就去看花了，该去抚摸阳光的就伸出手来了。就连那个口口声声自称是"教授"的张唠叨，也乖乖地把写在地上的字赶紧给划拉了。只有魏大华仍有些愤愤不平的，他走到一棵树下，使劲地甩了一下胳膊，然后冲着林护士叫了一声："骗子！"林护士正要起身去教训魏大华，菊师傅来了。她有些罗圈腿，走路的姿态就很像企鹅腆着肚子的样子。小磨盘本来觉得林护士是难看的，菊师傅一出现，他觉得他妈妈是最丑的，瞧她面色灰白的，根本不像是走在这么好的阳光下，倒像走在暗无天日的荒凉的旷野中。而且，她身上始终如一的老绿色的衣裳给人一种发了霉的感觉，让人觉得她正在不知不觉地腐烂下去。小磨盘十分气馁，他想妈妈再继续在灶房干下去，就跟老鼠一个模样了。

"菊师傅，你是来找小磨盘的吧？"林护士站起身喋喋不休地说，"这孩子不能这么放羊了，他只是个玩的心思，刚才他还挑逗这些疯子，弄得他们差点打起来！我看你趁早还是把他送进学校去。现在让他吃点苦遭点罪，是为了他的将来好，他也不能像咱们似的一辈子就在疯人院里混了！"

小磨盘觉得林护士的样子就像只黑乌鸦，而洗耳恭听的妈妈就像一堆垃圾，很令他反感。他想这个中午是别想有好心情了。他就趁她们说话不注意他的时候，从鱼鳞松的树丛中猫着腰，飞也似的溜出大门。上午时他见新来了一个病人，想必下午仙人铺的火二娘就有生意做了。他乐意看火二娘给人望病，那是很有趣的事情。他溜出大门的一瞬，见门房老头在太阳底下打盹，他想这样最好，一会儿妈妈追出来，就没法跟门房打听他了。

三

疯人院实际上叫"柳安精神病疗养院"，也许这"精神"二字不合老百姓的口吻，他们就把它叫作"疯人院"，而且连"柳安"二字也省了，因为谁不知道这个地方叫"柳安"呢？

疯人院的前身对着一条东西向的街，很宽，叫"八方街"。而后身挨着的是一条小街，极其狭窄，叫"四面街"。八方街上有一排又高又直的杨树，它们枝繁叶茂的，充满生机。每当风吹过来的时候，这树叶发出形形色色的响声，仿佛八街在唱歌似的。只不过有时这歌声因了风的狂劲而洪亮，有时则因了风的温柔而浅吟低唱。这条街从西到东总共有五家店铺，它们是：来来录像厅、升天寿衣铺、迎迎旅社、便宜坊豆腐砂锅居和清爽理发店。除了寿衣铺的牌匾是白底黑字的外，其余几家的都是红底金字，或者是白底红字的。寿衣铺和豆腐砂锅居还挂了幌子，幌子的颜色一黑一红，不用说大家都知道吃的地方挂着的是红幌子。有时小磨盘透过疯人院的铁栅栏的空隙远远地望着这两个对比鲜明的幌子，觉得它们的脸一个像秦师傅所讲的李逵，一个则像关公。这几家店铺生意最好的要数旅社，因为有很多陪护的病人亲属住在那里，它的收费很便宜，一张板铺只付八块钱就可以。陪护者很少有长住的，一般是陪个一周两周，待病人安顿下来、能由医院护理的时候，他们也就走了。所以这里住的人以生面孔居多。他们面上的表情通常是忧戚的，全然不似那些他们所陪护的人——总是笑容满面的样子。

小磨盘不喜欢在八方街上转，因为这街在他眼里是单调的，缺乏光彩。他喜欢的是四面街。四面街因为在疯人院的后身，很不起眼，极像一个做错了事而躲起来的孩子。这条街栽的是清一色的柳树，柳树在风中也是唱歌的，只不过不论风的来势如何，它发出的歌声都给人一种若有若无的缥缈之感。小磨盘很喜欢柳树垂下来的一条一条的柳丝，骄阳四射的日子，它会让人联想到一道道的雨丝，而给人平添了许多的凉爽和滋润；阴雨绵绵的时节，它又会让人联想到随处飞舞的清爽的阳光。四面街的店铺不像八方街的那么显眼，但它们给人的印象却是温暖的。比如总是香气弥漫的烧饼铺，比如经营家常小菜的吉顺饭馆，比如摆满了锅碗瓢盆的杂货铺，都给人一种亲切之感。在这些店铺的后面，是一片矮矮的青色泥屋，住着几十户的菜农。在这些泥屋中，最靠近四面街的一座泥屋是小磨盘最爱去的，它的大门上挂着一个"裁缝铺"的牌匾，是火二娘开的。对外它叫"裁缝铺"，可是这附近的人都管它叫作"仙人铺"。火二娘大约五十多岁了吧，她高而瘦，喜欢穿深颜色的衣服，爱喝酒，常常是两腮绯红的。她的头发只有几缕黑色的，绝大部分是白的了，她把这些稀薄的头发盘着个发髻，端端地坐在脑后，看上去就像个上供的小馒头，只不过因了那星星点点的黑头发，这小馒头看上去，仿佛落了灰尘。火二娘老伴已经去世了，她和儿孙住在一起。他们下地种田，而她在家忙她的活计。她的活儿主要有两项，一个是缝纫，她在这方面的手艺可以与城里的老裁缝相媲美，可惜这一带人烟稀少，家家又都比较穷，一年里每人至多添一件新衣，所以她这方面的活儿接得并不多。她的主要营生，其实是给人看病。她专看那些医院看不了的邪病。她家的屋子，有一间是专为看病的，里面摆满了各路神仙的塑像，有瓷制的，有木雕的，还有铜制的，看上去五彩斑斓。这些神像被一格一格地供在南墙的木架上，在这木架的底端伸展出来一块椭圆形的木板，上面摆着一个有海碗那么大的铜香炉。香炉是三足支撑的，周围雕着一些莲花和曲曲弯弯的经文。这面木架常常是香烟缭绕的。在它的对面，也就是北墙那儿，竖着另一个木架，这里插着许多写着字的木牌位，据说是狐黄蛇虎等仙聚集的地方。"狐"指的是狐狸，"黄"指的是黄鼠狼，"蛇"和"虎"就不言自明了。在这个木架上，摆着大大小小的酒杯，想来这一路的仙是爱喝酒的。有时木架上还会出现烧鸡、烤鱼等供品，那大都是病人亲属们为表示虔诚而供上去的。小磨盘曾不止一次地偷吃过那里的东西。这间屋子只有一个东窗，平时它老是拉着窗帘，仿佛神仙们满心都是光明，不需要天光的照耀一样。

火二娘据说是出道的黄仙。她出道有七年了。七年前，她大病一场，牙齿全部掉光了，去了好多家医院，也查不出什么毛病。她只是觉得浑身没劲，胳膊和腿像面条一样软，看人时老是模模糊糊的。她说有只黄鼠狼一直站在她的肩头折磨她，让她替它出来看病，她被折腾得死去活来的，就应了下来。这一应，病果然就好了。据说她能看见磨人的小鬼，能看到一个人前世的冤孽，并且能帮人摆脱罪责。小磨盘就亲眼见过，有一个被送到疯人院的病人，他大吵大闹着，非说自己的脑袋熟透了，让人一定要把它摘下来不可。他在精神病院住了两个月，越住病越重，他的家人万般无奈下求助于火二娘。火二娘烧了一炷香，盘腿坐在炕上，这时她的眼睛闭上了，浑身哆嗦着，她是过了阴了。等她大汗淋漓醒来的时候，就用一根针去扎那病人的人中，之后用红布写了一道符给那人缝在衣服口袋里随身带着，果然，三天之后，这患者像是做了一个长梦似的猛醒了，他不再说那些颠三倒四的话了。当然，这类病人只占极少数。但尽管如此，近些年似乎是形成了个惯例，凡是来疯人院就诊的人，都要被他的家人给领到火二娘这里过过目，万一患者侥幸得的是邪病呢！疯人院的医生也不避讳火二娘，有时他们下了精神病的诊断，而患者的家属不相信，他们就主动说，要不你们就上火二娘那里去看看，仿佛火二娘是个大筛子，只有被她筛得落下网的人，才能轮到医生去看。

火二娘因为一口牙都掉光了，所以镶了满口的白牙，这过于亮堂的白牙与她脸上的皱纹很不谐调。小磨盘不喜欢她的牙，所以火二娘说话时，他不看她的嘴。这白牙老是给他一种说假话的感觉。

果然，小磨盘一进院子，就碰见了上午时看见的新来的疯子。她看上去不到二十的样子，眉清目秀。她被一个五十上下的男人给领着。见了小磨盘，她咧嘴笑了笑，在经过他身边的时候，顺势刮了小磨盘的脸一下，说："这小猫崽，皮子很懒嘛，把他炸着吃了，一准不费柴火！"那男人大约是她父亲，他叹了一口气，吆喝她："你再胡说八道，我就把你扔到野地里，让狼把你吃了！"那姑娘果然被吓唬住了，她安静下来了，不过她在走出院子时又回头望了小磨盘一眼。小磨盘冲她伸了伸舌头。他很懊恼自己来晚了，没有看到火二娘给这姑娘看病的情景。从那男人无奈的表情看得出来，这姑娘得的不是邪病，看来疯人院又要多一副新面孔了。

火二娘给人看病的那间屋子香气很浓。小磨盘一进屋，就被呛得咳嗽起来。窗帘如往常一样拉着，所以坐在炕上的火二娘像个黑树墩一样看不出个模样，给人阴气沉沉之感。小磨盘冲着那黑影说："那个姑娘你看不了她，是吗？"火二娘尖着声说："她得的不是那一路的病，你让我怎么给她看？"火二娘说话的腔调，是千变万化的，有时像少女一样的妖羞，有时又像八十老妪一样的沙哑，有时那声调是脉脉含情的，有时则像狼嗥一样刺耳。小磨盘溜到北墙的木架旁，打算寻点肉来吃，可他闻到的只是酒气，小磨盘很失望，打算着出去了。这时火二娘问他："小磨盘，你上回说你妈又去给你报名上学了，报上了吗？"小磨盘最讨厌别人提上学的事，所以他没有好气地连说了两句："报上了，报上了！"火二娘说："这学校也真行呀，你前两次那么闹人家，人家也没记恨，该收你还是收了。这回去呀，你可不能任性了，要不你妈还不愁死了。"

小磨盘没有好气地说："我上不上学我妈愁什么，她怎么不愁愁自己的事呢。"说完，他拍了木架一下，心想你们这些神仙也不弄点好吃的东西给我，我才不让你们坐得那么安生呢。

火二娘的声音又变得苍凉了，她说："你妈自己有啥可愁的？"

"还说没啥可愁的？"小磨盘的声调高了起来，他说，"人家都有老爷们儿，她没有，她就不知道着急？"

火二娘笑得在炕上晃来晃去的，她气喘吁吁地说："你不在乎你妈给你找个后爸？要是有了后爸，你这样不爱上学，他要揍你怎么办？"

"他是来管我妈的，他凭什么管我呀，又不是我来找他的。"小磨盘振振有词地说。

火二娘平静了下来，她小心翼翼地问："人家都说灶房的秦师傅看上你妈了，你妈是不是嫌他岁数大，没答应他啊？"

"秦师傅算老爷们儿吗？我看不算，老爷们儿都是护着老娘儿们的，可他不，他护着自己，把好吃的都留给自己！"小磨盘很气愤地说着。

火二娘还要逗引小磨盘说些什么，可他在这个仙人铺子待够了，就想出去了。临出门时，火二娘吆喝他："小磨盘，锅台上有新蒸的地瓜，你自己拣个大的拿着吃吧。"

小磨盘就直奔灶台，果然见竹笸箩里有几个被蒸得红得发紫的红薯，就瞅准一个大的伸出手去，这一抓，笸箩上有一群苍蝇被惊扰得飞了起来，小磨盘就缩回了手，没了胃口，无精打采地走了。

小磨盘没有回疯人院，这是下午的时光了，疯子们一定都回病房了。他在四面街上闲逛着，这街上的人没有不认识小磨盘的，他们见了他都和他打招呼。烧饼铺的伙计刘满江一边倚着铺子的门柱剔牙，一边逗小磨盘说："你要是喊我一声爸，我就赏你一个新出炉的烧饼！"

小磨盘垂头踢着一块石子走着，他不理刘满江，心想你是个因偷东西而蹲过监狱的人，我才不和你这个贼打招呼呢！

绕过了刘满江，又碰到了旅社的胖姑娘许美美，她正在门口晾刚洗完的被单。这一带的人都说许美美是只"野鸡"，小磨盘知道一个女人是"野鸡"是不地道的意思，所以就不爱和她说话。偏偏许美美喜欢小磨盘，她很殷勤地叫他："小磨盘，我这里有椰子奶糖，你想不想吃啊？要是想吃的话，你就叫我一声妈！"

小磨盘瞟了许美美一眼，心想这些不是疯子的人怎么那么无耻，老想让人管他们叫爹娘，难道这样就能占了什么便宜吗？小磨盘不吃她这一套，继续踢着石子走他的。后来他一脚踢斜了，石子进了杂货铺的门，好像这石子要买什么东西似的。就在石子飞进门的一瞬，门里的声音也传了出来，是十分暴躁的声音："哪个小王八蛋这么缺德啊，敢往我的铺子扔石头子，爷爷我剁掉你的手！"说着，汪汇朴从店里气势汹汹地出来了。小磨盘想今天这铺子的生意一定不太好，否则，爱说笑话的汪汇朴的态度是不会这么激烈的。汪汇朴已经抬起了手，做出随时准备教训人的姿态，一见是小磨盘，他就落下胳膊，吐了口痰说："你怎么往里面扔石子呢？"小磨盘打了下哈欠，他有气无力地说："我踢着它在路上走着的，哪想到它自己就进了铺子呢？准是它要买什么东西。"

汪汇朴冷笑了一声，说："那石子要是买东西的话，一定是来买弹弓，让弹弓把它射出去，打到你的脑壳上，省得你这么踢它！"

　　小磨盘就咯咯咯地笑了起来。他笑得抽着身子，像团刺猬。汪汇朴说："别笑了，你没看你身后的柳树叶子都笑害臊了，它们都背过脸去了！"

　　小磨盘止住了笑，他抬头望了望柳树，发现那些树叶果然都翻卷着身子，似是掩面害羞的样子。他对汪汇朴说："我看明白了，它们这是让风给吹的！"

　　汪汇朴也笑了，他说："挺聪明的嘛，怎么学校就不收你？"

　　"谁说学校不收我了，再过几天我就上学去了！"小磨盘气恼地说。他本来想在杂货铺门前多玩一会儿，现在汪汇朴又提起了上学的事，令他很反感，他就噘着嘴走了。

　　小磨盘出了四面街，朝西北方的一条小路走开去。这时的风越来越大了，只见不远处田野里的庄稼一摇一摆的，风在它们身上尽情地打滚。阳光看着风玩得很开心，它就模仿着风的姿态，也在油绿的庄稼上打滚，小磨盘的眼前光影斑斓的。他走进一片萝卜地，躺倒在垄沟里，阳光就像小猫的爪子一样在温柔地抓他的脸，而风则像小猫的舌头在一下一下舔他，他舒服极了。

四

　　同前两年一样，小磨盘仍然搭乘疯人院的通勤车去上学。疯人院的医生们，基本都住在城里。当初领导是要把家属房盖在医院附近的，可是所有的医生都坚决反对，仿佛一旦住在了城郊，就沦落成了农民似的，住在城里，仍然能体现出他们精神的高贵。这城其实也不大，但总归是城啊，该有的商场、戏院、茶馆、鞋店、钟表店、饭馆、粮油店、电子游戏厅、歌吧、洗头房、中药铺等等，它一样也不少。小磨盘不太喜欢这么多的店铺，给人一种眼花缭乱的感觉。还有，城里的路在小磨盘眼里就像一堆乱的肠子一样，实在是太复杂，东一条、西一条的，有的直，有的斜，有的长，有的短，让人分不清哪儿是哪儿。单说小学，总共就有三所，小磨盘去的是三小，三小的全称是"林河县第三小学"。而这个小学门前就有两条路。这两条路一左一右地斜着，就像这小学长出来的一双翅膀。

通勤车驶到小学门前的时候，小磨盘在座位上已经睡着了。他歪着脑袋，嘴角流着涎水，足见睡得有多么香。牟师傅停下车，大声吆喝了他一声："哎，小磨盘，到地方了！"小磨盘睁开了眼睛，他很不情愿地拿起书包和饭包，一歪一斜地往车门那儿走去。牟师傅埋怨道："你看看你，第一天上学就这么没精神，这哪像个学生的模样？你仰起头，挺起胸，别弄得像个小老头似的！"

小磨盘走到门口，刚打起哈欠，就被自动弹开的车门给吓了一跳，哈欠也就被噎回去了，这使他很不舒服。牟师傅坐在驾驶室里，车门的按钮是他按的。他见小磨盘皱起了眉头，就说："没打完哈欠难受了？"

"要是你屙屎还没屙利索呢，人家非让你提着裤子起来，你难受不难受？"小磨盘反问道。

牟师傅哈哈大笑起来，他说："行了，以后我留神着点，别赶上你打哈欠时开门不就中了吗？"见小磨盘一只脚已经下到踏板上，他又连忙叮嘱道："下午要是放学早，你哪里也不能去，乖乖地在这门口等我的车，城里坏人多，千万别跟不认识的人走，知道不知道？"

这番话菊师傅已经说给他好几遍了，小磨盘听烦了，于是没有好气地对牟师傅说："知道了！"

牟师傅去接住在城西家属区的职工了。小磨盘因为搭的是通勤车，所以比一般的学生来得早，又比所有的人都走得迟。牟师傅要在晚上医生们下班后，将他们全都送回家后，才会来接他。不过小磨盘倒是喜欢这样，因为来和去都是他单独和牟师傅在一起，偌大一个车，只他一个乘客，这车就仿佛是他的专车似的，牛气得很。疯人院离城里有二十多里的路，沿途都是一片连着一片的庄稼地，小磨盘喜欢透过车窗浏览风景。他爱看耕种的人、闲散的牛羊和飘扬在沟畔的芦苇，当然，如果天气好，他还喜欢看看蓝天白云。他唯一不愿意看见的，就是闪烁出现的坟墓。一看到它，他就情绪低沉。因为牟师傅告诉过他，不管你是皇帝还是车夫，最后都要死，都要被埋在土里去。小磨盘才不相信他的话呢，他想你就是把天上的云彩都能埋在土里去，也休想把我小磨盘埋进去。虽然他如此自信，但是看到坟墓总是不太愉快。就像今天，从疯人院一出来，他本来兴致勃勃地看窗外的景色，后来在雨过天晴的道河附近觑见一座丰满的新坟，他的热情就一落千丈，索性闭上眼睛什么也不看，不知不觉就睡着了。

学校里只游荡着几个人影。一个是佝偻着腰的看门老头，一个是戴顶白帽子打扫院子的瘦女人，她每扫几下，就要直直腰喘口气，似是力气不够使的样子。还有三四个学生模样的人提着笤帚往教室走。小磨盘进了校门，就直奔操场上的滑梯去了。滑梯在东侧的围墙旁，是一个铁质的有七八米长的梯子，它一头高，一头则斜斜地探向地面，看上去就像个因分量不足而低低下沉的秤杆。小磨盘把手上的东西放在墙下，就爬上了滑梯。滑梯高的那头竖着一个约有两米的直着向上的铁梯，小磨盘三下两下就爬了上去。他坐好了，唰的一下就滑了下来，有一种腾云驾雾的感觉。这真是太美妙了！初升的太阳照着滑梯，使它焕发着暖洋洋的光芒。小磨盘快乐极了！他一遍一遍地爬上去，然后张开双臂滑下来，乐此不疲。渐渐地，学生多了起来，校园也就热闹起来了。打滑梯的，玩跷跷板的，荡秋千的，也一个个地过来了。小磨盘觉得人多了要排队玩就没意思了，再说他也玩累了，出了一身的汗。他就去围墙那里取东西。这一去把小磨盘吓了一跳，他的饭包还在，可是书包却不翼而飞了！他左找右找，也没看见他的蓝书包。小磨盘急得直转悠，因为书包里有妈妈给他带的入学通知单、新的文具盒和本子。丢了它们，他还怎么上学呢？小磨盘紧紧地攥着饭包，生怕别人再把它也偷了，他大声地说："谁拿我的书包了？"学生们都玩得很起劲，没人注意听他说什么。这时铃声响了，那些孩子就赶紧朝教室纷纷跑去了，先前那片还熙熙攘攘的空地上只剩下了小磨盘和一个高个子男孩。那个男孩挎着两个书包，其中有一个就是小磨盘的。小磨盘迎着他走过去，他嗓音沙哑地指责那男孩说："谁让你拿我的书包了？"那男孩瘦高瘦高的，两只眼睛离得很远，仿佛是一只长在了黑龙江，另一只则长在了海南岛。他生着一脸的白癣，那脸就斑斑点点的，给人一种拼凑起来的感觉。小磨盘认出了他，他就是他第一次上学时的同班同学，名字叫李亮。他是孩子王，爱欺负比他弱小的同学。当老师在课堂上批评他的时候，他总是装出冤屈的样子。他跟小磨盘一样上学较晚，据说他爸爸是个鞋匠，舍不得花钱让他上学。为了争取上学的权利，他去法院把他爸爸给告了，这件事在学校和社会广为流传。李亮吆喝了一声："哎，你不就是那个小磨盘吗？你又来上一年级了吗？你这一年级是不是得上个十年八年的？我都上三年级了！"他炫耀地伸出三根手指，向小磨盘示威似的。按小磨盘的估计，他起码也有十二三岁了。他想这么大了才上个三年级，也比我出息不到哪里去。小磨盘没有理他，他走过去夺自己的书包。李亮把书包高高地扛在肩头，露着一口的坏牙说："你叫我一声爷爷，我就把书包还给你！"小磨盘心想，瞧你长得那副德行吧，还没有癞皮狗好看呢，我不寒碜你就不错了。他坚决不叫他，李亮就扛着书包转身走了。小磨盘在后面追他，边追边喊："还我书包！还我书包！"后来有一位老师听见了，他循声走过来，见李亮拿着两个书包，就明白是怎么回事了。他训斥了李亮一声："你怎么又欺负低年级的学生？"从他的口气里，足见李亮在这里是臭名远扬的。李亮一看事情不妙，就把书包撇在地上，嘟囔一句"我不过是跟他闹着玩的"，然后撒开腿朝教室跑去。小磨盘捡起书包，拍了拍上面的土，忽然觉得很委屈，他就哭了起来。那位老师走过来帮他擦了一下脸上的泪水，说："铃早就打过了，快去班级吧。以后看好自己的书包，啊？"

小磨盘记得妈妈告诉他，他是一年级三班的，他向老师打听到教室的位置，然后擦干了眼泪，把书包背上，朝教室走去。刚才的校园还蜂飞蝶舞般地热闹，如今却空荡荡的了。他走向教室的时候又委屈又伤感。教室的走廊不朝阳，有种阴森森的感觉。而且它还有股霉味，这令小磨盘有些恶心。他找到了一年级三班的门就进去了。老师站在讲台上点名，这是个男老师，又矮又瘦，戴一副眼镜。他见小磨盘，就说："你迟到了，记着以后来晚了，进来要敲门的。"小磨盘"嗯"了一声，望了一眼坐在下面的同学。因为他们穿的衣服过于五彩缤纷了，就给他一种碰到了一群花花绿绿的野鸡的印象。这些同学都盯着他看，看得小磨盘不自在，他想快些到座位上去，可他不知道老师给他安排的位子在哪里。

"你叫什么名字？"老翻了一下花名册问他。

"小磨盘。"他带着隐隐的哭腔说，然后抽了一下鼻子。这时教室里传来一片稚嫩的笑声。小磨盘不知道同学在笑话他的名字，以为笑话他的花饭包，因为别的同学不拎饭包，他就尽量地把它往身后藏。

"哦，我知道了，你就是王铁吧？家住柳安疯人院的？"老师恍然大悟地说。

小磨盘这才想起，到了学校，应该报大名的，早上出来妈妈还嘱咐过他呢。他有些懊恼，很想拍自己的后脑勺一下，可他腾不出手来。

老师把小磨盘安排在第二排靠窗口的位子。跟他同桌的是个胖胖的穿红花衣服的女孩子。她看上去笨头笨脑的，张着嘴，目光有些呆滞。小磨盘一落座她就歪着脑袋盯着他看个没完没了，看得嘴角流出了涎水，仿佛小磨盘是块香喷喷的鱼，而她是只猫似的。直到老师一再喊她的名字"程婷婷"，让她看黑板，她这才转过脑袋。

男老师是一年级三班的班主任，同时是他们的语文老师，他叫莫迪，他让同学叫他“莫老师”。接着，他把他的姓写在了黑板上，这个“莫”字写得很大，小磨盘对它有几分眼熟，仿佛在哪里见过似的。他仔细回忆，猛然想起八方街的升天寿衣铺的花圈的正中常常写着这个字。他便想这老师的姓可真够丧气的了，岂不知他是把“莫”和“奠”混为一谈了。莫老师先讲了讲课堂纪律，如上课时不准说话，不许搞小动作，不准吃零食，不准东张西望，不准上厕所等等。说完纪律，他就开始发新书。发书的时候，教室里就不安静了，有人哧哧地笑，有人悄声说话，还有人趁老师不注意去讲台偷粉笔。小磨盘呢，他觉得饿了，就打开饭包，想吃东西。一看，饭包里有一个金黄色胡萝卜，是又顶饭又能解渴的东西，就把它拿出来，“吭哧”就是一口。这胡萝卜很水灵，因而它发出的声音格外清脆。老师和同学听到了这声音，都把目光集中在他身上，可小磨盘感觉不到。他靠窗的位子确实不错，他盯着的是被阳光晒得晶莹剔透的胡萝卜。不然这胡萝卜怎么会显得这么漂亮呢？他旁若无人地“吭哧——”又是一口，这时他听到了笑声，小磨盘抬了下头，见老师正朝他走过来。莫老师阴沉着脸，他一把夺过胡萝卜，把它一扬手撇到讲台上，脆生生的胡萝卜就被摔得四分五裂了；接着，莫老师揪着小磨盘的领子，把他连拖带拽地弄到讲台西侧靠近门口的地方，让他罚站。对于罚站，小磨盘并不陌生，他有限的一段学习生活，就被罚站多次。他清清楚楚记得他第一次罚站是在数学课上，老师讲一加一等于二，然后提问小磨盘，问他二加三等于几。小磨盘茫然，什么也回答不出来。这时座位上的同学都喊喊喳喳地提醒他：“五！五！”可是小磨盘就是不说。老师问他：“你连二加三等于几都算不出来啊？”小磨盘挑了挑眼皮，因为平素它们是耷拉着的，他问老师："为什么一加一非得等于二，谁给规定的？它等于三就不行吗？"老师气得脸都红了，她把小磨盘拉到讲台前，罚他的站，直到他对全班同学承认，他认定一加一肯定是等于二。

小磨盘站在那里，看着老师接着发书。发到他的座位的时候，莫老师绕了过去。这时他的同桌站了起来，她挥舞着浑圆的胳膊，冲老师嚷道："莫老师，你落了王铁的书！"她把"莫"发音成了"摸"，惹得同学又笑了起来。莫老师犹豫了一番，把书撒在小磨盘的书桌上。那个女孩得胜似的笑了，她坐了下来，得意扬扬地看着小磨盘。小磨盘并不感激她，他想他妈妈为他交了书费，老师不敢不给他发书。不过，小磨盘感觉到，莫老师似乎有些怕那个胖女孩。

发过书，莫老师走回讲台，他指着小磨盘对同学们说："以后谁要是在课堂上违反纪律，就跟他一样挨罚。"说完，他用粉笔在黑板上飞快地写了十几个字，让全能认出来的同学举手。小磨盘看得清楚，只有四个人举手，莫老师一一将他们叫起来，用教鞭点着字，挨个让他们念，结果，没有一个人能认完。他就选了一个认得最多的女生，对大家说："咱们班的学习委员就是她了。"原来他在搞选班干部的把戏。这选法很新颖，不像小磨盘原来待过的班，都是由老师来指定的。小磨盘精神了一下，看他如何继续选下去。结果是，他选班长让全体同学都站起来，看哪个同学个子最高，就圈定了那人。那是个长着大嘴的男生，他被选为班长后激动得直哆嗦嘴。莫老师选劳动委员时认定了一个胖墩，大概认为他应该通过劳动来减减肥。最后，他把每个竖行的学生算作一个小组，一共是四排，要选出四名小组长。这回他挨个让学生唱歌，随便唱什么都行。大家唱得千奇百怪的，笑声也就响个不休了。第二排的同学唱完了，莫老师认定一个唱得不跑调的做组长。这带有几分游戏色彩的选举，使小磨盘觉得趣味横生。结果还没等全部选完，下课铃就响了。莫老师匆忙中随便点了余下两排的两个人，让他们做组长，之后，他命令当选的班长喊："起立，下课！"班长照着他话说了一遍，莫老师说："以后要喊得洪亮些！"新学期的第一堂课就这样结束了。

莫老师夹着教案出去了。他经过小磨盘身边时对他说："你跟我到办公室来一下。"小磨盘想上厕所，他就苦着脸说："我憋了一泡尿，撒完尿去不行吗？"莫老师没有反对，小磨盘就奔厕所去。等他撒完尿，第二节课的上课铃声响了，他就干脆直奔教室来了。

对于第一天的学习生活，小磨盘基本是满意的。中午他吃过饭，就独自在校园门口转悠，卖糖葫芦的，卖爆玉米花的，卖各种文具的。他不敢走远，怕迷路了。阳光明媚地照着，使他昏昏欲睡。他很想念那些疯子，以往在这个时刻，他是和他们在一起的。本来他想中午待在教室的，那样他可以躺在椅子上睡一觉。可是上午所有的课程结束后，莫老师来了，他说中午因为同学们的书包要放在教室，为防备有人偷东西，所以必须锁门。小磨盘就只好提着饭包出来了，他没有去处，只能在令人作呕的走廊里匆匆把饭吃完。之后他玩了一会儿滑梯，又到门口看了一会儿卖东西的，终觉百无聊赖，又回到校园。这时已经陆续有学生来上学了，教室的门也开了，他就进去趴在桌子上睡了一会儿。由于他一直昏昏沉沉的，所以下午的课上了些什么内容他一无所知。等到放学的时候，莫老师把他叫到办公室，并没有过分批评他吃胡萝卜的事，而是反复强调，以后上课老师教什么就学什么，不可以提怪问题。小磨盘明白，是以往教过他的老师把他的"劣迹"说给了莫老师。对这次上学，他有充分的思想准备，那就是少和老师反抗，所以他乖乖地答应了。

　　小磨盘放学后，在门口足足等了两个小时，牟师傅的车才来。牟师傅一见他就说："嗨，瞧我这臭脑袋，忘了告诉你中午落脚的地方了。你妈都给你联系好了，一个月给人家一百块钱，你每天都可以在那里待一中午！要是你带的饭凉了，就让老太婆给你热，你不用怕，你妈给了钱，她该管你的！下午放学早或者是阴天下雨的话，你也可以上她那里待着。要不以后天冷了，你怎么在外面待？"见小磨盘不说话，牟师傅又打趣他说："你前两回都没上到天冷的时候，这回你可得给大伙长长脸，起码也得上到下雪呀！"小磨盘被他的话给逗笑了。他们朝柳安驶去的时候太阳已经落了，嫣红的晚霞照着路面，汽车就仿佛走在开满了鲜花的路上。天将黑到达疯人院时，小磨盘远远就看见他妈妈站在门口迎他，他鼻子酸了，差点落下眼泪。当他跟着妈妈走进昏暗的灶房的时候，三位正吃饭的师傅用欣喜的语气同声跟他打呼："哎呀，我们的小磨盘上学回来了！"

五

　　丢铅笔的事，小磨盘是第二天上课时发现的。他的文具盒里总共有三支铅笔。两支是身材纤细的墨绿色的中华铅笔，另一支是端头带橡皮的天蓝色的粗铅笔。这支粗铅笔给小磨盘的印象就像一个戴着小红帽的少年，朝气蓬勃的，非常惹人爱。这是秦师傅送给他的，一共五支，每支颜色都不相同，有红、绿、黄、粉、蓝。他首先选择了蓝色，因为它令他想起蓝天照耀下的河水。

小磨盘左思右想，认定是李亮偷了他的铅笔，因为只有他拿过他的书包。他气愤极了，恨不能把李亮当成一张废纸给撕个稀巴烂。他想他实在是太可恶了，自己并没有招惹他，他凭什么这样对待他？小磨盘气得直咬牙，连课也听不进去了，他频频地朝窗外望去，希望能看到李亮的影子，那样他就会奋不顾身地冲出去，找他算账。

第一节下课后，小磨盘刚要往外走，同桌把他拽住了。她今天又换了一套衣服，不是红花的了，是绿花的了。她的圆脸被花衣裳衬得也像一朵花，不过是一朵不妖娆的没有香气的傻头傻脑的花。她悄悄递给小磨盘一块巧克力糖。小磨盘觉得吃女同学的东西很丢人，就拒绝了。胖女孩很不高兴，她冲着小磨盘的背影骂了一句："瘪三！"

这个叫程婷婷的女孩已经十岁了，智力发育不全，据说她出生时受母亲阴道的挤压，有点轻微的脑瘫，你从她老是合不拢的嘴上能看出些端倪。程婷婷的爸爸是个县主管教育的副县长，家里并不指望她学什么，只是让她能跟着上学混就行了，她已经蹲了两级了。看她的架势，是要继续蹲下去了，因为她上课时很少看黑板，她不是低头玩自己胖乎乎的手，就是掏出几本小人书来看，不过她在课堂上是安静的，老师对她也就得过且过，听之任之。

空中有雨丝飘洒了。一到初秋时节，连绵的雨就来了。不过这雨没夏季的那么迅猛，不是瓢泼大雨，而是缠缠绵绵的小雨，它渐淅沥沥地下着，有条不紊，慢慢悠悠，一步三叹，天就给人一种漏了的感觉。校园里没有做游戏的人了，只有一条路上人很多，那是通向厕所的，小磨盘出了教室张望了一会儿，没有看到李亮的影子，他就朝厕所跑去。一到雨天，他就尿频，而且，下课时如果不活动活动，小磨盘觉得辜负了那十分钟的休息时间。

厕所在校园的北侧，是泥坯搭成的，大约有十米长，五米宽。这一分为二的厕所，女厕所占了近三分之二，也许学校考虑到女生比较喜欢上厕所，且上的时候比较啰唆的缘故吧。厕所建了起码有十几年了，这从它歪歪斜斜的形同老妪的身姿和顶端丛生的蒿草中可以看出来。那蒿草有的枯黄了，有的还有绿意，它们长短不一地纠缠在一起，无精打采的，就像流浪儿一样，一副邋遢相。厕所的气味很难闻，尤其是阴雨天气，那臭气经过了发酵，愈发地让人不能忍受，你远远地就可以闻到。所以有些男孩子如果仅仅只是撒泡尿，进厕所里面的就很少了，他们站在外面围墙旁，将尿水滋向那里。那围墙是红色的，上面写着一些人名，还画着一些乱七八糟的图案，可以想见这人名和图案的命运有多糟糕了吧。厕所所处的位置地势低，一到雨天，雨水就流进下面的粪池，真是令人胆寒。而且，厕所的木质踏板，已经有些朽了，有的钉子脱落了，那木板就不是固定的了，有时一踩上去，它就颤颤巍巍的，好像踩着了鬼门。所以，即使那些需要进厕所的同学，也较少有正经蹲在粪坑上的，他们把屎无所顾忌地屙在站人的地方，弄得人都下不了脚了。小磨盘以他前两次短暂的上学经历所得到的经验，也很少进厕所，有了尿撒在围墙上就是了。那些爱揣东西的女生，常常把东西给掉进粪池，她们就站在厕所里哭泣，心疼她们的泡泡糖、花卡子、头绫子或者是手绢。然而，她们也只能是哭哭而已，落进粪池的东西，就等于是落进了深渊，你捞不起来的。有一次，一个女生把钥匙掉了进去，学生的家长来厕所帮助打捞，一看那厕所，吓得腿直哆嗦，别说是钥匙了，怕是黄金落了进去，她也不会想着捞了。学生家长找到校长大闹了一通，说是学生上这样的厕所不安全，这个厕所早就该废弃了。校长说县里拨给学校的经费有限，如果你有钱，你帮着盖一座不就解决问题了吗？家长被噎得哑口无言，只好悻悻走掉。不过，这厕所老师是不会用的，他们的办公室有室内厕所，小磨盘有一次挨批评上办公室时顺便溜了进去，那里的便池跟疯人院的一样，是白搪瓷的，真是干净呀。

小磨盘从厕所回来，才进走廊，铃声就响了，学生们就像是给施了魔法似的，一个姿态地往教室跑，这种情景又勾起了他胡思乱想的特性：为什么铃声可以叫人上下课呢？为什么驴的叫声就不行呢？为什么学生听到铃声就必须进教室呢，能说这铃声的本意不是让人去野外玩吗？小磨盘这样一想，便忧心忡忡的了，他进教室的时候垂头丧气的。他这副蔫巴巴的样子引起了程婷婷的注意，小磨盘一回到座位，她就用胳膊肘杵了他一下，说："你挨欺负了？"小磨盘非常讨厌她的热心，于是没有理睬她，程婷婷就干脆地从牙缝挤出两个字："活该！"

雨水斜斜地打在玻璃窗上，向下流着混浊的水。这一道道的雨水使小磨盘联想到四面街的柳树，它们的形态实在是太相像了，难道说那柳树平素垂下的就是一树雨丝？难怪走到柳树那里会有一种清凉的感觉。莫老师穿着件白衬衣，衬衣的下摆掖在灰色的裤子里，大约是想使矮个的他显得挺拔一些吧。他在黑板上写了五个生字，教大家去念。莫老师念一声，同学们就异口同声地跟着念一声。程婷婷大约觉得念字是有趣的，她把小人书撇下，大声地念。小磨盘很不习惯她过于洪亮的声音，那真像妇女在葬礼上号丧。他现在又控制不住地看着学校的一切都不顺眼了。比如那块黑板，怎么看怎么像贴膏药，仿佛墙壁发了潮，要贴上它祛祛湿气。再说那五个生字，它们只有"大"字长得还不难看，像是一个人甩开双臂在飞跑，很有生气。而其他的四个字，不是看着老气横秋，如"爸"字；就是招摇过分，如"兴"字；而那个"片"字，在小磨盘眼里它就是打满了补丁的衣服。还有，那个发音为"白"的字，他觉得应该叫"烟"才对，难道那不是一个烟筒冒出一缕烟的样子吗？这些字在他眼里就是几个风干了的马粪蛋，根本不值得拾捡。

中午放学的时候，小磨盘打着伞，提着饭包，按照早晨牟师傅指点给他的，朝校园外斜对面的一家挂着红字牌匾的水果店走去。店外遗落着一些废纸和两只烂梨，小磨盘踩中了其中的一只，差点被滑倒了。店门是果绿色的，钉了一层胶合板，也许是风吹雨打的缘故，这门有些变形，表面凹凸不平，门关得不严，露着缝。小磨盘一推开门，就见一堆鲜艳的水果背后站着一个握着苍蝇拍的老太婆，也许是被那水灵而又色彩艳丽的水果反衬的缘故吧，她看上去非常干瘪，遢遢，头发乱蓬蓬的，衣裳穿得扭扭歪歪，仿佛是系错位了扣子。她看见小磨盘，眼皮跳了几下，好像她的眼皮会认人似的，她说："你就是疯人院的小磨盘吧？"小磨盘怯生生地点了点头，他环顾左右，见这水果店并不是很大，也就是仙人铺子火二娘供神像的屋子那般大。屋子的两侧都镶有整块的大镜子，因而水果不唯体现在货架上，还飞到了镜子里，感觉一屋子都是水果。

"昨天就开学了，你怎么没来？"她说完这话，突然敛声屏气地把目光放在一堆鲜红的草莓上，然后出其不意地挥舞着苍蝇拍，"啪——"的一声拍了下去。拍过后，她嘟囔道："一立了秋，这苍蝇在外面就待不住了，一个劲儿地往屋里钻，偷吃我的水果，个个养得肥头大耳的！"说完，她钻出柜台，给小磨盘拎出一个板凳，放在一摞纸箱的跟前，对他说："你坐这儿吃饭吧。你妈跟我说了，要是你嫌饭凉，就帮你热热。我这里倒是有个小煤油炉，不过用起来怪费油的，我自己有的时候都不舍得使。我看你带的什么饭，能不热就不热了！"说着，她夺过小磨盘的饭包，打开饭盒，只看了一眼，她就叫了起来："哎呀，你一个人能吃得了这满满一盒饭吗？啧啧，还吃得这么好，又有鱼又有肉的，简直就是过年了！"老太婆提出来，饭可以帮他热，因为今天下雨，天凉，不过看他一个人也吃不了这么多，她就帮他吃点。小磨盘没有反对，他想进了她的水果店，一切就得听她的了。老太婆一边点煤油炉，一边和小磨盘说话。说着说着，她忽然想起了什么似的说："对了，你妈说她在疯人院的灶房上班，难怪你带的饭又多又好，现今这世道，真是干啥吃啥！"

　　也许是雨天的缘故吧，从小磨盘进来之后，一个顾客也没有来。老太婆热好了饭后，从柜台里取出一只空碗和一双筷子，先自己从饭盒里拨拉出一些饭菜，然后把余下的递给小磨盘。小磨盘一见剩下的饭菜并不很多了，就飞快地吃了起来。吃完，他觉得很累，就把空饭盒一扣，放进饭包里，身子向后仰，靠在纸箱上，打算着眯一觉。才合上眼睛，他就被老太婆给喊精神了："哎哎，我说你个小小孩伢倒是挺会享福的哇，吃完了就想睡，这怎么行呢，起来起来，帮我把这些狗苍蝇都拍了，省得它们嗡嗡的闹得我头疼！"说着，她已把苍蝇拍甩了过来。小磨盘只得站起来，去寻觅苍蝇的踪迹。他在苹果堆一下子发现了两只，它们挨得非常近，给了他个一箭双雕的好机会，小磨盘奋力举起苍蝇拍，使劲拍下去。苍蝇死没死他不知道，苹果倒是让他给拍得骨碌了满地，气得老太婆直骂他"笨蛋"，偏偏就在这个时候，他眼尖地发现这老太婆的胸前落上了一只苍蝇，他毫不犹豫地又挥拍去打，打得老太婆嗷嗷直叫，说是她的肺被拍碎了，声言让小磨盘的妈妈给她换个新肺。小磨盘就说："我妈妈可爱咳嗽呢，秦师傅说她的肺子肯定有毛病，你换她的，不等于是白换？"说得老太婆笑了起来，她俯身捡苹果的时候对他说："你妈有了你，一天到晚的就不会寂寞了。"说完，她叹了一口气。

小磨盘走出水果店的时候，雨已经小得多了。但是天还没有晴，不过那云层不那么厚，也不那么发乌了。小磨盘没有打雨伞，他喜欢毛茸茸的细雨，它温柔可人。他走向教室的时候碰到了他班的班长，他穿了件天蓝色的雨衣，边走边啃一截甘蔗，他主动走到小磨盘跟前，问他："你今年多大了？"

小磨盘毫不介意地说："我十二了。"

班长炫耀地说："你看看我，才八岁，我比你高多少啊！"

小磨盘这才想起，他之所以当选为班长，就是因为他是全班同学中个子最高的。不过他不觉得这个高个子有什么值得他羡慕的地方。

"你知道吗？老师为什么把你和程婷婷弄到一桌，因为你们俩都有点傻！"班长吐出一口甘蔗渣，对小磨盘轻声说，"我看你比程婷婷强多了，你知道吗，程婷婷连自己的十个手指头都数不下来！"

小磨盘站在雨中，他不往教室走了。他觉得自己受到了侮辱！这侮辱是莫老师带给他的，他凭什么认定自己是傻子？一旦知道了真相，他就坚决不想和程婷婷同桌了，他一手抓着伞，一手提着饭包，直奔办公室而去。

莫老师还没有来，他就站在办公室的走廊等他。陆陆续续有老师来上班了。小磨盘碰到那个扁嘴巴的李老师，她见了他撇了撇嘴，很不屑一顾的样子。小磨盘第二次上学的失败与她有着直接关系。她是图画老师，在她的课上，她让小磨盘辨认几种颜色，小磨盘就说颜色其实都是一样的，因为它们都会变化，没有纯粹本色的颜色。比如说蓝色，它在阳光下是蓝色，可它在黑暗处就是青色的。再比如说绿色，它在陆地上是浅绿的，可是它的影子要是进了河水中，它的绿就浓得似乎用桨都划不开了。气得李老师骂他是疯人院跑出来的小疯子，小磨盘就冲到讲台上，咬了她的胳膊一口。也许李老师仍没忘记那疼痛，她在开门的时候，报复性地踢了门一下。小磨盘想那是门在疼，我并不疼，于是满不在乎继续等。

莫老师终于来了。他看上去很没精神的样子。见了小磨盘，他皱了皱眉，问他："你找我有事吗？"

小磨盘跟着他进了办公室，他对莫老师说："我不和程婷婷一个桌了。"

"为什么？"莫老师问，"她欺负你了吗？"

小磨盘摇了摇头，他一字一顿地说："我不是傻瓜，我不和程婷婷一桌！"

"你刚和程婷婷同桌两天就要调座，这可不行。"莫老师打了一个哈欠，说，"马上就到上课时间了，你赶快回教室去吧。"

小磨盘眼里涌上了泪花，他宣誓似的对莫老师说："你要是不给我换座，我就站在讲台听课。"

莫老师以为他这是在威胁他，就说："你不嫌累的话，你就天天站着听课！"

小磨盘果然说到做到，从这天下午开始，他就站在讲台旁听课。他直溜溜地站着，像棵被修剪得恰到好处的小树似的。老师吆喝他回座位，他就像没听见似的，纹丝不动。学生们都不看黑板了，他们把目光都放在小磨盘身上，不明白他为什么要自讨苦吃。他穿着一套蓝衣服，垂着手，微微仰着头，他的细脖子上的那颗脑袋真的跟磨盘一样圆。他的眼睛不大，通常给人种疲倦感，仿佛他一直很累似的。他站在讲台上，目光始终放在窗外，仿佛雨的忧郁气息进入了他的双眸，他的眼睛是阴郁的。不管各科老师以什么方式撵他回座位，他都充耳不闻，依然我行我素。他就这样坚持了足足三天，莫老师迫不得已给他调了座位。他的新同桌是个眼神活跃的小姑娘，是个大豁牙。她一笑，一看到她空洞的嘴，小磨盘就以为她是找他要吃的。因为她看上去很机灵，又比程婷婷俊，小磨盘的屈辱感也就像断了线的风筝一样，不知飘哪儿去了。

六

双休日到了，小磨盘不用上学去了，他赖在被窝里，用被子罩着头，饶有兴致地看阳光。由于棉絮有薄有厚，所以阳光就能穿透薄的棉絮，呈现一块温柔的亮色。这一块连着一块的亮色就像蓝天上的白云一样妖娆动人。它们形状不一，有的圆圆的像个鹅蛋，有的曲曲弯弯的像条正在爬行的蛇，还有的像一头面临着屠戮命运的四脚朝天的猪。当然，也有像鸡雏、酒杯和花朵的。小磨盘觉得这时阳光就是画笔，它们无所不能。

未等他欣赏够棉絮里的阳光，菊师傅回来了，她见小磨盘还没有起来，就去掀他的被窝。她的手很凉，像是在冷水中浸泡过，她触着小磨盘脊梁的时候，他不由激灵了一下。

菊师傅说："起来吃饭了，吃了饭还有事呢。"

小磨盘问："什么事啊？"

菊师傅没有作答，她麻利地去叠被子。小磨盘知道，妈妈说话是很吝惜的，仿佛那话是金子，说多了就会有损失似的。

一出被窝，小磨盘就被从窗口汹涌而入的阳光给刺得半晌睁不开眼睛。秋天的太阳就是这样，它一旦不被云层所阻挡住，一出来就是无比的光华灿烂，看上去就像一个成熟了的汁液饱满的甜瓜，让人有采摘的欲望。狭小的屋子因着无处不在的阳光而显得宽阔多了，仿佛阳光是一种强有力的膨化剂。

他们所住的屋子就在灶房的隔壁，也就十二三平方米左右的样子。屋里除了两张木床之外，就是墙角的摆在一起的两口箱子，里面装着他母子的衣服和菊师傅攒下的一些家底。窗前有一条形木桌，上面摆着暖水瓶、牙缸、木梳、几本被小磨盘翻烂了的小人书、香皂盒、茶杯以及用一个圆肚形的酒瓶所插着的几枝绿色绢花。那个酒瓶还是秦师傅喝酒丢下来的，菊师傅看它的样子可爱，就捡回来当花瓶用了。在桌子旁边，有一个铁质洗脸架。至于墙壁，它热闹得无法形容了。那上面净挂着些没用的东西，比如用草绳编成的车轮，被磨得出了洞的破帽子，用纸盒铰成的涂着鲜艳色彩的小人等等，其中有不少是疯子送给小磨盘的，如那个草绳车轮，就是魏大华给编的，还有的是他在八方街和四面街闲逛的时候捡到的，如已经坏得不能修复的手电筒、残了多半的花纹漂亮的瓷盘等。小磨盘将它们全都用绳子捆起来，一样样地吊到墙上，这些东西忽高忽低地悬挂着，使白墙上有了或浓或淡的阴影。墙上唯一正经的东西，是个镜框，那是个四四方方的栗色核桃木的镜框，里面镶着五张照片，照片被一张绿纸衬着，仿佛照片上的人都是奶牛，终日站在草地里似的。正中的照片是张四寸黑白的，那是十年前他们家去照相馆拍的全家福。小磨盘坐在父母的正中，也许是他把他们隔开的缘故，他们斜着身子，将头越过小磨盘的小脑袋，努力地向一起靠拢，显得亲密无间。那时候的菊师傅很受看，丰满，而且唇角漾着笑意。而他的爸爸看上去很英俊，瘦削的脸，剑眉如飞，从气质上可以看出他是个很自信的人。小磨盘对他没有任何记忆，他实在死得太早了。围绕着这张照片的，有两张是小磨盘的单人照，都是光着屁股在草地上龇牙咧嘴地够皮球。另两张照片是菊师傅的，一张是幼年的，一张是她中学毕业时的纪念照，她梳着一条油光光的长辫子，笑得很明媚。菊师傅很喜欢看这些照片，有时在镜框下一站就是半小时。

小磨盘的爸爸王名，曾经是位优秀的军人，退役后被分配到林河县武装部，小磨盘的妈妈就是那时和他认识并结了婚的。谁承想他家有家族精神病的遗传病史，小磨盘一岁的时候，他就开始丢三落四，常常是说了前半句话，后半句就忘了。他在武装部上班是佩带手枪的，有一回，他竟把手枪别在自行车的车把上，往来的行人看见了无不胆寒。直到此时，他才战战兢兢地向菊师傅讲了他家的精神病遗传史，而在此之前，菊师傅却一无所知，只是听丈夫说婆婆是自杀死的。至于仍然健在的南方的姑姑，她已经在精神病院度过了近二十年的光阴。而这一切，他当时是竭力隐瞒的，他爱小磨盘的妈妈，怕说了以后会失去她。况且，他有四个兄弟姐妹，谁知道这病在这一代会不会遗传，真的遗传的话又会遗传给谁呢？当丈夫的精神越来越失常后，他们来到了柳安精神病院，只住了一周，小磨盘的爸爸就死了，他溜进了护士值班室，用一把剪刀挑开自己的腹部，自杀身亡。而那时的护士一个去查房了，另一个去上厕所了。在丈夫的死是否属于医疗事故上，院方态度坚决，认为病人死前是理智清醒的，他是自杀，不属于医疗事故。而菊师傅则认为，患者死在你们医院里，你们没有看护好，责任完全在于院方。小磨盘的妈妈迫不得已和疯人院打了一场官司，以她胜诉而结案。在事故赔偿上，小磨盘的妈妈提出来可以少要些钱，她想到疯人院来上班，医院同意了她的要求，把她安排到灶房工作。那时的小磨盘只有两岁。她并不是喜欢疯人院的工作，而是为自己的儿子隐隐担忧，怕小磨盘有一天也会遗传上这种病。万一真有那一天，无论在治疗还是在护理上，她都会方便许多。

菊师傅对待小磨盘，总是提心吊胆的。他从小在疯人院长大，在他三四岁的时候，菊师傅常常把他独自锁在小屋里。后来，她发现这孩子很蔫，见了人不爱说话，只好把他放到院子里去玩。他个子矮，爬不出围墙，而且门口又有值班的，他也走不丢。这样，菊师傅在灶房仍能安心地干活。院子里游走的基本都是那些疯子，小磨盘逐渐地和他们混熟了，而且非常喜欢他们。菊师傅很担心那些疯子万一疯病发作，会伤了小磨盘，她并没有去想儿子常和疯子在一起，对他的心理会有什么不良影响。那些疯子也怪，他们来了一批又一批，不管是重症还是轻症，他们从来没有碰过小磨盘一个手指头。有的时候他们正发着疯，几个医生也按不住病人的时候，小磨盘一旦出现了，那真就像彩虹出现了，疯子立刻就安静下来了。所以无论是医生还是护士，他们都不阻止小磨盘和疯子玩。疯子见了他，总是喜形于色。小磨盘由于和他们处深了感情，碰到病人康复要出院的时候，他就要难过好几天，寝食不安，常常泪汪汪的。所以菊师傅最怕的就是有人出院，她怕小磨盘受刺激。有两个已经出院三年的人，他们一直没有忘记小磨盘，春节时还惦记着给他寄件衣服或者是一袋糖果。这事疯人院的医生都知道，他们觉得心里很不平衡，因为精神恢复了正常的患者并不给他们写一封感谢信，而没有参与任何治疗的小磨盘却受到了礼遇。

　　小磨盘穿好衣服，洗过脸，就到了隔壁的灶房。灶房正在蒸馒头，到处是哈气，小磨盘什么也看不清楚，简直不知道该去哪里找吃的。正在他犹豫的时候，王师傅出门泼脏水发现了他，王师傅"哎呀"叫了一声，说："可是让你得着大礼拜了，是不是把脸都睡胖了？"秦师傅正在切肉，他听到小磨盘来了，就扔下菜刀，把一碗蒸好的米粉肉捧到灶台上。小磨盘敞开门，让哈气往外跑，待到里面能看清东西了，他这才走进去。他发现了灶台上摆的米粉肉，简直有点喜出望外，这是他最喜欢吃的东西。秦师傅蒸的米粉肉香而不腻，有点微微的辣味，他吃上两碗都不觉得过瘾。小磨盘有点不相信这肉是给他的，可它明明白白地摆在灶台上，只有他才喜欢蹲在那里吃东西。他怯生生地看了看秦师傅，生怕那是他的酒肴，自己吃了又会被揪耳朵。秦师傅看出了小磨盘的不安，咳嗽了一声，说："你上学费脑子，秦大爷犒劳犒劳你，快吃吧，都蒸出一个钟头了，不是我帮你给它扣起来，凉了不说，苍蝇也会帮你吃了一半的！"

小磨盘如往常一样蹲在灶台前，捧起米粉肉，把手指头当筷子用，很仔细地吃了起来。以往他吃好东西，因为怕秦师傅逮着，总是风风火火的，可是今天，秦师傅准许他吃，他就要好好享受一番。他吃得很慢很慢，时不时地咂摸咂摸嘴。本来他吃东西时就是一副懒洋洋的样子，这下因着心情的放松，他觉得浑身更加的绵软无力，他眯缝着眼睛，看上去简直就像是睡着了，但他的嘴却在有节奏地蠕动着。秦师傅觑见他这副样子，不由得笑着对倒完脏水回来的王师傅说："瞧瞧他，比地主还会享受！"王师傅也笑了，他感叹道："有福谁都会享啊！"

馒头蒸熟了，王师傅去起笼屉了。随着一格一格笼屉的挪开，哈气也就越来越浓，它们潮涌般地袭来，使灶房仿佛下了场大雾似的。小磨盘又看不清周围的物件了，他想这跟坐在云彩上吃饭有什么区别，自己现在不就是仙人一个吗？待馒头起完了，哈气像一群被赶出栏的羊群一样纷纷消失，秦师傅的切菜声也止息之后，小磨盘吃完了米粉肉。碗空得亮晶晶的，而他的手指也被油沾染得泛着亮光。秦师傅扔给小磨盘一块抹布，对他说："快擦擦你的手，要不你把衣服蹭上油，你妈又得给你洗衣服了，你就不知道心疼她点？"小磨盘慢腾腾地站了起来，用抹布象征性地擦擦手，他恹恹无力地说："你们怎么不知道心疼她？非让我心疼她。"秦师傅乐了，他说："她是你妈呀，跟你是一家人，你不心疼她谁心疼她？"小磨盘有气无力地说："那你们谁娶她，跟她不就是一家人了吗？"两位师傅笑得前仰后合的，王师傅颤着声说："你王大爷是不行了，我要是娶了你妈，那就是犯了重婚罪，要蹲笆篱子的！这个事啊，就得你秦大爷去做了，他的老伴死了，他能娶你妈的，就看你想不想要他这个爸了！"小磨盘说："我妈跟谁我都乐意。是她要找老爷们儿，又不是我找爸，她乐意就行。不过听仙人铺子的火二娘说了，秦师傅岁数太大了，我妈可能不乐意的。"王师傅插话说："火二娘这是吃醋！她看上了秦师傅，去年还做了一双鞋给秦师傅，人家没要那鞋，她就糟践你秦大爷！"小磨盘挑了一下眼皮说："火二娘那么能耐，有那么多的神仙帮忙，她还不是想要谁就能要了谁啊！哪像我妈，没本事不说，还成年地穿着绿衣服，谁要是跟了她，还不把人的眼睛给看绿了，跟狼一个色！"灶房的笑声简直就可以用爆炸来形容了，王师傅像头冬眠的熊一样蹲坐在了地上，他实在是笑得站不住了。秦师傅本来嘴就大，这回他笑得要把两个嘴角给撑破了，而且他的鼻涕和眼泪都下来了，弄得满面鬼画符似的，十分滑稽。杨师傅外出买菜回来，远远地听见这非同寻常的笑声，就想灶房一定有热闹事发生了。进了门一见小磨盘在里面，杨师傅就明白了八九分，他拍了一下他的脑门，说："是不是在学校出了什么丑了？"小磨盘说："我会出什么丑？我让莫老师出了丑呢！他把我和一个傻瓜分在一桌，我没干，我给他示威，在讲台上站了三天，老师就给我换了座位！"小磨盘沾沾自喜地说着，之后，没忘了叮嘱三位师傅："你们可别告诉我妈妈呀，她要是知道了，就得罚我了，她生气时老看着我挂在墙上的东西不顺眼。"

正在说笑间，菊师傅来了，她走路轻飘飘的，没有声音，人们是从屋子突然黯淡了判断出她来了的。她倚在门框那边，挡住了很多阳光。她问小磨盘："你还没有吃完吗？"

"吃完了，我吃了一碗米粉肉呢，秦师傅说我上学费脑子，给我补补！"

秦师傅"咳"了一声，说："这小嘴还挺会说的呢，到底是上了学，长了心眼，有出息了！"他停顿了一下，又对菊师傅说："你就指望小磨盘吧，这孩子是块料，将来错不了！"

菊师傅的脸立刻就温和了，而且有了笑影。她对小磨盘柔声说："吃完了就跟妈妈走吧，张唠叨要出院了，他昨天就该走的，他家人都来接他了，可他非要见了你再走，多留了一天。我可跟你说，一会儿见了张唠叨，你可不许哭哭啼啼的，他要是不走的话，他家拉的饥荒就能把他妈都给埋了！"

对于张唠叨的走，小磨盘是有思想准备的，因为他听林护士讲过，张唠叨的媳妇跟别人好了，不再管他了，他家里没有钱让他继续住这里了，他欠了不少医药费，医院不能让他再这么欠下去了。

小磨盘闷闷不乐地跟着菊师傅穿过院子，经过小花园的时候，他一想将来再也不能在这里见到张唠叨了，就忍不住哭了起来。花园里没有人，疯子们还没到该出来的时候。小磨盘见爬到鱼鳞松上的爬山虎已经蔫了，就愈发地伤心，他哭得直抽搭。菊师傅在一旁说："要哭就在外面哭利索了。"

疯人院病房的走廊总是有一股难闻的气味，小磨盘非常不愿意来这里。水磨石的地面很脏，墙壁也多年未粉刷了，上面尘埃累累，墙壁角处甚至结了蜘蛛网。穿白衣的医生和护士来来往往着，他们都是一副不苟言笑的做派，很紧张很严肃的样子，小磨盘觉得他们倒像是病人，而那些满面笑容的疯子则是正常人。轻症患者大都住二楼西侧，一般是两个人一间屋子。小磨盘和妈妈上了楼，推开"16"号门，他看见张唠叨的老母亲满面忧戚地坐在病床上，而已经换下了病服的张唠叨站在窗前朝外面望着什么。和张唠叨对床的李竹板看见小磨盘来了，就大叫了一声："来了来了！"张唠叨回过头，他面色苍白，嘴唇发紫，他很委屈地对小磨盘说："我要走了，我满脑子的知识要爆炸了，可是没人要我的知识，他们要的是阴谋诡计！小磨盘你可记住了，学习不能学多了，人的脑子装东西是有限的，就像一个水缸，它明明只能盛三桶水，你非要给它盛五桶，它不冒才怪呢！"小磨盘点了点头。张唠叨接着嘱咐说："你以后要是遇到学习上的问题，就给我写信，我回信给你解答。我的地址藏在了花坛里，不然被这些狗医生看见了，他们就会把它搜走，他们个个都是特务！"

"特务！"李竹板很起劲地跟着吆喝了一声。

小磨盘走过去拉住了张唠叨的手，他说："等我长大了，挣了钱，我就坐火车上你家看你去！"

张唠叨笑了，说："不坐火车，坐火箭！"

"火箭！"李竹板又跟着吆喝了一声。

张唠叨要离开病房的时候，揪着小磨盘的耳朵反复看了半晌，见它们没有红，就嘻嘻笑着说："今天你没偷吃东西！"小磨盘伤感地点了点头，他很想告诉张唠叨，秦师傅犒劳他上学，给他做了米粉肉，可他说不出话来。

又是正午了。阳光仍然像白桦树一样澎湃着生长在大地上，小磨盘仿佛看见了它们棵棵直立的身影。小花园中一些疯子吃过饭，陆陆续续地出来闲逛了。他们有的已经好多天没有看见小磨盘了，所以见了他都手舞足蹈的，显得异常兴奋。在一旁看护的林护士对小磨盘说："将来你考医学院吧，学神经科，那样你就可以来疯人院上班了，你看你是多么招疯子的喜欢哪！"

　　小磨盘看见了那天在火二娘家所碰到的姑娘。她似乎很喜欢天蓝色的病服，一再地摇着头看那衣服，嘴里说着："真眼亮！"她见了小磨盘，冲他笑了笑，挺神秘地说："我认得你，你不就是那个细皮嫩肉的小人吗？"说着，她就要过来拧小磨盘的脸颊，小磨盘连忙闪开了。魏大华走了过来，他对那姑娘："新来的，欺负小磨盘有罪，他是我兄弟，专帮我打骗子的！"那姑娘一见魏大华，眼睛里就出现无限温柔的神色。而魏大华也被她的柔情所感染了，一步步地向她靠近，最后，他们面对着面，四目凝神地对视，就仿佛失散了多年的亲人而今重逢了一般。他们忽然紧紧地拥抱在一起！小磨盘目瞪口呆地望着这一幕情景。李雪芬正哼着歌，满怀深情地看着魏大华，见那姑娘倏忽之间就钻进了魏大华的怀里，她冲过去，咆哮着，去掐那姑娘的脖子。林护士赶紧奔过来，将他们拉开，她气咻咻地指着李雪华说："你再敢动手，我就让大伙把你绑起来吊到树上去喂老鹰！"

　　疯子们都安静下来了。李竹板一遍一遍地甩着胳膊，好像他的胳膊爬满了蚂蚁似的。李竹板是家里的独生子，他学习成绩不好，他爸爸就老是用竹板打他，久而久之，就把他打得精神失常了。李竹板最喜欢说的一句话就是："打竹板了！"所以大家就都叫他"李竹板"。小磨盘喜欢李竹板，有了知心话都爱说给他听。他把李竹板拉到离人群远的地方，对他说："你知道吗？我妈给我找了一个中午能吃饭的地方，是个水果店，那个老太太才坏呢，她天天分吃我的东西！我每天下午都肚子饿，你说我该怎么办？"

李竹板非常干脆地说："你拿竹板来啊，打掉她牙！"说完，他为能给小磨盘出了如此的好主意而得意地笑了起来。李竹板的笑声就像暗夜中的萤火虫一样，驱散了张唠叨的走带给小磨盘心底的沉重的阴霾。

七

秋风的舌头真是奇妙，它舔树叶的时候会使它们变了颜色。本来那叶子是绿的，秋风一旦伸出舌头多舔了它们几下，它们就失去了水分，眨眼间就变成黄色的了。八方街的很多棵杨树都被它给一下一下地舔黄了。黄透了的树叶经不起风的软磨硬泡，跟着轻飘飘的风就走了，全然不管它会把自己带到哪里去。相比之下，四面街的柳树倒是显得庄重得多。它的叶子虽然也有被舔黄了的，但是叶子的柔韧性很强，它们无论在风中怎样剧烈摇摆，就是不离开树。柳树就仿佛是一只老母鸡，而那些黄了的叶子都是它孵出的可爱的鸡雏，它要一只不少地紧紧地把它们护卫在身下。小磨盘喜欢秋风阵阵的四面街，他觉得这时的它美得难以形容。所以他在上课的时候，眼睛虽然盯着黑板，可是心早已飞回了四面街，黑板上的数字或者汉字，在他眼里全都幻化成了金黄色的树叶。小磨盘看不见自己的心，但他觉得人的心是很神奇的，它长着翅膀，想去哪里就去哪里。

有天中午，小磨盘提着饭包向水果店走去，被莫老师给叫住了。他似乎很关心地问他每天中午都到哪里去吃饭。小磨盘如实相告。莫老师说："老师家离学校很近，要不你去我家里吧。"小磨盘正愁没法摆脱老太婆，便一口答应了。莫老师家就在学校的北侧，五分钟就可以走到。那是一栋二层土楼，一共住着八户人家，莫老师家住在西侧底层，有一个小院子。院子不太干净，堆满了各种杂物。小磨盘想莫老师不是太忙的话，就是个十足的懒蛋。进了屋子，首先看到的是灶房，灶台前有一个坐在轮椅上的胖老头恶狠狠地望着他们。他满脑袋找不到一根头发，胸前盖着一块灰布毯子。虽然与他隔着几步，小磨盘却听到了他沉重的呼吸声，呼哧呼哧的，就好像他的嗓子里塞了什么东西。他见了莫老师就破口大骂："你还算是当儿子的？都几点了，才回来！你上午不就两堂课吗？上完了课你不回来，又去哪里不正经去了？"

灶台上有一个冒着热气的电饭锅，老头指着锅说："天天中午都得让我这个当爹的给你做饭，你真是好意思吃啊，哼！我一个残废，还得为你服务！"

莫老师似乎并不介意父亲如何数落他，他将老头推到里屋，把小磨盘的饭盒取出来，让他随便坐，就到灶房弄饭去了。

那两间屋子是连在一起的，是个套房。外面的大约是莫老师住的，因为墙角立着一个米黄色的书柜，而且床单看上去也很干净。而用花布门帘隔开的里间的屋子看上去则很零乱，床头柜上堆满了大大小小的药瓶，窗前的晒衣绳上吊着形形色色的东西，有衣服、毛巾、背心裤衩，还有沾满了水珠的空塑料袋、两只一红一蓝的气球。靠近火墙的床很宽，床单皱巴巴的，上面摆着一个小笸箩和一个用铁皮罐头盒做成的烟灰缸。床对面的矮桌上摆着一台十四英寸的电视机，而床角放着个加着木盖的白色痰盂。在窗台上，则显赫地横放着一副双拐。老头见小磨盘溜进了里屋，就哗哗地摇着轮椅进来了。他大声地斥责小磨盘："你怎么这么不懂规矩，连个招呼都不打，就敢往我的屋子进啊？要是丢了东西，你赔得起吗？"老头气喘如牛地把轮椅摇到窗前，撩开身上的毯子，取了双拐，很麻利地架着拐站了起来。小磨盘这才看清楚，老头并不是全瘫，他只不过少了一条腿，另一条是好的。看来他坐轮椅，实在是有点小题大做。

小磨盘觉得这个总是怒气冲天的老头很可笑，就刺激他说："我看你这也没什么值钱的东西，我能偷什么？"他走过去拍了拍电视机，说："你看现在谁家还看这么小的电视，那里现出的人肯定比蚂蚱还小，你能看清楚吗？"

老头沉默了半晌，他忽然咆哮着喊了起来："莫迪，你给我进来，听听这小东西说些什么？"

莫老师满面流汗地进来了，他很不耐烦地对老头说："有人陪你说话，你还叫我干什么？"

"这小东西说了，这台电视机太小了，如今没有人看它了，你就不能孝敬孝敬你爹，把你攒着娶媳妇的钱拿出来，给我买台大的，也算你恩典恩典我？你知道，就我这样子，活不上几年了，这世道，你要是有本事有钱，娶多少媳妇都能成，可是爹你是只有我一个！"老头振振有词地说着。

莫老师没有理睬他爹的话，他只是说："饭好了，快来吃吧。"

老头嘟囔一句："饭好了也不是你做的，老早我就把饭给焖上了。"

老头又坐回到轮椅上，哗啦哗啦地摇着去灶房了。小磨盘跟在他身后。莫老师已经支起了饭桌。他做了一锅土豆汤，炒了一盘鸡蛋，摆了一碟辣椒和一个敞开盖的豆腐乳罐子。小磨盘所带的饭，也已经被热过了。他们三人围在桌旁，吃起了午饭。老头坐在轮椅上，比桌子矮很多，小磨盘就感觉到他的那颗大头在桌面上晃来晃去的，有点鬼影的味道。莫老师让小磨盘喝点汤，不用光吃自己带的。小磨盘喜欢豆腐乳，他就夹出一块放到饭盒里，老头见了，就像被烫了似的号叫道："可看是白吃了，夹那么大的一块，噎死你得了！"他诅咒着，用筷子敲着桌子，这使小磨盘觉得他和水果店的老婆子一样可恶。莫老师似乎很习惯了老头子的脾气，他对小磨盘说："你吃你的，别理他。"小磨盘就垂头吃他的，一任老头敲累了，他自觉无聊地竖起筷子，接着吃饭了。老头的饭量很大，他吃了满满一碗米饭和多半盘的鸡蛋，此外，他还喝了许多土豆汤。他埋怨儿子做的汤没有滋味，就跟洗脚水一样难喝。饭后，莫老师收拾了碗筷，让小磨盘陪着老头说话，他自己倒在床上睡午觉了。

小磨盘跟着老头来到院子。老头嫌风太凉，让小磨盘取来毯子给他披上。他坐在轮椅里，小磨盘则从屋里搬出个板凳子坐在他的对面。

"你今年多大了？"老头问小磨盘。

"你看我有多大了？"小磨盘反问他。

老头擤了一把鼻涕，说："瞅你这单薄劲儿，也就不到十岁吧。"

"我十二了。"小磨盘说，"你多大了？"

"二十加上九再加上个三十五，那就是我的岁数，你能把它给我算出来吗？"老头卖着关子说。

小磨盘摇了摇头，老头就骂了他一句："笨蛋！"骂完，他说自己塞了牙了，让小磨盘进屋到灶房碗柜的牙签盒里给他抽根牙签。小磨盘照办了。剔完牙，他又说渴了，小磨盘这回不客气了，他说老头："你刚才喝了那么多的汤，怎么会渴呢？"老头见小磨盘不听支使，就把火气转移到太阳身上，骂阳光没有精神，冷冰冰的，非说昨晚太阳去逛了一夜的窑子，不然今天不会这么没精打采。小磨盘不懂"窑子"的含义，就问，老头说："就是男女在一起不干正经事的地方！"小磨盘笑了，他说："太阳在天上，它哪里去找那样的地方啊？"老头"嘿"了一声，说："你以为天就是个干净地方了？我告诉你，月亮就是窑子，如果它不是窑子的话，它凭什么白天不出来，晚上就打扮得溜光水滑地出来了，它不就是为了勾引太阳吗，这是明摆着的！"

小磨盘笑得几乎要跌倒了。老头倒是不以为然，他转换了话题，喋喋不休地说起了别的。似乎他一旦停了嘴，人家就不知道他还活着似的。老头告诉小磨盘，他的腿是九年前出车祸丢掉的。肇事的司机喝醉了酒，将傍晚散步的他给撞了。所以他最痛恨的就是造酒的人，因为酒是可以让人疯狂的东西。他说他还讨厌饭店，那里就是为酒鬼开的。他说他残废了以后，悟出了许多人生哲理，比如说亲人都是靠不住的，他老伴伺候了他三年之后，大约是挺不住了，有一天晚上她和老头拌了几句嘴，就喝农药自杀了。在老头看来，她这是在找借口故意撇下他，嫌他是个累赘。还有他的三个子女，都认为是他气死了他们的妈妈，对他十分仇恨。老头说这更是在找借口，因为他们谁也不想长久地负担他。他在大儿子家住时，天天吃不饱饭，儿媳妇做饭时老是故意把炊具弄得叮当响，有时还指鸡骂狗地损他。在女儿家中，老头称自己就是条看门的老狗，一天到晚地就自己在家，寂寞极了。女儿给他的饭基本就是烧饼、咸菜、茶鸡蛋，以及在超市买的廉价的过期饮料。他这样吃了足足有半年的时光。而女儿自己呢，她一天三顿都在外面吃，早晨时一家三口出去吃早点，中午时女儿女婿在各自的单位吃，外孙子则被他奶奶接回家去。晚上，女儿又去了婆婆家，一直到八九点钟才回家来。老头说他看明白了他们的心思，就是让他一个人在家干熬，让他耐不住寂寞早点死了。说着说着，老头有些哽咽了。他告诉小磨盘，就他这个教书的小儿子对他还有点情意，不管吃好吃坏，他顿顿都给他弄热乎饭吃。可是他发现近一年来小儿子也变了，不爱和他说话，而且经常给他脸色看。老头说这是因为他在这里碍眼，来相亲的姑娘一看他家里有个这样等着伺候的老爹，坐不上五分钟就走了。老头分析说，小儿子心里肯定巴望他早死，那样，他就可以像清理垃圾一样把他给扔出去了。他还对小磨盘说，儿子之所以叫他中午来家吃饭，根本不是心疼他的学生，而是心疼自己，他是想让小磨盘中午陪着老头说话解闷，他自己好安安稳稳地睡觉。老头愤愤不平地说："现在的孩子，个个自私透顶！"

小磨盘找了一个老头说话停顿的间隙，问他："你天天都这么能说吗？"

老头很凄凉地说："你才陪我说了一中午，也烦我了？"

小磨盘没有回答，他有些同情这个性情古怪的老头，在他看来，他自己完全可以摇着轮椅出去转转，去找那些也闲下来的老人聊天，譬如说水果店的老婆子，小磨盘觉得他们俩在一起就会成为很好的朋友。

"你能出门的，为什么不出去呢？"小磨盘问。

老头说："我才不出去呢，别人一见我出去，谁都不看了，全都过来看我，好像我是一只猴子，谁都可以过来耍耍，我受不了。现在的人也真是坏，一看你残疾了，他们倒高兴了，没有一点同情心，这还能叫社会主义国家的人吗！"说着说着，老头又怒火填膺了，他的嘴唇颤动着，双手也哆嗦起来。小磨盘正想说点好听的给他，莫老师打着哈欠出来了。他对小磨盘说，快到上课的时候了，该去教室了。小磨盘就拿起饭盒包，告别了老头，跟着莫老师去学校。快到校园的时候，莫老师对小磨盘说："你要是喜欢去水果店，还是去那里吧。不过要是你星期二和星期四能跟我回家，我会很高兴的。我这两天下午有课。"

老头没有说错，莫老师让他去，不过是为了让他陪老头说话的。他下午有课的时候要午休，所以就让小磨盘去做他这个当儿子的该做的事。小磨盘觉得莫老师这是在跟他耍阴谋，把他当傻瓜看待，就如同他安排自己和程婷婷同桌一样。所以他毫不客气地对莫老师说："我不能不去水果店，我妈都交了钱了，我要是不去，就白瞎那钱了。"

莫老师没有说什么，小磨盘就飞快地朝教室跑去了。

小磨盘挨揍是另一个星期的事了。是谁揍了这可爱的小人呢？就是那个以欺负人为快乐的李亮。事情发生在最没诗意的地方，就是那个臭气熏天的厕所。有天小磨盘擅自溜走，没有去做课间操。他觉得好几百的学生排成行站在操场上同时做一种动作十分滑稽，要伸胳膊就都伸胳膊，要下蹲就都下蹲，这行为在他看来是荒唐的。小磨盘独自悄悄去了厕所，这里的厕所很静，他站在围墙旁，撩开裤子，哗哗地往墙上滋尿。他的尿水淋湿了一个谁画上去的头像，这头像的嘴就显得大了，仿佛咧着嘴在哭。小磨盘有些于心不忍了，他转移了尿，让它去滋字，反正那些字他又不认识。他这样撒尿，就有几分玩的因素了。可惜尿水不是自来水，它是有限的，所以小磨盘撒完了尿，还有些恋恋不舍的。李亮是什么时候来到厕所的，小磨盘一点也没察觉，只是冷不防被人给从背后拍了一下，把他吓得一激灵。回头一看，见是龇着一口牙的李亮正举着一根粗的蓝色铅笔向他示威。小磨盘认出那正是自己丢的那支铅笔，他就上去抢。李亮身子一闪，把铅笔举得高高的，说："你还没叫我爷爷呢，快叫，不叫我就揍你！看你长得跟个小猫崽似的，两拳就得把你揍拉稀了！"

小磨盘系好裤带，他骂李亮："我要是叫你爷爷的话，我就不是小磨盘！"

"你还敢嘴硬？"李亮冲上来，揪住小磨盘的领子，把他的头往地上按，他过按边说，"快叫爷爷，爷爷就把铅笔给你！"

小磨盘挣扎着，可他与李亮相比，实在是太弱小了，他很快就被按在地上了。他的嘴贴着地，那地臊烘烘的，难闻极了。

"还不叫爷爷呀，那爷爷我可就不客气了！"李亮骑在小磨盘身上，开始打他了。他打他的脸，也打他的屁股和肩膀。小磨盘觉得浑身疼得要散了架。他哭着骂李亮："你是狗！是猪！是狼！"

李亮见课间操散了，有许多学生往厕所跑来，他就松了手，一把将小磨盘提起来，让他眼睁睁地看着他把铅笔撒进粪池里！李亮说："你要是想要的话，就跳下去捞吧！"说完，他得胜似的吹着口哨走了。小磨盘擦干了眼泪，他觉得身上冷得厉害。他想报复李亮，至于怎么个报复法，他暂时还想不出来。由于周身被愤怒和屈辱所笼罩着，小磨盘有些眩晕，这里的大地仿佛就是解冻的冰河，他站在上面，有一种要坠入冰冷的深渊的感觉。

八

八方街的杨树叶子基本都落了。那些黄色的叶子聚集在树下的阴沟里，层层叠叠的，远远一看，很像是农人晾晒的丰收了的玉米。四面街的柳树叶子也终是晚节不保，它们该落的也都落了。不过柳叶不全是黄色的，它们还有金红色的，看那种颜色的树叶，总让人觉得它们身上有什么喜事。这些黄的或红的树叶，又过了几天，就被秋风秋雨给弄成深褐色的了，看上去就像一堆猪饲料似的。而大地也没有什么看头了，绿色悄然隐退，到处都是荒芜的景象。霜在清晨的大地和屋檐闪烁，天气越来越冷，这时连疯子们都明白，冬天就要来了。

小磨盘蹲在灶台前，狼吞虎咽地吃着刚出锅的包子，他已经三天没有上学了。秦师傅每每看他一眼，都要叹一口气，他会说："你惹了这么大的祸，你妈都要愁疯了，你倒是没心没肺的挺能吃！"

杨师傅也说："你倒是跟我们说说，公安局的人都问了你些什么，你是怎样跟人家说的。回头还会有人来找你问话的，你得先寻思好了，说得对你有利些，不然人家让你妈赔十万八万的，那不等

116

于砸她的骨头卖，要了她的命了！"

小磨盘却不吭声，他觉得该说的都已经跟他们说了，再重复纯属多余。他吃完包子，恹恹无力地站了起来，打算出去转转。一直没有数落他的王师傅见他要走，就拦住他说："小磨盘，你又要找那些疯子去？我看那些疯子都没有你疯，他们谁把人往粪坑里推哇，只有你这个小厌世鬼能干出这种坏事吧！"

小磨盘不以为然，他至今不认为他对李亮的报复是错的，不过他没有想到他会死，这完全怪那个粪池。他想李亮要是有魂灵的话，就该找粪池算账去。

"都怪我给你买的那些粗铅笔，咳，不买就没有这个事了。"秦师傅已经不止一次地这样埋怨自己了。

杨师傅安慰秦师傅说："这能怪你吗，你是一片好心，给他买铅笔，还不是为了让他好好上学？这全怪小磨盘自己，他丢了铅笔不告诉老师，挨了揍也不告诉老师，非要显自己，好像他有能耐解决似的。结果呢，闯了个大祸！"

王师傅则很宿命地说："咳，是灾躲不过，这是天意！"

小磨盘清楚地记得，那是四天前下第一节课的时候，他因为着了凉有些拉肚子，就抓着一团纸飞快地往厕所跑。那天下着小雨，地湿漉漉的，他被滑得直趔趄。那天上厕所的人很多，男厕所的围墙前站着一排滋尿的男孩。小磨盘越过他们，急不可耐地进了厕所里面，见每一个粪坑前都蹲着人，其中就有李亮。这些解大手的人都龇牙咧嘴的，一副苦不堪言的样子。小磨盘有些忍不住了，他佝偻着身子，抚着肚子，吆喝那些蹲着的人："你们谁先快点啊，我要拉裤子里了！"他的话音才落，笑声就起来了，李亮笑得尤其响亮。他说："我看谁敢给这个小混蛋让地方？让他憋不住，让他拉在裤子里才好呢！"小磨盘呼吸急促，脸都憋青了。自从挨揍以后，他无时无刻不在想着报复李亮的事，可是一直没有寻到合适的机会。他想正好你把我那支可爱的天蓝色粗笔扔进了粪池，我让你也滚到粪池里尝尝在那里待着是个什么滋味！小磨盘走到李亮面前，俯身掀起横在便坑前的脱落小钉子的木板，李亮在上面摇晃了几下，未等他完全反应过来，小磨盘已经拼尽全力抽掉了木板，李亮失身跌进了粪池！只听"噗——"的一声响，李亮把粪池的黄汤给溅得反射上来，使刚刚被小磨盘抽掉的那块木板沾上了星星点点的粪汤。李亮奋力地扑通了几下，骂着小磨盘："等我上去掐死你！"然而他终于没有上来。扑通声和他对小磨盘的诅咒声很快就湮灭了，这时的厕所围聚了许多人。小磨盘由于这一阵折腾，已经把屎拉在裤子里了。有人吆喝道："他不见了！他被淹死了！"小磨盘却不相信，他想李亮不过是觉得名誉扫地，失去了威风，所以在悄悄地往上爬。他等了一会儿，仍未见李亮上来，觉得有些蹊跷，就探过头去望，粪池的中央显现着几个圆圆的气泡，它们就像死鱼的眼睛一样散发着呆滞的光。小磨盘心下一惊，难道李亮真的沉入粪坑里了吗？那个粪坑真的有那么深吗？不管他怎么想，李亮是千真万确地消失了。也许他认为自己错了，潜下去寻找他无端扔下去的粗铅笔？雨下得大了，已经有同学叫来了老师，李亮就像一块落入了水底的石头，再也没有露一下头。小磨盘有些害怕了，因为他只想教训一下李亮，并不想让他死，现在他那么不负责任就死了，实在让他难以接受。

小磨盘回忆起来，在李亮有限的挣扎过程中，他始终没有喊一声"救命"。这让他抵消了对李亮的隐隐的同情。他认为他活该遭遇到如此下场。你不是有本事吗？最后你的本事还没有那个看上去波澜不起的粪池厉害！

菊师傅进城去探望李亮的父母去了。这件事发生以后，她慌得一直都喘不匀气，晚上基本是睁着眼睛呆呆地望着漆黑的棚顶，偶尔睡着了一会儿，又立刻被自己的惊叫声给吓醒。她早晨起来的第一件事，就是到小磨盘的床边站上半晌，无限担忧地看着儿子，生怕他会在夜里被人给抓走。尽管别人都安慰她，小磨盘是个小孩子，不够判罪的，再说那是个意外，小磨盘在学校，学校就应该是他的监护人，过错完全应该由校方承担，让她不必为此多虑，她还是固执地认为小磨盘是犯了杀人罪，早晚要被拉出去枪毙。她的过度担心使她走起路来更加地发飘，无声无息。而且，她不知从哪里得来的经验，说是一个人杀了人，如果确认是精神病的话，那他就不会负任何责任。于是她去求疯人院的医生，让他们给小磨盘好好诊断一下，她儿子肯定是个疯子。以往她是多么忌讳谁把小磨盘和疯子联系到一起哇。医生只能对她抱以同情的目光，说他们不能做违背医德的事。他们还提醒她说，如果小磨盘真的被认定精神有问题的话，他就永远别想再去上学了。菊师傅就会打着哆嗦说："上学有什么好，如果不是大伙撺着他上学，怎么会出这样的事呢？"

昨天，有个粗通法律的人给菊师傅出主意，说是只要她把死者的家长维护好了，做通他们的工作，他们不起诉小磨盘的话，作为他的第一监护人，她就不需要负担任何形式的赔偿。相反，她也可以起诉学校，因为学校的厕所不具备安全性，本身就是对学生权益的一种侵害，便坑上的踏板已经活动了，为什么没有人及时给维修好？还有，那粪坑那么深，积了那么多的粪汤，为什么不尽早把它掏了？而且，菊师傅可以说发生这样的事情后，她儿子的精神受了刺激，应该考虑相应的精神赔偿问题。菊师傅对法律一窍不通，她想李亮毕竟是被小磨盘掀下粪池的，如果他能安然无恙，而她又不用赔偿很多钱的话，那就是上天的恩赐了。她坚定不移地认定儿子有罪，别人的话不过是在安慰她而已。所以秦师傅帮她请了一个人带她进城去看望李亮的父母的时候，她悄悄地把家里的一万多块的存款也带上了，想着私下做个交易。她还特意把衣服的扣子重新钉了一遍，以防李亮的妈妈激动时会上来撕扯她。她觉得自己代儿子受过是应该的，问题是最好不要被人把衣服扯烂了，那样脸面上不好看。

　　小磨盘听了师傅们的话，没有到外面去，不过他厌倦了他们老是谈论这件令人不愉快的事情。他偎着温暖的灶台，呼呼睡着了。到了中午，师傅们因为少了一个人手忙得团团转的时候，就没有人盯着他了，小磨盘顺理成章地溜了出来。他没有到小花园去，今天他不想见他的那些疯子朋友。他出了疯人院，从八方街向四面街走去。天半阴半晴着，太阳忽而从云里闪出来，忽而又缩回了头。小磨盘见杨树脱尽了叶子，光秃秃的，了无生气。行驶的风就像一条无家可归的狗一样四处游荡，逮着什么就咬上一口，把堆积的树叶咬得摇摇摆摆，将店铺高高吊着的幌子咬得直发抖。小磨盘不愿意碰见熟人，他不想跟谁说话，好在他走过了八方街，一个人影都未见，也许是秋风使他们生意清冷的同时，也掳走了他们在户外浏览风景的热情。他走到四面街的时候，很想到火二娘的仙人铺子去看看那些神像还在不在，因为秦师傅前几日对他说，城里来人清理了火二娘的铺子，说她是搞封建迷信活动。可他怕火二娘问起他再度失学的事，就不想去了。他漫无目的地走着，经过烧饼铺的时候，他看见了那个尖嘴猴腮的伙计刘满红。他显然知道了小磨盘惹的祸，老远就吆喝他："咳，小磨盘，进屋来吧，有新出炉的烧饼，白白让你吃，你跟我说说你是怎么把人给推到粪坑里的，你这个英雄啊！"小磨盘没有理睬他，他朝荒凉的庄稼地走去。他想那里如今没有收获的人了，有的只能是枯草、吟吟的秋虫和翻飞的麻雀，而这些东西都不会揭他的疮疤的。

小磨盘择了一片蒿草坐下来。有一股植物老了的气味直冲他的鼻息。那是一种什么味道呢？粗粗地闻，只觉出一股干涩的、微苦的气味，可仔细再一琢磨，又透着一种浆果熟透了的香，总之是一种让人情感复杂的气息。天越来越阴沉了，蒿草忽左忽右地摇摆，很像一群涉世不深的孩子的稚嫩而又有朝气的舞蹈。小磨盘想着自己上学的又一次失败，想到他又没有上到下雪的季节，忽然觉得万分的伤感。他不认为自己让李亮掉进粪池有什么过错，因为没有人认为他所喜爱的铅笔被活活地抛进粪池是个过错。在他眼里，铅笔和李亮的地位是同等的，他们都是有生命的，只不过没有人承认铅笔也有呼吸而已。他唯一觉得对不起的就是妈妈，因为她慌张得都分不清东西南北了。早晨她走的时候，大约口渴得厉害，她双手捧起杯子，想喝点水，可她连这点力气都没有了，杯子脱手落到地上，摔了个粉碎。她大约觉得这征兆不吉祥，就扑簌簌地落下了眼泪。想到妈妈的泪水，小磨盘也落泪了。他的泪水模糊了视线，眼前的蒿草不再是棵棵直立的了，它们连成了一片，就像一片浊黄的水流漫过他的眼前，使他觉得天地已经昏暗得无边无际。

菊师傅从城里回来时天已经开始落雨了。她的心情明朗了许多。李亮的爸爸，就是那个曾因为不让儿子上学而被告上了法庭的修鞋匠，他听了菊师傅所讲的家庭遭遇后，对这个气息微弱的不幸的女人分外同情，他没有要菊师傅的一分钱，而且说李亮早早晚晚都要出事的，他太霸道了。修鞋匠的老婆是个十分听丈夫话的女人，她见丈夫不追究这个可怜的女人，也就敛声屏气的，什么也没有说。他们一再向菊师傅表示，他们只会追究学校在此事上的过错，不会伤害小磨盘的，让她不要担心。菊师傅回到疯人院时，脸上就挂了一缕摆脱了灾难的喜悦。灶房的师傅听她的脚步声，就明白事情解决得很顺利。菊师傅把李亮曾将父亲告上了法庭的事情也一五一十学给三位师傅。秦师傅总结说："咳，照我看一个学校就不能有两个名人！"

他们光顾了高兴，完全把小磨盘给忘记了。直到天黑了，雨止息了，天边现出了一片嫣红的晚霞，菊师傅站到院子里去看晚霞，这才猛然想起还没有看见小磨盘，连忙喊出师傅们帮她去寻找。

此时的小磨盘，已经被雨淋得浑身精湿精湿的，他蹒跚着从野地走回疯人院，看上去就像一个老人。他进了院子，朝小花园走去。园丁师傅正在把花坛已经枯萎了的花连根拔起，小磨盘站在一旁，怀着哀悼之情看着。突然，老师傅发现有一个瓶子从土里探出了脸来，那是一个褐色小花瓶，他抠出它来，骂了一句什么，随手把药瓶撇了。这药瓶正落在小磨盘脚下，它立刻就碎了。小磨盘发现有一个白色的纸条从中跳了出来，它就像破壳而出的鸡雏一样在晚风中晃着可爱的小脑袋。小磨盘连忙把它从玻璃的碎片中抽了出来，展开一看，只见上面画着一条长长的火车线，火车线的这头是一个举着一封信的小男孩，而另一端则是一行工工整整的字，可惜这行字小磨盘只认得一个"门"字。他陡然明白了，这就是张唠叨走前留下的地址！那一瞬间，小磨盘觉得浑身滚过一阵暖流，他本不打算再进学校的，但他想，就算为了认识纸条上的这些字，他也应该继续上学啊。只是他不知道还有哪一所学校敢收他。小磨盘充满深情地望着纸条时，听见了妈妈召唤他的声音。那纸条上的汉字，被晚霞映得格外鲜润。它们就仿佛是一只只五彩斑斓的小鸟，把湿淋淋的他当成一棵茁壮的小树，对他唱着快乐的歌。

2001 年

五丈寺庙会

　　仰善挑着四只鸟笼，天不亮就离开了南凉。他要去赶五丈寺的庙会。

　　五丈寺离南凉有三十里路，离金顶镇有六里路，而离七里铺却有四十里路。五丈寺在南凉和七里铺人的心目中就是一个大寺庙。因为它离着远，愈想愈把它想得高大。而在金顶镇人的心目中，五丈寺是个小寺庙，因为离着近而常去，久而久之就把它看低了。

　　别看七里铺离五丈寺比南凉离五丈寺的路要多出十里，若是两个人同时从南凉和七里铺出发，提早到达五丈寺的肯定是七里铺的人。当然，这不是说从南凉出来的人老态龙钟、举步维艰，而是因为一条河的缘故。这河叫"栖龙河"，横在五丈寺的南面，数十丈宽，近岸的河水波平如镜、浅浅缓流，而河中心则水流湍急，波高浪飞。南凉和金顶镇的人要去五丈寺，必须渡过这条河。你从南凉步行到渡口，如果恰好赶上摆渡的在，即刻上了船，也不是十分八分就能到达彼岸的。即使风平浪静的日子，摆渡的也走得一波三折、慢慢悠悠，你忧心如焚了，可艄公却哼起小调来了。

　　仰善离开家时鸡还没叫。他总觉得一声比一声嘹亮的鸡鸣声就像五丈寺庙会的烛火一样旺盛。既然去赶庙会，就不能听这样的鸡鸣，不然仿佛一不留神已把庙会看了一眼，去五丈寺时就不那么兴趣盎然了。再说离家早还能在沿途顺路捕捕鸟，父亲这几天一直埋怨他今年赶庙会捕的鸟少于往年，骂他越活越没长进，这使仰善非常难过。更为重要的是，他昨日捕到一只乌鸦，将它双足用绳子缚住，绑在村外的一棵树下，提早出家门也是为了将乌鸦悄悄收归笼中，好挑到庙会上。

　　仰善走了约五里路后，天渐渐放亮了。东方的天际隐隐现出丝丝缕缕的白光，宛若蜘蛛结了一张透明的网悬在那里。仰善打算一边歇脚一边捕鸟，等待日出后继续赶路。仰善挑着的四只鸟笼，两圆两方。圆形的鸟笼一个是扁圆的，形如倭瓜，用竹丝编成，圈着约三十只家雀。另一个圆笼身材不矮，有三根筷子那般高，共分四格，每格的栖架旁都有一个能自由翻动的小门，鸟们能自如地在这四层天地中穿梭。这里圈着三十多只家雀和三只羽毛亮丽的黄雀。这只笼子同样用竹丝编就，不过竹丝较宽一些而已。方形的鸟笼一个是滚笼，也有人称其为"踏笼"，是捕鸟用的。它共分三格，中间那格囚着一只"媒鸟"，南凉人称其为"叫油子"，专门引诱其他鸟撞入笼中的。滚笼最上层能翻动的三个小门别着沉甸甸的谷穗，鸟儿一旦因贪口腹之欲而踏到这里，就会滚入笼中，难再出去。另一只方形鸟笼可就不是竹制的了，它用棕红的铜丝编就，四四方方的，承粪板上吊着的饮水盒子也不讲究。这笼子十分牢固，别说是乌鸦了，就是只鹰被圈在里面，它也别想破笼而出了。仰善见那只乌鸦老老实实地趴在承粪板上，暗笑了一声，将刚刚掀起的蓝布笼罩又落了下来。仰善将这只笼子单独套上笼罩，是怕庙会上的人看见他挑着只乌鸦而大惊失色，若是被父母知道了，免不了又是一顿奚落。父母也要去赶庙会，不过他们不是步行，而是骑着毛驴。在仰善看来，骑毛驴赶庙会虽然自在一些，但是人为着舒服而使驴受三十里的罪，实在是太不仁义了。可是南凉人步行去五丈寺的很少，大多数人骑着驴或赶着马车，因而每逢庙会的时候，栖龙河的渡口就热闹非凡，除了摆渡人的生意红红火火之外，河岸上看护牲畜的人的腰包也鼓了起来。人横渡栖龙河去了五丈寺，而牲口却不能过去，它们只有留在岸上。这时的驴和马就显得比平日俊俏许多，它们的耳朵上都拴着一块彩色纸牌，有的是全红、全绿、全黄色的，还有的是半绿半红、半紫半粉、半青半白的，也有的纸牌是三色和五色的。这些彩色纸牌一式两个，驴或马的身上拴一个，它们的主人再留一个，这样赶完庙会回来时，就能准确无误领走自家的牲畜。当然，有时也会发生差错，如驴自己把纸牌晃丢了，或者是赶庙会的人把纸牌不慎掉丢了，这样牲畜与主人对不上号，于是牲畜的主人与看护者免不了就有一番口角。

仰善把滚笼放在矮树丛中。天边那蛛丝般的白光幻化成了一带粉红色的早霞，大地又亮了一层。太阳一寸一寸地从地平线升起，大地也就一层一层地亮下去。在仰善看来，自然界的苏醒是一物叫醒另一物的。星星在退出天幕时把鸡叫醒，鸡又叫醒了太阳，太阳叫醒了人，人又叫醒了庄稼，这样一天的生活才有板有眼地开始了。星星叫醒了鸡，它们也并不是真的消失了，它们化成了露水，圆润晶莹地栖在花蕊和叶脉上，等待着太阳照亮它们。而鸡叫醒了太阳，鸡鸣声也并不是无影无踪了，它们化作了白云，在天际自由地飘荡着。

仰善把滚笼放好，走出矮树丛，坐在土路上，取下干粮袋和水壶，打算先垫补垫补，到了金顶镇后再到素面馆吃碗面。仰善不喜欢吃荤腥食物，比如他九岁时跟父亲赶庙会，在金顶镇吃了碗狗肉冷面，眼前便老是闪现狗的影子，夜里他梦见一群狗来咬他，吓得他大汗淋漓，醒来后把肚子里的食物全都吐空了。

仰善是家中的独苗，他父母结婚五年后才生下他。据说是他母亲到五丈寺求子，一位老和尚对仰善的母亲说，你男人的祖上作过孽，绑过票，因而你们王家没有后代。不过若是你们做满三百善事，就可洗清罪孽，香火流传。仰善的父母从此后就广做善事。一年多以后，已积了近二百善事。有一年暴雨成灾，南凉西侧的路由于低洼，泥泞不堪，常有马车被陷在里面。仰善的父母就起早贪黑挑砂石修路，修了一个秋天，终于把路修好了。有一天晚上，仰善的母亲梦到一位神仙来到家里，站在门槛那里，对她说你马上就要有一个儿子了。仰善的母亲说，我还差一百善事没有做呢。神仙说，你修路，全南凉的人都跟着受益，受益的岂止百人，这一善可顶百善啊。果然，不久后她就怀了孕。生下孩子后，仰善的父母到金顶镇的香铺买了几炷高香，去五丈寺求老和尚赐给孩子一个名字。老和尚便赐他名为"仰善"。不过仰善的父亲自有了儿子后佛心顿减，善事也做得少了。有一年他去五丈寺，在渡口与艄公讨价还价后没有占到便宜，还破口大骂艄公呢。

仰善捕鸟，为的是赶每年的几个大庙会。他蹲在五丈寺的山门前，等待烧香出来的人大发慈悲，递上几个钱，放上三两只鸟。而做开笼放鸟生意的又不是仰善一人，每回总有三四个人，都与仰善年龄相仿，十四五岁的模样。捕到的鸟也多是这带随处可见的褐色家雀。仰善熟识其中那个叫"扁担"的男孩，他是七里铺人，圆脸，大眼睛，耳垂很大，身高臂长，一脸福相，因而每回总是他的鸟放得最快。扁担喜欢不吭不响的仰善，若是他先放完了鸟，便会提着空笼子走向仰善那里，帮他放鸟。此举常常引起另一个少年的叱骂，他又矮又瘦，脸上长满了大小不一的癣块，使那张脸给人一种拼凑起来的印象。他绰号"二癞子"。他来放的鸟，并不是自己捕的，而是欺负邻里的小孩为他捉的。二癞子放完了鸟不像仰善和扁担把赚下的钱拿回家给大人，他自己直奔山门下那一排排迤逦相挨的铺面，吃了这样吃那样，不把钱花光绝不罢休。很多人知道二癞子一身恶习，就不爱放他的鸟，仿佛他弄来的鸟也跟着有罪似的。二癞子一旦发现扁担帮仰善放鸟了，便会骂："他妈的，人家拉屎你帮着擦啥屁眼？"扁担毫不在意，依然不为所动地站在仰善一旁。通常，他们的鸟都能全部放净，但偶尔也有剩下几只的时候，这时仰善就会打开笼门，悉数将其放走，而二癞子会朝笼中剩余的鸟啐一口痰，骂："没人放你们的生了，活该你们倒霉，回家我用火把你们烧了吃了！"听得仰善身上阵阵发凉。

仰善十五岁，面目白净，走路很轻，喜欢垂着头。每逢过年母亲要给他裁新衣时，仰善总是竭力拒绝。他觉得人只要有衣裳穿，就不应该再添置。父亲每每听南凉人议论仰善，说他自幼起就菩萨心肠，早晚有一天要出家的时候，父亲回家后就会气咻咻地用烟袋锅敲着仰善的脑壳说："臭小子，老子当年求你来王家，是为了传宗接代的，你可别把自己往庙里头活。咱不当那个和尚！"他还追根溯源地要给仰善改名，也真的改了，叫"继人"，可是没有人这么叫他，人们叫他"仰善"叫惯了。

太阳完全升起了。阳光滚滚袭来，大地亮堂得轰轰烈烈，似乎带着一种隆隆的响声，山脚处的白雾袅袅而去了。仰善的感觉就是先前那里栖着一群白鹤，如今它们飞走了。林间花草树木上的露珠被阳光映得异常闪亮。想来阳光也是有力气的，原先待在叶片上挺饱满的一颗大露珠，经阳光轻轻一推，它就坠到地上了。草丛里的虫子正睡得美，这一下让坠落的露珠给砸醒了，虫子一睁眼睛，原来天已大亮了！赶紧伸个懒腰，找点吃的东西去。

仰善在这里没白耽搁，滚笼里捕到了三只鸟。两只家雀，另一只是罕见的交嘴雀，仰善已经有两年没有捕到过了。交嘴雀有着朱红色的羽毛，非常明媚，是雀鸟中的一朵花。它嘴形奇特，喙尖是弯曲的，这样它一合嘴，那嘴不是严丝合缝地合拢了，而是上下交错，看上去十分调皮。

仰善挑着鸟笼又走了一程后，他听见背后有马蹄声传来。马蹄声在寂静的田野里听起来格外清晰。南凉人出门，大都喜欢在马或驴的脖颈下套上一串铃铛，这样你走一路，铃铛声就会响一路。据说一个人赶车走夜路时，只要牲口吊着铃铛，哪怕路两侧荒坟累累，你也毫不惧怕。铃铛就像明灯一样照亮了黑暗。然而这挂马车传来的没有铃铛声，而只是马蹄。马蹄声很均匀，说明它走得有板有眼、不慌不忙。仰善猜测这是齐大鼻子的马车。因为只有他讨厌给马拴上铃铛，说是那就跟给马吊一串卵子球没什么区别，是对马的污辱。果然，当马蹄声越来越近的时候，仰善回头看见了齐大鼻子，他抱着膀子坐在车辕处，将鞭子竖在胳膊肘里，双腿悠荡着，似是很逍遥的样子。有个女人穿着紫花衣坐在车尾，背对着车头，仰善想那一定是齐大鼻子的日本老婆了。

齐大鼻子发现了仰善，大声说："仰善，你几点起来的？怎么走了这么远了？"说着，"吁——"的一声将车停在仰善身旁。未等仰善作答，齐大鼻子又指着那些鸟笼说："哎呀，这回你逮的鸟可是不多，笼子里松松垮垮的，鸟们倒是自在了！"仰善见齐大鼻子面色发暗，眼睛里透露着某种忧伤之色，虽然他高声大气地说着话，可是神情并不喜悦，足见未近身旁时觉得他很逍遥是种错觉，那不过是个姿态而已。

齐大鼻子吆喝仰善坐上马车，他要把他和鸟儿一直捎到金顶镇去。仰善连说不必了，他乐意挑着鸟慢悠悠地走，反正已走了一半的路了，而且时候还早得很，庙会通常是近午时才开始。齐大鼻子将一把鼻涕擤在了马尾巴上。马很爱洁，它趁势一甩尾巴，将鼻涕给甩在了地上。仰善见坐在车尾的日本女人依然端端地坐着，背对着他们，想着不久前齐大鼻子突然归来的老婆对这女人的百般折磨，就分外同情她。南凉人都叫她"烂枝子"，实际上她叫"千岛美枝子"。南凉人对她似乎都没什么好感，小孩碰见她都要很解气地大叫她一声"烂枝子"。她对汉语一知半解的，全不知这绰号里包含着挖苦成分，还笑着点点头。

齐大鼻子见仰善不上车，也就一甩鞭子上路了。马蹄声再次嗒嗒地响起。这马挂着铁掌，因而走起来蹄声清脆。马车经过仰善身边，他闻到了千岛美枝子身上的香味儿。她不知用着什么脂粉，总是香喷喷的。她看见仰善后冲他笑笑，然后盯着那几只鸟笼看。仰善从她的脸上，也一样地看到了忧戚。看来他们要早早赶到五丈寺，把这忧戚化解了。

仰善记得去年初秋时节，齐大鼻子忽然赶着马车带回了一个俊俏的姑娘。她看上去也就二十几岁的样子，比齐大鼻子小很多，中等个，微瘦，肤色白皙，看人时有些怯生生的。

齐大鼻子在金顶镇当捎脚的马夫，那一段苏联红军越过边境打过来，日本面临投降的命运，许多日本人纷纷逃难。有一些日本女人，既怕受到苏联军人的污辱，又怕被遣返归国后遭人唾弃，因而迫不及待地将自己贱卖给中国人当老婆。有一些没钱娶媳妇的人没花上几个钱，就把如花似玉的姑娘给领回家了。齐大鼻子的老婆失踪两年后，连她的娘家人也认为她成了鬼，勒令齐大鼻子在南凉给她挖了个坟，买了口棺材，将她的头巾、手套、上衣、裤子、袜子和鞋从头到脚地依次摆好在棺材里入殓，埋在了南凉的西山前。以后每逢清明和除夕，总能见齐大鼻子领着儿子前来焚纸祭奠。齐大鼻子的老婆叫金彩珠，生得人高马大的，很健硕，能吃苦，平素喜欢独往独来。她喜欢采山，春季采药材，卖给金顶镇的泰身药铺；夏季她采山木耳和各种野果；而到了秋季，她背着柳条筐采蘑菇，能干得仿佛要把这山中有用的东西全都采回家里。以至于第一场雪降临到南凉之后，一些嫉妒心很强的女人见到了金彩珠，就冷嘲热讽地说："哟，你不去采山啊？山上有雪了，采点雪回家当面吃吧！"金彩珠就会骂一句："采你祖奶奶的雪！"金彩珠骂人，最爱骂人的祖奶奶，她就是骂亲生儿子也是这样："我操你的祖奶奶！"想必是一般人的祖奶奶都已作古，骂了也是白骂，反正她们也不会跳出坟来与你对簿公堂。

仰善走走歇歇，快赶到金顶镇时，已有三头驴驮着它们的主人超过了他。他们见了仰善都指着乌鸦笼问："那里逮着什么金贵的鸟啊，还套着笼罩不让人看？"仰善只是嘿嘿笑两声，并不作答。他觉得人说的那些形形色色的话是很无趣的，表达一种想法就要说一种话，实在累人得很。不似鸟，鸟只是一种单纯的鸣叫声，可它却能表达千变万化的内容。狗吠、鸡鸣、马嘶、牛哞、羊咩咩的叫声在他听来都是既简单又能传达情感的。仰善想也许最初的人只是用笑声或哭声来代替语言交流的，后来人学坏了，就开始油嘴滑舌地说话了。为什么人要修口，而动物却不用修口呢？仰善想就是因为人掌握的语汇太复杂了，恶语伤人的事不绝于耳，所以佛家才会让人修口。仰善边走边想着一些事情，越想越亮堂，不知不觉已在鸟鸣声中进入金顶镇了。

金顶镇两面临山，一面临水。东西两面的山十分对称，呈波浪形起伏，一直向远方伸展。所临的那条水就叫"栖龙河"，在金顶镇的北面。金顶镇是个大镇子，有七千人左右，因了五丈寺的缘故，这里的香铺特别多。镇中心有三条主要街道，两横一竖，横着的叫"走马街"和"隆昌街"，而竖着的则叫"吉祥里"。走马街很宽敞，能并排走三挂马车，街两侧栽着青绿的杨树，风一吹，哗啦啦作响的杨树叶就给走马街投下摇曳的碎影，仿佛谁在往地上甩银子。走马街有十几家商行，经营的有照相、服装、瓷器、丧葬、皮货等生意，银行和邮局也在这条街上。隆昌街比走马街要窄一些，米店、面馆、屠宰场、膏药铺、种猪站、丝绸铺、鞋铺、香铺、旅馆、灯饰铺子、剃头铺、浆洗房、珠宝店等均在这里，因而它显得很热闹。隆昌街路畔也栽着一些杨树，不过是东一棵、西一棵的，而且树也不一般高，有的挺直腰杆高过屋脊，有的则跟侏儒一般矮小。这街上的招幌因着生意兴隆而随处可见。不过有的招幌陈旧不堪，而有的则新鲜明媚。红色的招幌下均有长长的穗子，风一吹，感觉就像火苗在簇簇燃烧。这两条横街是东西走向，而竖街则是南北走向。这条竖着的叫"吉祥里"的街离隆昌街不远，金顶镇的许多老住户都住在这里。这里有两家妓院、一家大烟馆以及一家赌场。所以来这条街上的男人多，他们都是寻欢作乐的。

齐大鼻子将马车停在吉祥里的李恩奎家，他也是个马夫，平素他们常搭伴从虎泉城往金顶镇运送粮食和布匹。齐大鼻子让李恩奎帮着照看一下牲口，他赶完庙会再回来取车。李恩奎见那日本女人的肚子仍然是瘪瘪的，就悄悄把齐大鼻子叫到一旁，问："还没栽上种子？"齐大鼻子一抽鼻涕忧戚地说："她那地界不爱长苗，你让它咋办？"说着，他拍了一下裤裆。李恩奎叹了一口气，说："我前日听说金彩珠从七里铺过来了，上她妹妹家，连门都没叫开，其实你们家铜锁就在院子里玩，他的动静金彩珠都听见了，可她妹妹就是不开门让她见铜锁，非说她既已成了鬼，还回来干什么！哭得金彩珠两个眼睛像烂桃，晚上回七里铺时，摆渡的说她上了船，眼睛发直地看河水，你问她十句话，她一句也不答。"齐大鼻子只觉得心如刀绞，他骂："金彩凤这个狼心狗肺的东西，那是她的亲姐姐啊，就是说铜锁过继给了她，她也不能不让她见儿子哇，那铜锁是她身上掉下来的肉，她能不心疼吗?！"齐大鼻子就要落泪了。李恩奎又说："我看不行你就把她偷着卖了得了。"他悄悄用小手指点了一下千岛美枝子，说："我认识老黑屯的一个猎户，他家儿子三十八了，还没娶上呢。你把她卖到那儿，离南凉远，没人知道的。这样金彩珠就能名正言顺回家了。我看还是跟金彩珠好，她能干，又能生养。"见齐大鼻子沉默着，李恩奎又说："你别看她跟过你，是个二手货了，可她模样好，又是日本人，味道不一样，能卖上个好价钱的！"

齐大鼻子脸上已有愠色，可他克制着，领着千岛美枝子走了。吉祥里有家死了人，哭丧声撕心裂肺地传来，使齐大鼻子身上阵阵发凉。他既同情金彩珠，可又不舍得丢弃美枝子。在他看来她已经够可怜的，不能再把她往火炕里推。再者说了，从美枝子身上，他感受了金彩珠身上从来没有过的温柔。原先没有这温柔便也罢了，如今享受到了，就不忍舍弃。金彩珠脾气暴躁，当年她常抄着烧火棍打齐大鼻子的屁股。此次从深山归来，她变得极其乖戾，看见谁都反感，好像全世界的人都把她给得罪了。其实真正得罪她的不过是几个土匪。当她独自在山上采蘑菇时，他们发现了她，将她掳入深山之中，勒令金彩珠为他们做饭和陪睡，将她看管得死死的，绝不允许她独自下山。平素土匪下山砸窑，匪头总要留下一个人看管金彩珠，而这每每是她身心受折磨最深重的日子。留下的人对她百般凌辱，金彩珠不止一次想到了死。后来她发现土匪惶惶不可终日，听说日本战败了，苏联人打了过来，土匪们怕自己将来也会遭不测，于是纷纷下山了。最后山上只剩下匪头刘老黑和金彩珠。刘老黑对金彩珠仍然很戒备，白天时看着她，晚上睡觉时则用绳子捆住她的手脚。今年春天的某个夜晚，金彩珠陪刘老黑喝酒，趁他酩酊大醉时抄起酒瓶，一下子砸到刘老黑的脑袋上，使他一命呜呼。金彩珠逃下山来，足足用了十几天时间。有两次她遇见狼，幸而身上带着火柴，她点起一张桦树皮，畏光的狼便嗥叫着走了。金彩珠衣衫褴褛回到南凉时,刚好路过西山的坟场。金彩珠见添了几座新坟,怕齐大鼻子出了意外,就一一察看那新坟碑上的名字。结果她发现了自己的名字,这使她浑身冰凉刺骨,想着齐大鼻子若把她当成鬼了,也许已另有妻室了。就这样忐忑不安走进家门,果然发现了一个俊秀模样的小媳妇在她一直围着转的锅台前忙碌着,而与她曾耳鬓厮磨的齐大鼻子见了她连连叫道:"鬼!快抓鬼呀!"

　　齐大鼻子想到金彩珠的遭遇,不由得又是一番心酸。他先领着美枝子到隆昌街的一家饭馆吃了碗馄饨,然后又到走马街的一家玩具店挑选了一个木轮马车,打算着送给铜锁。他们出了玩具店的时候,正赶上一阵风袭来,走马街上的杨树叶子便发出沙沙的声响,使这条街有声有色的,显得无比繁华。齐大鼻子打算到金彩珠的妹妹家,一则看看铜锁,二则劝劝金彩凤,何苦要把金彩珠拒之门外呢?金彩凤三十七岁,她男人在吉祥里开着烟馆,面黄肌瘦的,婚后一直没有孩子。齐大鼻子娶了美枝子后,金彩凤便跑到南凉与姐夫大闹了一通,说是不能让铜锁受日本后娘的气,要将他领到金顶镇亲自抚养,否则就对不起死去的姐姐了。铜锁八岁了,馋而且贪玩,想着金顶镇比南凉好,小姨家又有好吃的东西,就嚷着要跟金彩凤走。齐大鼻子想想自己和美枝子肯定还要再生孩子,把铜锁给了金彩凤,这孩子将来衣食有靠,也许会有个好前程,于是狠狠心,就把铜锁过继给了金彩凤。齐大鼻子做完这事不久就后悔了,因为他几次去金顶镇看铜锁,总是吃闭门羹。有回齐大鼻子躲在门口不走,一直等到夜深时分,他翻墙而入,想偷着溜进屋里,不料被金彩凤察觉,将他骂个狗血淋头,说是哪有拉屎又往回缩的,铜锁既然给了她,名正言顺应该管她金彩凤叫妈,管她的男人叫爸,至于齐大鼻子，跟铜锁已无任何关系，让他少招惹他，趁早死了心。齐大鼻子好说歹说，差点给金彩凤跪下了，她这才皱皱眉头唤出铜锁，让他们父子见上五分钟。铜锁见了父亲一点也没惊喜，他当时正啃着鸭梨，见齐大鼻子的裤子露了洞，他指着那破损处龇牙咧嘴地说："像个要饭花子！"齐大鼻子阵阵心凉，想着铜锁是猫变成的，只贪图富贵人家，将来不会有什么大出息。那次从金彩凤家出来，齐大鼻子来到栖龙河畔，坐在岸边望着彼岸明月下愈发显得轻隽而神秘的五丈寺，望着河面上柔和的光影和浸在水中央的那轮微微颤抖着的圆月，真想一头栽进那光影里，不再受尘世的折磨。

美枝子一来到金顶镇就东张西望的，她什么也看不够似的，哪家店铺都想进，在布店看到新鲜水灵的花布要碰一碰，扯起一块布角在身上比量着；在瓷器店看见每件器皿都要仔细端详一番，用纤纤手指抚摸着瓷器那光滑无比的釉光，发出啧啧的惊叹。齐大鼻子不太愿意带美枝子来金顶镇，一则怕她花钱，二则有人认识他们，知道他讨了个日本媳妇，碰见的总爱说上几句笑话，让他心里别扭得慌。这次他带美枝子去赶庙会，是想让庙里的和尚给看看，他该不该抛弃这个女人？他是该要金彩珠还是千岛美枝子？

齐大鼻子把美枝子丢在隆昌街的一家鞋铺前，告诉她只许在附近逛逛，不许走远，他去看看铜锁就回来。美枝子没有搭腔，她只是目不转睛地盯着鞋铺的招牌。那红漆招牌上画着双纤巧的鞋，感觉那鞋似是要被这火一般的背景烧成灰似的。

天空中出现了许多白云。这白云被阳光照得柔软蓬松，齐大鼻子发现其中有一朵酷似自己的大鼻头，就有些害羞地低下头揉揉鼻子，心想你要是丑，丑在地上就行了，不过是让这些混蛋的人和混账的牲畜看见，没什么大不了的；要是你敢丑到天上去，实在是胆大包天了，那不是光天化日下作践他吗？天上的神仙见他长着这么一个大鼻子，将来他就是修得功德圆满了，也未见得让他上天去。天上有多干净啊，它半星儿灰尘都没有！齐大鼻子这么一想就有些气馁了。其实他的鼻子也不比寻常人大上许多，只不过大一些，不过因为他是酒糟鼻子，终日红着，红得油亮而显眼，就觉得他的鼻子奇大无比了。再者说了，你去问问金顶镇那些出苦力的人，谁没有一个外号？就说是李恩奎，从模样上挑不出毛病，人们就从其他方面吹毛求疵，都叫他"李靠边"，因为他无论走路还是赶车都溜着边走。齐大鼻子叫齐辉发，听着多亮堂的一个名字啊，可是没人叫。仿佛一个穷人不顶着一个外号，就不够寒碜似的。齐大鼻子这样想着，抬头便望见了张油条，他正往街口的一辆马车上搬东西，见到齐大鼻子，张油条喊："哎，我说齐大鼻子，你这是上哪儿去呀？"齐大鼻子并不喜欢张油条，就说："我去赶庙会，见时候还早，瞎逛。"张油条一龇牙笑着说："你跟我说，你到底要哪个当你的老婆了？"齐大鼻子明白金彩珠突然归来的事张扬得金顶镇不少熟识他的人都知道，他心怀不满地说："我要哪一个，和尚让我要哪一个，我就要哪一个！"张油条笑得露出了满口的坏牙，他说："五丈寺的和尚都是中国人，中国人还不得向着中国人！"张油条虽是一句戏言，可齐大鼻子觉着说得在理，千岛美枝子是日本人，日本人在这片土地上可是没少作孽，想来庙里的和尚也是知晓的。这样一想，齐大鼻子觉得向和尚问卜是极不可靠的。张油条叫张树仁，只因为他开着油条铺，人又油滑得很，大家就叫他"张油条"。张油条说他这是套上车要去五丈寺的庙会早些支上凉棚，在那里炸油条卖。张油条说："你要是把日本老婆带到庙会上，我赏她根油条吃！"齐大鼻子朝地上啐了一口痰，心想一根油条值几个屁钱，还用得着你赏吗？不过他没把这话说与张油条，怕他一变脸和自己纠缠起来，他就没法去看铜锁了。

金彩凤家在金顶镇东面，是幢宽敞的青砖房，院墙起得本来就不矮，几乎和门楼一般齐了。可自从发生了齐大鼻子翻墙而入的事件后，这院墙又加高了一尺，墙顶镶嵌着碎玻璃碴，令人不敢越雷池半步。齐大鼻子叫门的时候，那墙顶的玻璃碴反射的强光刺着了他的眼睛，他就感觉是狼龇着利牙咬着了他，气得他牙根直痒，拍门时也就没有好声气，将大门上的铜环叩向木板时叩得很响，咣咣的。然而院墙里静悄悄的，并无反应，齐大鼻子就不屈不挠地继续拍下去。最后邻居出来了，老太太分外同情地对齐大鼻子说："你别拍门了，金彩凤一大早领着铜锁出去了。"齐大鼻子就没好声气地对老太太说："她肯定给你使了钱，让你骗我，说铜锁不在家，她不在家能去哪里呢？"老太太愤怒了，她将拐杖使劲往地上一点，说："真是好心没有好报！我看你齐大鼻子在这儿拍门可怜，就跟你说个实情，谁知你还血口喷人！你要是不相信，就在这里当人家的守门狗得了，一直守到黑夜！"老太太的确是气急了，这骂实在狠得跟把人往油锅里扔没什么区别，果然齐大鼻子被激怒了，他声嘶力竭地喊："这人要是一倒霉，真是连耗子都会欺负你啊！"本来就是个比喻，谁料老太太理解为齐大鼻子骂她是耗子，于是她就回屋叫来她的两个耗子崽，一儿一孙，儿子动拳头打了齐大鼻子，孙子则发挥他嘴上的特长，把所掌握的骂人的话全都抖搂出去，招来许多围观者。齐大鼻子想这庙会的热闹没开始，他倒是先给演了一出热闹。想想铜锁也许真的被金彩凤领走了，因为她可能猜到齐大鼻子要在今天去赶五丈寺的庙会，让他扑个空。齐大鼻子觉得自己在这儿傻等委实无聊，于是就用胳肢窝夹着玩具悻悻走掉。他听见围观者窃窃私语着，并且发出阵阵笑声。齐大鼻子明白他们在说他的两个老婆的事，气得他回头骂了句："别人有了闹心事，你们倒高兴了，你们这帮狗东西！"

隆昌街上这回显得热闹非凡了。街上的商铺前停着一辆辆车，有牛车、马车、驴车，还有人推的架子车。商家往那车上搬着形形色色的商品，有锅碗瓢盆、布匹鞋袜、苹果鸭梨，还有笔墨纸砚、香炉木鱼、木板雕刻等等，看来他们都是去赶五丈寺的庙会的。也怪，人们平素上街买东西，总是挑挑拣拣的，而到了庙会上，则看哪样商品都顺眼，恨不能把每样东西都买回家中。仿佛这东西到了五丈寺，沾染了某种灵光，变得熠熠生辉、楚楚动人了。齐大鼻子见这些商家的脸上都喜气洋洋的，他想要不了多一会儿，金顶镇能关的商铺都会关了，栖龙河的渡口将是人声鼎沸。他想着和美枝子要早些渡过栖龙河，不然过一会儿人多了，少说也得在岸上等一个小时。这种时候，齐大鼻子就觉得生活在南凉的人比七里铺的人要不幸，因为从七里铺去五丈寺，用不着渡河，他们由东向西和栖龙河并行而走，就能畅通地到达五丈寺。

齐大鼻子来到了那家鞋铺门口，可他没有看到美枝子，心想她可能还在哪家店铺闲逛，女人一逛起店来就没个时间。齐大鼻子摸出一颗纸烟，划火点着，靠着鞋铺的石墙抽起烟来。这一颗烟抽下来，觉得心中舒坦多了。他想烟和酒确实是男人的两件宝，你烦闷了，抽上颗烟，喝上两盅酒，那烦闷就像遇到了太阳的阴云一样被照散。他想将来自己要是富裕了，就让家里的烟笸箩和酒壶永远都满着，可以随时随地地享用。

美枝子还没有出现，朝栖龙河方向走的人却是越来越多了。齐大鼻子有些心急了，他挨个铺子找，结果仍然不见其踪影，他就问鞋铺的主人，看没看见有个女人站在这门口等人？鞋铺主人正因为家人不帮他往五丈寺运鞋赶庙会而气不顺，于是没有好气地说："你咒我没生意做啊，我没事干清静了，往门口帮你看那些闲人?！"齐大鼻子无缘无故受了奚落，心下更加烦躁，心想让你在这儿等着，你却自己走了，怎么这么不听男人的话？齐大鼻子并不担心她会走丢了，因为她不是三岁两岁的小孩子，但要是走散了，庙会上人那么多，又哪里去寻她呢？

阳光照着尘土飞扬的路，那尘土像黄色的雾一样弥漫。齐大鼻子想这些尘土本来在路上待得好好的，都怪这一辆跟着一辆的车把它给搅起来了，弄得尘土跟雪花一样飘扬。有两顶轿子咿咿呀呀地打隆昌街经过，齐大鼻子认得那顶黄轿子，这是潘桂枝的。潘桂枝如今已是八十多岁的老太太，她年轻时丧夫，带着一儿一女闯天下，未再嫁人。她的精明能干，竟使她成为金顶镇的首富。潘桂枝的儿子开着妓院、珠宝店和饭馆，而她女儿则经营米店和茶坊。她的儿子潘福来是个花花公子，吃喝嫖赌，样样占得。潘桂枝虽然看不惯儿子，可她管不了他，索性也就不去说他，睁一只眼闭一只眼。潘桂枝的女儿潘桃李倒是淳朴善良，她嫁给了膏药铺李显廷的儿子李有财。潘福来膝下有一儿一女，都不是省心的主儿。尤其是他的女儿潘彩云，整日打扮得花枝招展的，刁蛮而贪馋，因而虽说是家境殷实，相貌也不错，快三十了仍未出阁。这愁坏了潘老太太，常去五丈寺为孙女烧香磕头，祈求佛祖开恩，宽宥潘彩云的过错，好歹赐她一个丈夫。然而人们实在是太了解潘彩云了，谁也不敢把她娶回家中，都怕屋顶的瓦会被这个飞扬跋扈的女人给掀得一片不剩。而潘桃李生的女儿李雪儿，倒是清秀而文静。虽然她刚过二十岁，但是和潘彩云站在一起，倒是她落落大方，更显出长姐的姿态。每逢五丈寺有大的庙会，潘老太太都要坐顶黄轿子，带着李雪儿一同去赶庙会。潘彩云绝对不和奶奶同行，她通常是骑着匹白马，一路打着口哨来到栖龙河畔。不管渡船多么紧张，她过河时总要独自花钱包下整条船，说是跟其他人坐在同一条船上，她受不了那汗臭味。

齐大鼻子看着那顶黄轿子渐渐远去，他怅然若失了好久，这才醒过神来，继续去找美枝子。他几乎是逢人就问："看到我媳妇没有？"不认识他的人就笑笑，说："你媳妇是谁呀？"而认识的人则问："你要找哪一个媳妇？"哪种问话都使他更加心烦意乱。这种时刻，他就很讨厌无处不在的阳光，觉得阳光朗朗地照着他，分明是在嘲笑自己。他会抬头冷不丁地冲太阳跺着脚吼一声："我让你照我了吗？"太阳可不受他的恫吓，依然激情四溢地播洒光明，使齐大鼻子头晕眼花的。最后他问烦了人，也找得乏了，索性进了茶坊去纳凉解渴。他一连喝了三碗茶，才觉得头脑不那么混沌了。他想也许美枝子自作主张去栖龙河等他了，于是就朝渡口走去。这时金顶镇的店铺多半已经关门，隆昌街那些形形色色的招幌一收，这街就显出几分落魄和凄凉来。齐大鼻子走出金顶镇的时候，忽然觉得身上少了点东西。他停下脚步，翻了翻兜里的钱，还在；又翻了翻烟袋，也在；最后终于想起给铜锁买的玩具丢在茶坊里了。想着那茶坊的老婆子是个吝啬鬼，她的心思就是想方设法从你兜里多掏几个钱，把东西落在她的铺子里，无疑是把羊往虎口上填，只能自认倒霉。齐大鼻子徒自哀叹的时候，看见仰善挑着鸟笼走了过来，鸟儿明媚地叫着，仰善的脸上汗涔涔的。齐大鼻子上前对仰善说，美枝子和他走散了，他若是看见了她，就让她在五丈寺的山门前等他。仰善笑着点点头，踏着鸟鸣去栖龙河了。

渡口上人声鼎沸、驴叫马嘶。寄存牲畜的地方显得尤为热闹。河上有七八只渡船来来往往。大船运送着商家的货物，而小船则载人。有一处渡船排着许多人，那是金顶镇刘万坡家的渡船。刘万坡吃长素，开着煎饼铺子，为人厚道。每逢庙会时，他都分文不取地在栖龙河摆上一天的渡，人们管这叫"义渡"。他老婆王金秀，是远近闻名的裁缝，她的手工活儿，就是城里阔家的小姐也难挑出不是。王金秀除了缝纫，还有个拿手好活儿，那就是做河灯。每逢阴历七月十五的时候，人们会给已故的亲人买上一盏河灯点燃，放到栖龙河里，让它们顺流而下。王金秀和刘万坡近中年时才得到一个宝贝千金，她今年十四岁，乳名雪灯，生得秀模秀样，玲珑可爱。雪灯站在渡口上帮助父亲维持秩序，因为有些人是后来的，偏偏急着渡河，就要去加塞。雪灯就会把加塞的人叫出来，说："你要是急，你就自己化成蛇从水里游过去。"被揪出来的人非但不恼，反而呵呵地笑，然后逗引雪灯讲栖龙河的故事，她是百说不厌的。传说几百年前有一条巨蛇横在栖龙河上，它的头正对着五丈寺的山，而尾巴则朝向金顶镇，因而这一带的百姓也管五丈寺叫"龙头寺"，而管金顶镇叫"龙尾镇"。这蛇的身子刚好有栖龙河那么宽，它的头搭在这岸，而尾巴则在另一岸上晃。据说蛇在栖龙河上横卧的时候，这一带风调雨顺，富庶平安。有一年金顶镇修路，炸一座石头山的时候，在地动山摇之中，有人看见栖龙河上忽然腾起几十米高的巨浪，一条龙冲天而起。从此之后，这蛇就在这河上消失了。有人说蛇受了惊动，爬到了对面的山洞里，在那静卧了三年之后，有个出家人去洞内修行，蛇就主动让开山洞，一直爬到南凉附近的草滩中，死后化成了一带溪水。人们为了纪念这条蛇，就把这条河叫作"栖龙河"。

天空里有了一些云彩。云彩越积越多，使阳光不那么灿烂了。雪灯给候船的人讲过栖龙河的传说，抬头看了看天，想着这些白云一旦变成灰云，天就会变了脸，那时风雨就会把栖龙河弄得面目皆非。前年的今天，也是七月十五，下午时就突然变了天，当时雪灯的父亲正划着船去五丈寺送赶庙会的人，只觉狂风和暴雨像烈马一样从天而降，船被打翻了，落水者在水中挣扎着。当时船上有六个人，五个中国人，一个日本人。这个日本人是个商人，路过金顶镇，听说这里的庙会有趣，就来看热闹。岂料这热闹还没看上，自己倒成了鬼了。五个中国人全都脱了险，只有这日本商人被河水卷走了。于是有人私下里说，是栖龙河里的蛇又复活了，它救起了中国人，把不可一世的日本人给打进地狱。所以去年秋天当日本人从金顶镇溃逃的时候，许多人都认为那是巨蛇施的魔法，雪灯也是这么以为的。

刘万坡撑的船不大，每次若是只坐人，能载七八个，若是再捎带点货物，便只能坐四五人了。雪灯见自家渡船前的队伍越来越长，便上前动员那些带着货物的人去候别人家的船。雪灯会说：

"我家义渡，是渡人的，不是渡东西的，带东西的花钱去别人家上船吧！"人们为了省下过河的钱，自然不愿意离开。雪灯也就不深说，心想你们要是不怕耽搁时间，等到天擦黑放河灯的时候我也不管。雪灯在岸上东张西望着，她在悄悄寻找仰善。每逢大的庙会，仰善总要挑着鸟笼去五丈寺做"放生"的营生。雪灯喜欢仰善不疾不徐的走态和满面的平静。雪灯没有哥哥，她想仰善若是能做她的哥哥就好了。每回仰善来到河岸，雪灯都会迎上前去，问他从南凉走过来用了多少时间，问他饿不饿，然后把仰善挑着的鸟笼挨个看一遍。麻雀叫她就学麻雀的叫声，黄雀叫她就学黄雀的叫声。仰善有时高兴，就让雪灯开笼放上一只鸟，而雪灯则帮他提着鸟笼上自家的渡船。

雪灯今天早晨特意穿了件白地蓝花的新衣裳，扎了两条系着蓝绸带的羊角小辫，让人觉得是天降下白云、剪下蓝色将她打扮成这样的。她终于看见仰善挑着鸟笼朝渡口来了！仰善穿件白布褂，远远看上去很明亮。仿佛他是一朵白莲花，所有的鸟都围着他争鸣似的。仰善见雪灯家的渡口前排着许多人，就打算花钱渡河。雪灯从后面追上来，她喊了一声："仰善——"仰善似是没有听见，仍然向前走着。雪灯又喊了一声："仰善——"这才明白自己原来是在心底里喊他的，并没有出声，雪灯想自己怎么见着仰善发怯了呢？她憎恨着自己，第三次喊仰善时跺了一下脚，这回终于喊出声了。仰善停住脚步，回头笑望着雪灯。雪灯说："你怎么不坐我家的渡船了呢？"仰善说："我见人太多了，一时半会儿过不去，我怕去晚了耽误放鸟。"雪灯嘟囔一句："你就知道挣钱。"仰善说："对了，你看没看见齐大鼻子的日本老婆？他俩走散了，你若是见了她，告诉她去山门那儿等齐大鼻子。"雪灯一撇嘴说："谁让他要个日本老婆的？走散了活该！这个烂枝子是个烂货！"仰善放下担子，他擦了擦额上的汗，说："你怎么骂人家是烂货？骂人可不好哇。"雪灯说："我听你爸跟我爸说了，齐大鼻子成亲的那天晚上，南凉的小孩子去他家听窗，没听见她喊叫，你爸说是别人用过的烂货才不会叫。"仰善的脸腾地红了，他本想让雪灯放上一只鸟的，觉得雪灯的话实在可恶，就挑上担子走了。雪灯气呼呼地说："你怎么不让我看看你的鸟？"仰善头也不回地说："有什么好看的，这些鸟你都见过的。"雪灯可怜巴巴地跟在仰善身后，说："那个套着笼罩的鸟笼里圈着什么鸟？"仰善说："我不能告诉你。"雪灯委屈得几乎要哭了，她想好不容易盼来了仰善，他不但不上她家的渡船，还不让她看笼中的鸟，她不明白自己怎么把他给得罪了。雪灯说："那你回来上我家的船吧？到下午时我估摸你放完了鸟，我去山门那儿找你！"仰善这下回头了，他说："我放完了鸟就会逛庙会去了，你去山门那儿找不到我。"雪灯气得顺手捡起一块鹅卵石，她把它抛向仰善，没砸着仰善，倒是把套着笼罩的鸟笼给砸着了，雪灯听见里面的鸟发出两声"呀——呀——"的粗哑的叫声。雪灯说："好啊，仰善，你把乌鸦给挑到庙会上来了？"仰善没有吱声，他挑着担子向前走了。雪灯听见母亲在吆喝自己，就反身向回走了。她想仰善一点也没注意到她的新衣和两朵蝴蝶结，就委屈得想放声大哭。待她慢吞吞走向在她家排长队的队伍时，雪灯在队尾看见了东张西望的齐大鼻子。她知道齐大鼻子仔细，赶庙会时不舍得花寄存马车的钱，一般是把车停在金顶镇的朋友家，然后步行几里赶到渡口，排在义渡的船家前。雪灯觉得刚才她和仰善的不和是由齐大鼻子引起的，于是没有好气地走到他面前，指着他的鼻子说："你的日本老婆在别处排队上船呢，你在这傻等什么！"齐大鼻子以为雪灯真的看见了美枝子，就忙问他女人在哪里排队。雪灯说："反正她不在这一岸，就是渡了河去五丈寺了，你就两头找吧。"齐大鼻子果然上了当，一揉鼻子离开了。

雪灯看见二癞子也挑着鸟笼哼着小曲过来了。二癞子满脸的白癣就像鸟粪一样。雪灯见了他一摆手说："你别上我家这排队，你带着好几个鸟笼，太占地方了！这船是渡人的，不是渡鸟的！"二癞子嬉皮笑脸地放下鸟笼拍了拍自己的裤裆说："你是说不渡我笼子中的鸟，渡我裤裆里的鸟是不是？"雪灯骂："你裤裆里的鸟是只大乌鸦！"候船的人听到雪灯的话，不由"哄——"的一声笑了。二癞子吐了口唾沫说："你家这是义渡，怎么还要分人来渡？仰善每回也挑着鸟笼来，你怎么不嫌他带着东西，让他坐你家的船？还不是因为你看仰善长得好！我跟你说，仰善你可别指望他，他将来一准出家当和尚！你要想跟他，还得削了头发去当小尼姑！"二癞子话音刚落，雪灯就从河滩上捡起一块鹅卵石，朝二癞子砸去。这次同打仰善一样，没砸着二癞子本人，把他带着的一只细竹鸟笼给砸着了。这鸟笼也真是不抗砸，竟出了个窟窿，笼中的鸟趁势飞出。雪灯料不到一块鹅卵石竟给鸟儿放了生。二癞子见鸟飞了，连忙用衣襟去挡鸟笼的窟窿，边挡边骂雪灯："操你个小丫嘴的，你赔我鸟！我要把你家这条船给劈了烧火！"王金秀见女儿惹出是非，又知道二癞子是个难缠的人，连忙替雪灯上前赔不是，说是把飞走的鸟钱如数给他补上，让他不要和雪灯一般见识。二癞子拖着长腔说："行啊，你赔了我鸟钱，还要把我送到五丈寺去！我要先上船，现在就上！"

雪灯觉得母亲跟二癞子这样低声下气很不应该，就赌气地说不帮着父母维持队伍了，她一甩手到别处去了。二癞子冲着她的背影说："哎，你别走哇，你不是爱讲栖龙河的故事吗？你给我单独讲一遍，我就不要你家赔鸟钱了！"

雪灯回头气呼呼地说："你要是想听栖龙河的故事，就自己钻进河里，听鱼给你讲吧！"

雪灯觉得自己今天实在是倒霉，她边走边踢河滩上的石子，踢得脚都疼了。河滩上人来车往，牲口的粪便和果皮纸屑随处可见。雪灯觉得庙会就是造热闹，而造热闹就是造垃圾，这样一想就越发败兴了。这时候她看见仰善的父母牵着驴走过来，雪灯趁他们不备的时候，把一颗石子抛向驴，心想打不着你仰善，打打你家的驴也解气。这驴挨了打后竖了一下耳朵，又放开四蹄朝前走了，连声也没吭一下。雪灯便暗骂仰善家的驴跟仰善一样是个窝囊废，只配被人骑，不如趁早杀了吃肉。仰善的父亲看见雪灯，就笑着问："雪灯，见没见到你仰善哥哥呀？"

雪灯没有好气地说："我看见驴了，没看见仰善。"

"他天不亮就挑着鸟笼出了南凉，按理说该到五丈寺了。"仰善的母亲有些忧心忡忡地说。

雪灯一撇嘴，吓唬他们说："谁能保证仰善能一路顺顺当当地走到栖龙河？他要是路上遇见狼，狼还能留下他？要是碰上老鹰，还不把他当小鸡给抓走了？要是他遇见蛇，还不把他给咬得浑身发青？"雪灯诅咒了一番仰善，觉得心底没那么多火气了，就撇开因了她的话而显得惶惶不安的仰善父母，朝人流稠密的地方去了。雪灯远远看见有条船上载着顶黄轿子，她知道那是潘老太太带着李雪儿来赶庙会了。

五丈寺就在栖龙河的另一岸上，它依山而建，共有三重殿。前殿是天王殿，中殿是大雄宝殿，后殿原本是三圣殿，如今供着这一带百姓深为喜爱的观世音菩萨，因而也有人叫它"观音殿"。天王殿前面的山门是两根通红的圆柱形木柱，它们托起一块绿地蓝字的横匾，上书"五丈寺"三个大字。这字是已圆寂的老和尚觉远的手迹，当年就是他给仰善起的名字。在山门的左侧，有一个木制钟楼，每逢大的庙会的时候，这钟就会响起，清寂的钟声一半落到山上，一半则落到水里，山水因了钟声的浸染而更显得庄严秀美。在大雄宝殿与观音殿之间左右对称着东西两配殿。东配殿是寮房、客堂，西配殿是斋堂和禅堂。整个建筑是木质结构的，殿顶用金黄色的琉璃瓦覆盖，显得金碧辉煌。传说一百多年前有个孩子叫李正言，他自幼父母双亡，流落他乡，来到金顶镇后被一户姓王的人家收养。养母待他刻薄，非打即骂，让年幼的他天天做重活。有回养母让他到河边放鸭，他放丢了两只，在河岸无论如何也找不到。养母一生气，将他抓起扔进河里。河水很急，几个漩涡就把他打得晕头转向了。正在此时，河面忽然涌起一朵巨大的白莲花，将李正言托了起来，一直将他送到岸上，然后这朵莲花就突然消失了。从这天起，十一岁的李正言就立誓要做个出家人。他带着几本经书，背着一些粮食，来到河对岸的山洞。原来这山洞里盘踞着猛兽，自从李正言入洞后，猛兽乖乖给他让开了地方。他这一坐禅就坐了近百年。他圆寂的时候，这一带的鸟全都聚集到洞前，彻夜鸣叫。人们为了纪念他，管这能闻风听雨的洞叫"风雨洞"。然后又在洞外的山上修了寺庙，传说李正言身高足有五丈，仪表堂堂，人们就给这寺起名为"五丈寺"。民间流传着这样一首诗：

正言落水处，白莲初绽时。

归鸟闻禅声，五丈水悠长。

月影秉烛火，洞外风雨急。

叫声阿弥陀，管天又管地。

五丈寺已有五十多年的历史，出资兴建它的几个笃信西方净土的富商业已相继作古。这寺最兴旺的时候有一百多僧人。那时更深人静，你在栖龙河对岸都能听见敲击木鱼的声音。如今寺里的僧人只有十几人，流匪猖獗的那些年，这寺里的镀金释迦牟尼佛像还遭到过毁坏，被刀刮得遍体鳞伤。后来老和尚用金粉将佛像重新修复过，修出了原来的面貌，却修不出原来的神韵。后来一些欺行霸市的市井无赖，也偷过五丈寺的琉璃瓦，使寺庙已没有初建时的神采了。虽然说平日五丈寺香火不断，也有施主布施，但那些钱只能维持僧人的日常开销。僧人在南山前开了地，种了一些粮食菜蔬，碰到丰年基本能自给自足，而一遇虫灾、旱灾或者早霜，则是颗粒无收，只能去金顶镇买粮食。寺里的慧天方丈有八十多岁了，每回潘老太太来赶庙会，他都要派小和尚下山迎候。潘老太太每回布施得也最多。据说慧天方丈想等钱筹备充裕了，重新修缮五丈寺。天王殿的西角已经漏雨了，雨水常常淋湿了殿内持国天王的脸，使之看上去老泪纵横的，似乎连自己也救不了似的，看了令人心酸。被揭掉的琉璃瓦，有的长出了荒草，给人一种凄凉的景象。据说潘老太太的家产可以建一座新的五丈寺，因而逢到大庙会的时候，栖龙河岸就有一位专门迎候潘老太太的僧人。一些人看不惯这做法，就说佛界本无高下之分，何苦要对潘老太太另眼相待？

从河畔到五丈寺的山门，共有五百多级台阶。山是缓缓上升的，这台阶也就修得有急有缓，因而走起来并不累。有的地方有二三十级台阶，有的只有七八级，跟着就是一带平地，可以悠徐漫步。一座挨着一座的凉棚就从河岸一直蜿蜒到五丈寺上。那凉棚用木杆支就，上面苫着雨布或者帆布，既能遮阳挡灰，又能避雨。一些做小本生意的人不怕风吹日晒，他们根本不用支凉棚，只是挑一副担子，箩筐里装着货品，随便拣一处空闲就可以自由买卖。他们既卖针头线脑，也卖果品点心。看见有钱人家的小姐过来，他们还会起劲地叫卖，似乎不掏出人家的钱来绝不罢休。潘老太太偏偏喜欢这些挑担子的人卖的东西，她在箩筐里挑了这样选那样，弄得李雪儿手里满是货物。而这些货郎见了潘老太太嘴也特别甜，管她叫"老佛爷"，说她穿得好，说她气色好，一准能活一百岁。潘老太太一高兴，出手就格外大方，口中还说这东西"真是贱啊"。有时潘老太太碰到熟人和她打招呼，她就顺手把刚买来的东西送给人家一件，这便急坏了引她进寺的小和尚。潘老太太纵然是钱多，可她并不是把整个家产带来了，她在买东西上用钱多了，烧香布施时就会少了。小和尚这时就会小心翼翼地提醒她，说是方丈已在客堂为她备好了新茶，香烛也准备妥当，不如进了香再逛庙会。不管是什么季节，也不管那茶是否陈得像老榆树皮了，小和尚总要把方丈备下的茶称为"新茶"。偏偏潘老太太是个玩心很大的人，一旦逛上了庙会，便一发而不可收，小和尚的话只当是耳旁风了。这时李雪儿就会催促她，说是来五丈寺，主要是进香来的，庙会日暮时也不会散，还是先烧香去吧。潘老太太可以对所有人的话置若罔闻，唯独能听得进去的，就是李雪儿的话。所以小和尚从河岸迎接潘老太太的时候，竭力讨好的还是李雪儿，帮她拿扇子和包。潘老太太今天如以往一样，买了几样东西后，李雪儿见小和尚面有难色，她就催老太太先去寺里进香。偏偏是她才挪了几步，又看见有人赶着猪来逛庙会。这猪不像牛和马那样听话，像个没头苍蝇似的乱转。主人嫌它不走正道，就用柳条气恼地打了一下它的屁股。这下可是捅了马蜂窝了，这猪气得一撅屁股乱撞，撞翻了一个卖瓜子的摊床。新炒的瓜子撒了满地，气得摊主与猪的主人吵骂了起来。摊主骂："你家的猪长没长眼睛啊?!"猪的主人回敬道："它长的不是人眼，哪能看出眉眼高低!"摊主又骂："它没长人眼，你没长人眼啊，你怎么把它往货摊上赶?!"潘老太太便停下脚步为他们评理，她说猪拱翻了瓜子摊不对，可猪今天心情不悦，它知道自己将要被卖掉，所以才容易被激怒。潘老太太唤猪的主人帮忙把瓜子捡起来，然后她赔了一些钱给摊主，说："我替那猪给你赔不是了，你看行不?"这一带的人没有不认识潘老太太的，就是不给她情面，也得给她递过来的钱的情面吧。摊主自然是和颜悦色地与猪的主人"尽释前嫌"了。然而小和尚却愈发心惊肉跳了，如果潘老太太这么耽搁下去，进了庙门就是穷鬼一个了，于是反复催促她走，说是方丈泡的茶可能已凉了。

　　一般的人逛庙会，先是拾级而上，去五丈寺烧香，烧香归来才从容地逛庙会，不然买了东西去烧香会碍手碍脚。有的香客手里拿着纸牛纸马，来为已故人做"超度"；还有的捧着还愿的祭品；更多的则是拿着香烛。在山门旁，有五六个卖香的铺子，他们都声称自己的香灵验，是上等的贡香，有人甚至吹嘘他卖的香从印度运来。虽然寺里已为潘老太太准备了香，她总要在山门前花钱买上几扎，好像不如此就不能体现诚心似的。潘老太太一旦跨进了山门，小和尚这才如释重负地长嘘一口气，擦擦额上的汗水，心中默念"阿弥陀佛"。接潘老太太的小和尚二十多岁的模样，生得面目清秀。平素下山去金顶镇买粮，多是由他负责。据说大的庙会寺里收下的香堆得放不下时，这小和尚还会背着满捆的香去金顶镇，把它们再低价卖给商家。香客绝不会想到自己供奉的香最后又回到了商号，早知如此，不如当时把它们全都投进大香炉里焚烧了呢。小和尚法号"清禅"，走路快疾，像一阵风似的。他一出现在金顶镇，总有好事的婆娘指着他身上的灰布袈裟说："多可惜呀，长得这么好，出了家当和尚了！"清禅听了不为所动，依然有条不紊地去做方丈布置给他的事。他归山时常常掮着米袋，这一带的脚夫就会上前说："小和尚，雇个车帮你把米送到五丈寺吧，背着米走累不累哇？"清禅只是抬头笑笑，并不作答，依然背着米袋走。脚夫便有些气急败坏地冲着他的背影说："累死你个小和尚！"

　　潘老太太进了山门，先是站在阴凉处歇了一会儿，然后才开始烧香。清禅知道老太太的规矩，她总要烧香拜佛之后才会去客堂喝茶。虽然老太太腿脚利落，但毕竟是八十几岁的人了，叩拜时慢慢吞吞的，而且跪下容易，起来时难，清禅就随时随地准备扶她起来。由于是七月十五的大庙会，人多，烧香叩拜的人比比皆是，潘老太太等候磕头用的草蒲团，总要等上半晌。清禅想既到了寺里，就可以不急不慌了，因而扶持老太太时总要说一句："慢点啊。"潘老太太偏偏是个不服老的人，虽然需要清禅扶她，但总是嘴硬地说："我能行，不用你来扶。"李雪儿知道姥姥逞强，由不得捂着嘴偷偷笑两下，给清禅使个眼色，暗示他不要在意老太太的话。

寺里的和尚守在佛像前，见到潘老太太，都要念几声"阿弥陀佛"。潘老太太磕一下头，和尚就敲一下木鱼。潘老太太虽然头发白了，可额前的一绺却黑着，她一磕头，这绺黑发就会沾了香灰，使她看上去就像别了支黑白分明的花卡子，分外明媚。而且潘老太太赶庙会穿得也体面，通常都是古蓝色镶着金边的缎子小袄，她一俯身，两只袖子的底部便也满沾着香灰，使那袖子也仿佛是开了一带细碎的白花，有几分亮丽。潘老太太在前两座殿逗留的时间不长，烧过香，磕过头，朝功德箱里布施一些（更多的布施留待在客堂喝茶时交给方丈），潘老太太就到了观音殿。这尊端坐在莲花宝座上的观世音菩萨足有一人多高，是泥塑的。由于和尚每隔两三年就要用油彩重新描绘一下菩萨的面貌，因而使她显得总是那么鲜润明朗，神采飞扬。她的脸原本是微粉的，由于上色上得次数多了，就成了红色的了。那莲花也被描得粉得发红。至于菩萨樱桃般的嘴唇，也是艳红的。但附近百姓最喜欢的就是观世音菩萨。以往供奉着西方三圣时，这座殿的香火还不是很旺，观世音菩萨一来，香火便盛得像三九天持续不断的炉火。这里的功德箱在庙会的日子里会比前两座殿收到更多的布施。

潘老太太刚被清禅搀扶到观音殿的台阶上，忽然听到里面传来撕心裂肺的哭声，清禅不由抖了一下，心想谁在菩萨面前这样悲切？潘老太太问清禅："谁在这里抱庙地哭哇？"只见殿内人挨人的，很挤，哭声像闪电一般锐利明亮，似乎震得殿顶的琉璃瓦在哗哗响。清禅分开众人，只见一个中年女人哭着扑倒在观音脚下。她穿一身蓝布衣裤，梳着发髻，看上去很健硕。她每哭一声，都要泪流满面地抬头望一眼观音，然后又双手扑地大哭，任谁也劝不起来。观音殿的和尚撇下正敲着的木鱼过来搀扶她，她一把扯住和尚的袈裟连叫："救救我啊！"弄得和尚满面流汗，闻讯而来的人也就越聚越多了。清禅想一个人若是哭，你前去劝她，她会越哭越甚，就像一条河本来流得好好的，你要是突然把它拦腰斩断，那河水就会汹涌地冲出河床，泛滥着上岸，不如让她自己流个痛快。清禅听围观的知情者说，此人叫金彩珠，从七里铺来。她几年前采山失踪后突然归来，发现丈夫新娶了日本老婆，儿子也过继给了亲妹妹。潘老太太显然对这件轰动一时的事早有耳闻，她说："噢，就是那个采山时被土匪给绑走的苦命人噢？她男人娶了日本老婆，儿子给了妹妹，妹妹还不让她看孩子的苦命人啊！"潘老太太感慨叹息着，让李雪儿挤进人丛，说："你跟她说，让她不要怕，有我潘老太太在，就有她的活路，怎么好大十五的把泪弄到菩萨脚下哩！"潘老太太还听说，金彩珠从南凉回到娘家七里铺后，连她的亲娘也说："都当你死了，该为你淌的泪也都淌了，你还回来做什么？"仿佛金彩珠活着回来是罪该万死的。潘老太太为金彩珠叫着不平，这里李雪儿已把金彩珠劝了起来，李雪儿只说了一句话："婶，观音菩萨洒了你满脸的甘露水，你该起来了。"金彩珠一摸脸，果然是满面湿漉漉的，于是就磕头叩谢，缓缓地站了起来。金彩珠一站起来，就高出围观的人丛许多。她黑红脸庞，紫嘴唇，厚眼皮，鼻子微微翘着，圆圆的杏核眼露出凄凉之至的神情。由于俯身时脸上沾了香灰，再加上这一通淋漓尽致的哭，她的脸上显现着一块块不规则的青迹，看上去就像一片乌云。她的额头不知怎的有斑斑血印。她见众人都在打量她，有几分茫然，正在不知所措的时候，潘老太太突然喊道："给我让个路，我要见见这苦命的人！"几个人左右一闪，潘老太太就走到金彩珠面前，她拉起金彩珠的手，说："你不要哭，你被绑匪弄到山上，这怎么能怪得了你呢！你男人不是不要你吗，我要！我还要让你见上亲生儿子！你妹妹要是不让你见孩子，你问问她还想不想在金顶镇我潘老太太的眼皮子底下活了！"潘老太太慷慨陈词，然后从兜里掏出一沓钱来，把它塞给金彩珠。围观者不由发出"啧啧"的惊叹声，清禅却是为此惊出一身冷汗。他知道潘老太太把这钱给了金彩珠，对五丈寺的施舍就会更少了。好在金彩珠并未接受那钱，她颔首拱手谢了潘老太太，分开众人放开大步走了。有人冲着她的背影说："到底是跟土匪过了几年，连谢人的姿势也跟男人一样了！"

日上中天了，阳光变得尤为泼辣。仰善已经放了半笼麻雀，那些麻雀脱笼而出后，大都飞到山门的横匾上栖息一刻，仿佛是在那儿安闲地打量一番庙会的情景，然后才吱喳叫着飞走。铁丝笼中的乌鸦似在熟睡，它安安静静的，仰善先后选了五个人为它放生，终未成功。这五个人都是有钱的主儿，有男有女，有老有少，他们掀开笼罩看到乌鸦，大都晦气地叫一声："怎么让我给它放生？"然后转身走掉。仰善不明白人们为什么讨厌乌鸦，只因它被传说为不吉祥的鸟的缘故吗？也许是由于乌鸦遭到的冷遇太多了，仰善对它充满同情。他想着若是扁担来了，他就让他帮自己照看一下鸟笼，他去买一块油炸豆腐给乌鸦吃。他听说乌鸦喜欢吃腐肉，喜欢把垃圾堆当成丰盛的筵席，在上面快乐地啄食。可庙会上是不卖荤腥食物的，他想着油炸豆腐的美味难以抵挡，料乌鸦也会喜欢的。可是扁担直到现在还没有到，因此他和二癫子的鸟比以往放得都要快。二癫子的一只鸟笼破了，每回他低头看见了鸟笼的窟窿，都要龇牙咧嘴地叫："雪灯雪灯，你给我的鸟笼捅了个窟窿，我就早早晚晚用我的鸟给你捅个窟窿！"闻听者无不掩面而笑，二癫子便神采飞扬得直打口哨。仰善不明白雪灯怎么把二癫子的鸟笼给弄出了窟窿，心想你何苦惹这等无事生非的主儿呢，让他这般嘴上糟践！二癫子放一会儿鸟，打一会儿口哨，又嗑一会儿瓜子，自觉无限风光。有时和仰善的目光相遇，他会咧下嘴，算是打过招呼。一般来说，如果扁担在，他总是第一个放完鸟，其次是仰善，再其次是二癫子。扁担不在，仰善便占了上风。不过他不让别人放那只艳红的交嘴雀，他觉得先前在栖龙河岸对雪灯有些冷淡，再说二癫子对雪灯这极尽污辱的骂使仰善颇为雪灯委屈得慌，想着这只最美丽的鸟儿应该留给她放。所以香客说要放交嘴雀，仰善就会笑吟吟地说："它有主儿了。"香客便不满地说："它有了主儿，该飞在天上才是啊！"仰善便无下文了，只能任人数落。他曾想着把交嘴雀放到乌鸦笼中，这样别人就看不见了，可他怕乌鸦一张嘴会把它当成午餐吃掉。有时香客放不到交嘴雀，以为套着笼罩的四方笼里有更艳丽的鸟，不料掀开笼罩一看，竟然是只大乌鸦！于是香客就败兴地叫："啊，你不让我放红的，让我放黑的！"仰善便飞速落下笼罩，免得别人听见喧哗而围聚过来，把乌鸦的事张扬出去，仿佛乌鸦来到庙会上，是大逆不道的。

凡是从南凉来的人见到仰善，都会冲他笑笑，问一句："放得好吗？"仰善就点点头。仰善不让南凉人看乌鸦笼，怕他们回家后宣扬，父母会数落他。通常，南凉人喜欢扁担捉的鸟，而不放仰善的鸟。仿佛来自南凉的鸟与他们有着某种亲缘关系，无须太客气似的。因而这次庙会凡是南凉人见了仰善都要打听扁担为什么没来，言语之间颇有失落之意。仰善也不知道扁担为什么不来，想他一定是捉到的鸟不多，或者是家中有了什么急事。扁担不在，仰善也有几分惆怅。

仰善的父母朝庙门来了。仰善连忙把目光转向别处，装作没看见他们。父亲嘴里吃着什么，弄得唇角油汪汪的，母亲则拿着几扎黄色的香。父亲在经过仰善的时候用鼻子使劲"哼"了一声，然后看了看越来越显得空荡的鸟笼，眉头不由一阵舒展。母亲见了仰善十分疼爱地说："仰善，你放完了鸟，别心疼钱，自己买点好吃的。"仰善点点头。母亲又说："要是看见美枝子，告诉她在山门这儿等你齐叔，他们走散了，你齐叔找她找得嗓子都喊哑了。"仰善说："我知道了。"仰善的父母迈进山门时，金彩珠正好从庙里出来。她走向仰善，掏出一卷钱来，说："放三只鸟。"仰善同情金彩珠，只见她眼睛哭得通红，额头被什么碰破了似的有血痕，就悄声对金彩珠说："婶，你来放鸟，我不收你的钱。除了这只红交嘴雀，你随便挑三只鸟放吧。"金彩珠犹豫了一番，蹲下身子，仔细打量着笼中剩余的鸟，然后她叹了口气，将目光转向乌鸦笼。仰善悄声说："婶，这里的鸟别人都不爱放，你就别看了。"金彩珠掀开笼罩，见是一只乌鸦，就哭了起来。她这一哭，仰善就格外慌张，心想她也许把遭冷落的乌鸦和自己连在一块儿了。仰善慌忙落下笼罩，说："婶，你别哭了，你要是想放红交嘴雀，你就放吧，这鸟看上去多喜庆啊。"仿佛是为了附和仰善的话似的，红交嘴雀在笼中欢快地叫了几声。金彩珠什么也没说，她起身定定地望了半晌乌鸦笼，然后朝山下走了。二癞子见她没有放仰善的鸟，就得意扬扬地冲金彩珠的背影喊："上我这里来呀，我这里有好鸟，让你便宜着放！"金彩珠却是头也不回地走了，这使得仰善分外难过，心想这只乌鸦竟然给所有看见它的人都带来不愉快，还不如不挑到庙会上来呢！这乌鸦倒是很乖，它只偶尔低沉地叫两声，大多数时间都趴在笼中不吭不响，仿佛知道人们讨厌它，要少讨人嫌似的。这也使仰善觉得很对不起它，心想等其他鸟都放完了，就悄悄把它拎到五丈寺后面的风雨洞前给放了。

从七里铺到五丈寺，沿着河岸走，可以采到岸边的野花。那花有朵大的，也有朵小的。朵大的如芍药，粉色白色均有；朵小的如蚕豆般大的黄花，人们叫不出它的学名，因其朵小却颜色金黄，就叫它"小黄花"。所以从七里铺来赶庙会的人，手上大都举着几枝花，看上去十分眼亮。进得寺里，除却烧香之外，他们还把水灵灵的花供奉于佛前。仰善见到拿花的七里铺人，总想上前搭讪两句，问问扁担为什么没来庙会。可他努力了几次，终未张口。因为这些人到了山门前，大都挤到香铺前去买香，仰善不想打扰人家。直到看见了七里铺的梁生米，仰善才开口发问。梁生米是个船夫，以往曾在栖龙河上摆渡，仰善认识他。仰善说："梁大爷，扁担怎么没来？"梁生米的嘴唇嚅动了半晌，然后说："扁担不来，你想他啦？"仰善点了点头。梁生米是个光棍汉，很穷，爱吃蒜，他一张口，蒜味就像癞皮狗似的窜来。梁生米问仰善见没见到金彩珠，听人说她昨天晚上就从七里铺来赶庙会的。仰善说："我见她刚从里面烧完香出来，她的眼睛都哭肿了。"梁生米叹了口气，骂："这个金彩珠，她傻不傻？昨夜她一路磕着头来五丈寺，还不把她的脑门子给磕碎了！她非要守着齐大鼻子这棵树吊死不成？！"梁生米骂骂咧咧的，显得义愤填膺，仿佛金彩珠的悲剧就是他的不幸。仰善这才明白，金彩珠额上的血痕原来是一路磕头碰破所致的，他的心不由一阵抽搐。梁生米知道金彩珠已出了寺庙，就径直从山门向山下寻她去了。他才走了几步，回过头来对仰善说："你要是真想扁担，今晚在栖龙河给他放盏河灯吧。"仰善听了不由激灵一下，仿佛青天白日被个大冰雹给砸了似的。见仰善有些失态，梁生米又往回走了几步，对仰善说："扁担去河滩捕鸟，被毒蛇给咬了。腿肿得老高，疼得扁担直说胡话。大家想着把他抬到金顶镇找明白的人给去去毒性，才抬出七里铺不过五里路，他就没气了。"仰善听后只觉天旋地转的，脚畔的几只鸟笼就像被疾风吹拂而起的黄帽一样飞旋，周围的嘈杂声就像潮水一样隐退，他觉得四周是冰冷的寂静。梁生米叹了口气，转身去寻金彩珠了。仰善只觉得泪水悄悄盈满了眼眶。李雪儿在此时拿着一块花格头巾走了出来，她见了仰善便抖着头巾问："我在观音殿捡到条头巾，你看没看见是谁戴着它进来的？"见仰善满含着热泪一副丧魂落魄的神情，李雪儿有些吃惊，她问仰善："谁欺负你了？"仰善看了看李雪儿，摇了摇头。李雪儿就把那头巾系在山门的柱子上，希望丢失者寻它时能一进山门就发现。李雪儿离开之后，仰善终于扑簌簌地落下了眼泪。泪水滴落到身下的鸟笼上，有的透过鸟笼的缝隙落到鸟身上，鸟儿以为变了天呢，就扑棱棱地飞几下。余下的时光，仰善就满面悲凉着。以至父母烧香出来，见他很忧伤的样子，就说鸟没放完没关系，让他去庙会逛一逛。仰善摇摇头，依然站在山门前。来了香客要放鸟，仰善在招呼时就有气无力的。这样到了午后两三点钟的光景，笼中的鸟已所剩无几，仰善打算着把交嘴雀亲手放掉，让已经隔世的扁担能看见它美丽的踪迹。他打开笼门，捉出交嘴雀，正欲把它脱手而出时，齐大鼻子气喘吁吁走了过来。他离老远就看见了山门上的花格头巾，那正是美枝子戴的。他哑着嗓子问仰善："她人在哪里？！怎么把头巾弄到柱子上了？"仰善说头巾是李雪儿在观音殿捡到的，他并没有看到美枝子的影子。齐大鼻子心急火燎地埋怨仰善："你只顾放鸟，我让你帮我看着她点，这人不是打你眼皮子底下溜了吗！"齐大鼻子摘下围巾，把它攥到手里，风急风火地进寺寻日本媳妇去了。仰善想既然美枝子的围巾遗落到了观音殿，说明她进过五丈寺，也许还没出来哩！不过他确实没有看见千岛美枝子，否则他会把齐大鼻子的话捎给她的。

　　齐大鼻子这一打扰，将仰善给扁担放鸟的事给耽搁下来了。这一耽搁倒是提醒了仰善，这鸟不是早在心中答应给雪灯了吗？如果去雪灯的母亲那里买上一只河灯，夜晚时放入栖龙河中，岂不是更好？人们不是说死者的灵魂依附着河灯顺流漂下去，就会获得永久的安宁和解脱吗？这样一想，仰善就把交嘴雀又关回笼内。这交嘴雀已经做好了飞翔的准备，以为就要自由了，岂料又跌入老窝，气得它上翻下跳着，狂躁地乱叫一气。就这样，仰善站在山门前，一直等到潘老太太出来，将笼中所剩的麻雀悉数放净。潘老太太指着那只蹦蹦跳跳的交嘴雀问仰善："放生放到底，你留一只做啥？"仰善便说这只鸟是有用的。潘老太太便眨眨眼睛逗仰善："是留给哪个小姑娘的吧？"仰善的脸便热了，觉得太阳把所有的光都凝聚到了他脸上。潘老太太转身欲走，仰善犹豫了一番将她叫住，问她想不想出钱为一只大鸟放生。潘老太太财大气粗地说，有什么大鸟她放不起的，哪怕它是只金凤凰，她也会给它放生的！李雪儿听见潘老太太如此说话，不由在旁微微一笑。仰善掀开笼罩，让那只乌鸦暴露出来。潘老太太俯身定睛细看，见是一只嘴直而大的黑乌鸦，它的羽翼隐隐泛出绿幽幽的光泽，便气得一跺脚说："你怎么把这种鸟挑到庙会上来了？"说着，气咻咻地拉起李雪儿转身就走。仰善注意到，凡是看到这只乌鸦的人，都不叫它的名字，仿佛叫了它的名字，也沾染了晦气似的。二癞子刚好放完了所有的鸟，正要挑着空笼子下山，听见潘老太太这般数落仰善，就幸灾乐祸地奔过来，想看看它究竟是只什么鸟，竟引得人不给它放生？谁知仰善早已把笼罩落了下来，二癞子便说："你把什么鸟给挑来了？"仰善没有搭理他，二癞子就打了一声口哨，然后学了几声乌鸦的叫声，笼中的乌鸦果然回应了两声，使往来的香客闻听后都为之惊愕。二癞子说："你就是等到天黑了，也没人给它放生的！"说着，极快活地奔山下的凉棚去了。仰善却起了倔劲儿，心想我就不信没有人有胆量给乌鸦放生，于是把两只空笼子摞到一起，一边想着扁担，一边等待能给乌鸦放生的人。一直等到日头偏西，天空有了浓重的乌云，凉风嗖嗖地刮起，雨的气息隐约可闻了，也没有等到青睐于乌鸦的人。他想最后一线希望就寄托在潘彩云身上了。潘彩云今天一身男人打扮，穿着青色长裤、白衬衣，配着鲜红的贴身马夹，穿双平底方口的男式皮鞋，头发剪得短短的，戴顶黑布帽子，手腕上套着一摞镯子。那镯子无疑都是来五丈寺的路上买下的，有玉的、银的和骨质及漆木的。那玉镯子肯定不是好玉，但商家卖给潘彩云时总是以次充好。银的也不是纯银的，但潘彩云就是喜欢买。因为商家都认识潘彩云，有些饰物是单为她而在庙会准备的。商家见潘彩云过来，会夸她长得好，打扮得不同寻常，然后夸她的手腕生得比王母娘娘的都要好，非让她试戴手镯，这一戴就摘不下来了，潘彩云只能在奉承声中掏出钱来。因而她每次来赶庙会，不是十指套满了各色戒指，就是脖颈处挂满了项链，她每次只买一种首饰。这回她买的是手镯，也许是为了突出这手镯，潘彩云将袖子高高挽起，使那层层叠叠的手镯一览无余。她进寺里已有近一小时了，仰善等待她出来。若她都不给乌鸦放生，这事就只能由仰善来做了。

潘彩云以往进五丈寺，顶多半个小时就会出来。据说她点上一炷香，插到香炉里，拜也不拜一下，就昂着头走了。她知道潘老太太不喜欢她的做派，因而她总是避开潘老太太，等着她下山了，她才上山。潘彩云今天在寺里耽搁的时间长，是因为她去摇竹签算命了。潘彩云抽签，起码要抽十个签，不抽到上上签绝不罢休。抽过签，她碰见了金彩凤那瘦猴般的丈夫李若洗。潘彩云对金彩珠看亲生儿子被拒之门外的事早有耳闻，于是她对李若洗说："你媳妇真歹毒啊，把亲姐姐的骨肉给夺了，还不让人家见。我以为这金顶镇的人谁坏也坏不过我潘彩云，你家金彩凤想坏得占先，太不自量力了！"李若洗觉得当着香客的面受到奚落于面子有碍，于是就激将潘彩云："你一个嫁不出去的老姑娘，哪里管得了这些闲事！"潘彩云便气得火冒三丈，一脚踢向李若洗的裤裆，说她潘彩云不愿意出阁受拘束，什么人她嫁不得？就是她看上了和尚，和尚也得还俗娶她！赶巧清禅听到吵闹声走过来探个究竟，潘彩云便上前搂住清禅，使劲亲了他两口，给清禅的脸留下两瓣鲜润的唇痕，惹得围观的香客嘻嘻地笑。潘彩云常在金顶镇看见清禅，有时还和他打招呼，清禅对潘家的人总是以礼相待，没想到今天竟在干净的佛门内受到潘彩云的戏弄，心下自然气恼，但又发不得脾气，只能超然地念着"阿弥陀佛"，流着羞愧的热汗离开。李若洗见潘彩云一副与人战斗到底的架势，吓得逃之夭夭了。这样潘彩云余怒未消地走出五丈寺，当仰善喊住她，掀起笼罩让她为乌鸦放生时，潘彩云瞪着双眼骂仰善："我潘彩云就是再丑，也比它漂亮吧？这么丑的家伙让我来放？"说着，一脚踢翻了乌鸦笼，扬长而去。乌鸦受了惊扰后"呱呱呱"叫了一阵，叫得往来香客都捂着耳朵远远避开它，仿佛听到它的叫声也是不吉利的。

　　雷声轰隆隆地响起，乌云越聚越沉重。天因为罩了一层灰蒙蒙的破布似的浓云，而显得很低矮。雷声过后，闪电噼里啪啦地在云层中颤动着游走，很快刺破了乌云，使其中满蓄的雨水倾盆而下。顷刻之间，周围便是白茫茫的一片了。那些逛庙会的人，急慌慌地往铺子的凉棚下钻，凉棚基本都防雨。只可惜庙会上的人多，凉棚容纳不下这些人。于是有的主人这边炸果子的油锅还未搬进来，凉棚却已让人站满了。雨落到沸油锅里，你能想到有多热闹，那可真叫开了锅啊！气得摊主一会儿骂雨，一会儿又骂在他凉棚下避雨的人。最有趣的是火罐王，他正守着摊位给几个人拔着火罐，大雨一来，拔火罐的人往凉棚里互相一挤，有的竟把火罐给挤掉摔碎了。当然，这些人身上的火罐拔得不紧，火罐王只能自认倒霉。那些拔得深的患者，他一动弹，罐子口便更深地嵌入肉里，疼得他龇牙咧嘴的。火罐王冲着天骂："早早晚晚我上天去给你拔个大火罐，省得你犯寒气！"说着，响亮地打上一个喷嚏。那些烧过香本想出五丈寺的人，见天落雨了，索性就在寺里多烧一会儿香，三重殿的人就只有进而没有出的了。仰善站在雨中，掀起笼罩，和乌鸦一起淋着雨。想来乌鸦是不畏雨的，它还努力张了张翅膀，可惜笼子太小，它的翅膀张开一半便闭合了。没有多久，山门下只剩下了仰善一人。山因为烟雨的笼罩，那绿色就显得尤为朦胧。先前还人声鼎沸着，雨声使人间的嘈杂像流水一样消去了。仰善看着雨中的五丈寺，忽然有了某种感动。他想上天是多么了不起啊，一场雨改变了多少事情。想尽早烧完香的人要烧长香了，想疯狂赚钱的商家不得不听听雨声了，想把庙会逛个遍的人不得不留步了。仰善喜欢这雨，它既洒向香气蓬勃的三重殿，也洒向垃圾、山路、树木、人和乌鸦。他觉得心头满蓄的对一些香客不给乌鸦放生而起的怨恨已经被涤荡一空。他想起了扁担，想起了他挑着乌笼笑着来赶庙会的情景，泪水不知不觉和雨一同挥洒而下。仰善在这一刻忘记了内心给雪灯的许诺，他打开笼门，放出了那只艳红的交嘴雀。它在雨中娇媚地飞起，一直飞向遥远。

　　山中的雨通常是这样的，来得猛，去得也快。半小时后，天清气朗了。不过此时复现的太阳已是夕阳了，这夕阳湿漉漉地探向山脚，显得尤为鲜润明媚。先前的乌云竟是片甲不留，天空一碧如洗，庙会又热闹起来了。炸果子的香味，此起彼伏的叫卖声又有声有色地传来。仰善见山脚处飞着一片片大小不一的白雾，好像今晨他在南凉一带看到的由雾化成的白鹤又飞到这里来了。空气湿润极了。避完雨的香客纷纷从五丈寺出来，他们神色愉悦地到山下逛庙会去了。仰善将笼罩落了下来，挑起三只空笼和一只乌鸦，走向寺庙背后的风雨洞。通向风雨洞的是窄窄的泥土路，在大的庙会的时候，风雨洞前也有供果和香火，人们对圆寂的李正言老和尚仍是满含敬意。由于落了雨，这路很泥泞，仰善的两只鞋沾满了泥巴，越走越觉得脚下沉重。最后这鞋子终于像搁浅的船一样陷于泥泞之中，仰善忽然就觉得鞋子不见了，他光着脚站在泥水里，见自己的鞋一前一后的像两个耍赖的小孩子，皱着眉望着仰善，不肯再前行一步。仰善想鞋跟着他从南凉一路走来，确实已累了，于是就对它们说："你们先歇会儿，回来时我再穿你们。"仰善赤着脚走向风雨洞。由于是落日时分，路又湿又黏，仰善又刚刚淋过雨，他只觉得林中凉意沉沉，足下竟有踏冰的感觉，不由打了个激灵。风雨洞前有一片杨树林，这杨树很高很直，遮天蔽日的。洞前果然有些果品和遗落的香灰。仰善见夕阳将洞口的石壁涂抹得一派灿然，感觉这石头仿佛是金铸的。他坐在洞口的一块石头上小憩了一会儿，然后打开乌鸦笼，捧出那只乌鸦，对它说："没人放你，我放你走。"乌鸦在仰善的掌心瑟瑟发抖着，似是受了惊吓和风寒，再也飞不动了。仰善就把它放到草地上，说："你自己飞吧，趁着天没黑，去哪里找点食儿吃吧。"可乌鸦却是纹丝不动地站在草地上，这使仰善大惑不解，心想它是留恋南凉那一带的山呢，还是被圈了一天圈得腿软了？仰善对乌鸦说："你要是喜欢南凉，我再把你挑回去，在那儿把你给放了。"乌鸦抬起头，目光炯炯地望着仰善，似是要说什么的样子。仰善刚要继续和乌鸦的对话，忽然听到一阵咯咯的笑声，他抬头望去，见是雪灯站在离风雨洞有六七米的地方，雪灯的手上提着仰善的那双泥鞋！

"它可能是饿了，飞不动了，我们把它挑到庙会上，先给它弄些吃的吧。"雪灯说。

仰善看一眼雪灯，又看一眼乌鸦，然后再看雪灯。雪灯说："先头下雨，你怎么不到庙里躲雨？"仰善打了个寒战，没有吭声。雪灯走近仰善把鞋子扔给他，说："你连鞋都不要了，真是放鸟放傻了。"仰善想，雪灯一定是在暗中跟踪他，她一定看到他在雨中所放的红色交嘴雀了。想到扁担，仰善不由落泪了。雪灯从兜里掏出两个橙黄色的沙果，递给仰善，说："你吃吧，又酸又甜的，吃过后你就不想哭了。"仰善还是不说话，也没接那两个沙果。雪灯以为他在为乌鸦难过，就说："乌鸦爱吃谷子，栖龙河那儿有一片谷地，我们把它弄到那里去吧。"见仰善仍不作答，雪灯有些恼火了，她指着风雨洞对仰善说："你上里面当小和尚得了，省得我老在庙会上看见你心烦！"说着，雪灯转身走了。仰善望着她的背影，很想叫住她，然而他无论如何也说不出话来。

仰善回到庙会时天已擦黑了。五丈寺的西南角锣鼓喧天的，野台子戏就要开场了。那些逛够了庙会的人，此时会花上几毛钱，去那儿过过戏瘾。而庙会的摊位却没有撤，依然有人在起劲地吆喝买卖。仰善觉得肚子饿了，他给自己买了一个油炸果子，给乌鸦买了一块油煎豆腐。他依然给乌鸦套着笼罩，打算着回到南凉时，把它悄悄放掉。在卖膏药的铺子前，仰善又看见了齐大鼻子。齐大鼻子坐在板凳上，正让人往脖子上糊膏药。他见了仰善，问："你去看戏吗？去看戏就帮我瞅瞅美枝子，要是见了她就让她上膏药铺这来找我！"仰善这才明白他还没有找到日本老婆。齐大鼻子抱怨说，他找美枝子找了一整天，脖子都直了，如今不会回弯了。这时给他糊膏药的人就说："你贴了这膏药，一个钟头后就会轻快！"仰善并不想看野台子戏，他听不懂戏，也不喜欢那热闹的氛围。野台子戏的戏台四四方方，用绿帆布苫成，支撑这帆布的共有八根柱子，每根柱子上都挂着盏马灯，使这台子在夜晚时灯火通明的。唱戏的人都穿着鲜艳的缎子长袍，脸上涂了厚厚的胭脂粉，嘴唇搽得油红。他们既唱京戏，也唱评戏。京戏走了板，评戏也变了腔调，但大家仍听得有滋有味。庙会仿佛是一场盛筵，而野台子戏则像是一壶新茶，饭后的一杯茶总是别有韵致的。仰善不去看戏，但他想身上既然有齐大鼻子的嘱托，就把这事拜托给去看野台子戏的三个人，他们都是南凉人。仰善说若是看见了千岛美枝子，就让她到膏药铺那里找齐大鼻子。别人听仰善这么说，都惊讶地说："齐大鼻子还没找到烂枝子呀？八成真是丢了！"

仰善又在庙会逛了一会儿，这时有些铺子已点起蜡烛了。由于凉棚是沿着蜿蜒的山路起伏着搭建的，因而两侧的烛火也是一点比一点高，这烛火一直延伸到五丈寺，从山脚往上一望，就像两条正飞向天际的游龙。仰善买了一个哗啦棒，打算着放河灯时送给雪灯，他觉得自己今天很对不起她。仰善揣着哗啦棒，重新又拾级而上，打算回到五丈寺，从山门那里向下看烛火，让烛火尽收眼底，那该多令人激动啊。仰善向上走着，有认识他的人看见他，就说："仰善，庙门都闭了，你还上去干什么？"仰善便说："看烛火去。"他步步上升的时候，月亮也渐渐升了起来。月色金黄，月光四处荡漾，照着山林、河水、寺庙和湿润的山路。仰善正走着，忽然听见一阵钟声响起，这是五丈寺的钟声。这钟声从山顶传来，清寂而又深沉，使仰善为之一震。上山的人已经没有了，山路泛着隐隐的白光，钟声落下的时候，笼里的乌鸦"呱呱"叫了两声。这时，仰善忽然看见从山上有两个人影闪现出来，他们一前一后，走得飞快。待到人影靠近的时候，仰善认出前面的人是小和尚清禅，而后面的人是千岛美枝子！清禅见了仰善，忙问齐大鼻子在哪里，他刚才闭寺后，小和尚打扫观音殿时发现了美枝子。清禅说齐大鼻子嘱咐过他，若是看见了美枝子，就亲自把她交到他手上。仰善告诉清禅，齐大鼻子在膏药铺前。仰善问美枝子，你怎么在观音殿里待了一天？美枝子没有作声。清禅说，美枝子说她怕齐大鼻子在庙会上求和尚给算命，万一算出她不该给齐大鼻子做老婆，齐大鼻子也许会就地将她卖了。所以她从金顶镇走脱，到了五丈寺后进了观音殿。那时殿里人少，她趁人不备，钻进了菩萨脚下用黄帷幔挡着的空间。那里放着些香烛和果品，她想不如就在里面藏一天。她在里面听到了金彩珠的哭声，也听到了齐大鼻子吆喝她的声音，可她不敢出来。待到午后她被香气熏得头昏脑涨的时候，索性躺倒睡下，这一觉竟睡到闭寺时分。小和尚打扫观音殿，将香案的果品清理下来，撩开黄布帷幔，欲将果品放到里面的时候，忽然看见有个女人躺在里面睡着，小和尚吓得跑出观音殿，正碰上清禅，他把清禅叫过来，清禅此时已经猜到，这女人十有八九是美枝子！

清禅讲完事情的经过，就带着美枝子下山了。美枝子乖乖地跟在清禅身后，就像小和尚牵着的一只羊。仰善继续向上攀登，一直到了五丈寺的山门前，他转过身来，向下一望，只见庙会两侧的烛火像两道闪电在锐利地闪现着，仿佛要把这沉寂万年的山给刺破似的。圆圆的月亮安详地照着山川草木，他看见远处有一道发亮的光带贴着大地像银蛇一样游走，仰善知道那是被月光簇拥着的栖龙河。这黑夜里的点点光明，宛若一朵朵盛开的白莲，显得宁静、光华而又明媚。仰善觉得是夕阳最先把黑夜的消息报告给河水的，河水在黯淡时刻又告诉了月亮，于是月亮升了起来。月亮觉得自己的光芒还不足以照亮每一个角落，于是又求助于灯火，灯火点燃处，黑暗便四处溃逃。灯火这时又会告诉船家，该让人们渡河回家休息了。于是船家唱着归舟的小曲，桨声咿呀，归家的人在船上平静地看着月光下的流水，看粼粼波光在瞬间绽放又消失。

仰善觉得自己的心忽然开阔起来。他挑起鸟笼，从山门向山下走去。林深处有鸟鸣传来，仰善不知道这是不是他笼中放出的鸟，它们喜不喜欢五丈寺的夜色。当他快接近庙会的凉棚和烛火时，看见清禅迎面独自归来。他想看看清禅的脸上是否有潘彩云留下的唇痕，可是夜色朦胧，他能看见清禅脸部的轮廓，却看不清脸上的色彩。清禅在经过仰善的时候说："卖糖炒栗子的人家的簸箕翻了，栗子滚了满地，你下山时小心着点，别踩碎他家的栗子，这栗子可是人家的钱哪！"

仰善一路走到栖龙河畔。河岸已经有许多人了，他们不是为了上渡船渡过栖龙河的，而是放河灯的。河面上已有几十盏河灯颤颤巍巍地向下游漂去了。仰善见王金秀正在忙着卖河灯，雪灯在一旁帮着收钱。她的周围大约有几百盏的白纸叠成的河灯。买的人默不作声，卖的人也沉默不语，仿佛一开口说话，就会惊扰那些已故的魂灵似的。仰善掏出钱来，打算买一盏河灯给扁担。雪灯在收钱的时候发现是仰善，撇了撇嘴，把钱还给仰善。仰善冲雪灯笑笑，又把钱递给她。仰善这友好一笑，使雪灯的怨气消了大半，她收了钱，小声说："不收钱是不灵验的。"王金秀见是仰善买河灯，就有些狐疑地看着仰善，仰善轻声说："是给七里铺一个同我一起放过鸟的人，他叫扁担。"王金秀点了点头，选了一盏小巧玲珑的给他。仰善掮着鸟笼，捧着河灯离开时，悄悄把哗啦棒丢在雪灯身旁。

仰善站在河岸，将河灯点燃，轻轻推它入水。他在心里说："扁担，你走吧，栖龙河多美啊，走在它上面有多风光啊。"这河灯开始时像初飞的雏燕一样走得磕磕绊绊的，但当它汇入河灯的海洋之后，就走得悠徐从容了。栖龙河上既有灿烂的月影，又有河灯柔和的光影，这条河看上去就流金溢彩了。仰善能听见河水的奔流声、脚步声、火柴被划着的声音以及从远处飘来的野台子戏的胡琴声。正当仰善痴迷地望着河灯一盏盏顺流而下的时候，猛然觉得肩膀被人抓了一把。回头一看，原来是金彩珠！金彩珠的嗓子似乎更哑了，她对仰善说："我找了你好半天了，我想放那只鸟。"说着，她把手心攥着的一卷钱递给仰善。仰善觉得那钱又湿又热的，他对金彩珠说："你愿意放它，我就不要钱了。"金彩珠颤抖着说："你以为它是乌鸦，就不值钱吗！它也是条命哇！"说着，她抬起胳膊去擦眼睛，仰善不想惹她再落泪，连忙把钱收下，然后打开乌鸦笼，让金彩珠自己去捉。

仰善担心这乌鸦到了金彩珠手上，会像他在风雨洞前放它一样纹丝不动。金彩珠把乌鸦小心翼翼地捧在手上，充满怜爱地摩挲了它许久。这时仰善看见在金彩珠身后，有个人一直在盯着她看，仰善定睛细看，发现他是梁生米。仰善略微放了放心，心想若是放不走乌鸦，万一金彩珠号哭起来，身旁也有人劝她的。

金彩珠忽然把双手举过头顶，她托着那只乌鸦说了声："飞吧。"那乌鸦扑棱跳了一下，然后突然"啊啊啊"大叫着飞了起来。放河灯的人听见乌鸦叫，都抬头张望着。只见那乌鸦向着栖龙河的下游飞去，它的头顶是一轮满月，而脚下是迤逦的河灯，这天地间焕发的光明将它温柔地笼罩着，使它飘飞的剪影在暗夜中有一种惊世骇俗的美。

2000 年

草地上的云朵

　　吉普车到了山路上，就像害了咳嗽病的老人——捶胸顿足、一唱三叹地走，天水和青杨被颠得直嚷肠子要断了。

　　"断了肠好！一会儿到了伊里库，刚好给你俩接上两截猪肠子，省得你们长一肚子的花花肠子！"坐在副驾驶位子上的杨乾摇下车窗，将一口痰吐出去。

　　天水说："爷爷，人肠子本来不花，要是接上猪肠子，那才叫花花肠子呢！"

　　司机张迷糊扑哧一声乐了，他对杨乾说："局长，您孙子才十岁，脑子可是比我这四十来岁的都灵，您将来算是有指望了！"

　　杨乾心满意足地哼了一声，笑着说："如今这当儿做女的，哪个不图自己清闲，我还能指望上这小王八蛋？将来我两眼一闭，他能戴着孝帽子往我灵前的长明灯里添上几滴油，就算我老杨积德了！"

　　天水说："爷爷，你不能说我是小王八蛋，那样你不是骂自己是老乌龟吗！"

张迷糊笑得肩膀直抖，快要把不住舵了，吉普车撒了欢了，左冲一下、右突一下的，仿佛咧着两个大嘴角也跟着笑。

先前天水把手伸到车窗外，捉了只迎风飘舞的花大姐，已经把玩够了，正想打发了它，爷爷说他是小王八蛋，让他起了捉弄爷爷的念头。他欠起身，悄悄把花大姐投到爷爷的脑壳上。爷爷谢了顶，只有四圈的头发尚存光芒，中央地带已是油光锃亮的一片空场，他觉得那正是花大姐嬉戏的乐园。不知是人老了感觉迟钝，还是颠簸着的吉普车分散了爷爷的注意力，天水和青杨欠着身，眼见着花大姐如鱼得水地在爷爷的头顶手舞足蹈地游逛，爷爷却浑然不觉，他们不由得嘻嘻笑了起来，但一个坑很快粉碎了他们的笑声，车子剧烈地弹跳了一下，惯力拔起了他们的身子，使他们的头磕在了顶棚上。两人跌回后座，捂着头呻吟着。

张迷糊说："磕着头了吧？我说让你们把好扶手，你们以为这路是城里的路？这路可是长满了脓包，你不小心踩破一个，就会弄一身的脓水！"

杨乾向左偏了一下头，对张迷糊说："不会比喻就别乱打比方，你这脓包脓水的一通说，我连吃杀猪菜的胃口都没了。"

杨乾这是在双休日专程去伊里库吃杀猪菜的。伊里库离他们所在的县城有两百多里路，那是一个临江的乡，乡长冯七上次来县里开农业工作会议时，就邀请杨乾来伊里库吃杀猪菜。前天，冯七打来电话，高声大气地对杨乾说："杨局长，伊里库的青苞米和香瓜下来了，小猪也养壮了，您老来尝个鲜吧！"伊里库乡政府只有一部电话，所以那里的人一打电话都习惯吼着说，好像他们身处遥远，声音也会跟着遥远，不如此别人就听不见似的。

　　杨乾本来要独自前往的，可放了暑假的孙子一听说爷爷要去伊里库，就闹着要同去，坐在车上享受两百多里路的风光以及那个陌生的乡，对天水是最大的诱惑。杨乾说："让你去趟伊里库也没坏处，那里晚上只来一小会儿电，没有自来水，你去看看那里的孩子吃的苦，就知道自己是身在福中不知福了！"

　　青杨是天水姑姑家的孩子，大天水两岁，开学该读五年级了。小哥俩每逢寒暑假都要三天两头凑到一起玩耍。他们嬉戏的天地基本是在居室，把形形色色的玩具战车分成两个营垒对阵，或者放动画片的影碟。家长们不敢让他们到街巷中玩耍，怕往来的车辆撞着他们，更怕不三不四的人拐骗了他们，因为三年前就有一个七岁的男孩被一个外地流窜来的人贩子用一块巧克力给拐走，两年后那小孩被解救回来时，他妈妈已不认得儿子了，她疯了，终日披头散发地在街上行走，一声一声地叫着："儿啊——妈的肉啊——儿啊——妈的肉啊——"天水来伊里库，自然要有青杨陪伴。青杨管天水叫"老弟"，而天水则称青杨为"老哥"。

　　老哥老弟并不是没有出过门，但他们去的都是比县城还要大的地方。大城市沸腾的人潮、层层叠叠的楼群、密集的车流以及闪烁不休的霓虹灯，成了他们向其他小朋友炫耀的一种资本。他们是头一回去比所居住的县城要小得多的地方，所以神情中既带着几分好奇，也有几分不屑，这从他们的谈话中可以看出来。当张迷糊抱怨山路难行时，天水就说："还是咱们城里的水泥马路好，车跑在上面飘轻飘轻的！"青杨则像大人似的叹了口气，说："这路这么难走，伊里库的人猴年马月不出来一次，还不都得给憋傻了？"

车行了一百多里后，太阳升得高了，阳光仿佛给森林打了层蜡，晃得他们睁不开眼。持续的颠簸让他们有些晕车，所以他们不像先前那样为森林中成片的白桦树和五颜六色的野花而惊叫着，更没精神在意杨乾头上花大姐的去向了。

"小东西们怎么没声了？"杨乾回头望了一眼昏昏欲睡的天水和青杨，笑着对张迷糊说，"妈的，给颠晕了，真不禁折腾！我说不让他们来，他们非要跟脚嘛，以为坐车有多自在呢！"

张迷糊说："等到了伊里库，杀猪菜一端上桌，俩小东西咣咣一通吃，就欢蹦乱跳了！小孩子的精神头哪像这辆破车，没马力！"

杨乾说："你就别抱屈了，一个民政局，有辆破吉普，就算不错了，不管咋地它也是四个轮子的啊。你要是有本事，调到税务局、财政局和烟草专卖局去，那些局长的屁股值钱，坐的车个个马力足！"

张迷糊朝窗外吐了一口痰，说："局长，别看您快退休了，咱民政局又不是有实权的局，可我就喜欢给您开车！您说我都往五十奔的人了，侍候您说的那些年轻局长，那不等于老子侍候儿子？再说了，那些局长应酬多，晚上没闲着的时候，我就是乐意天天晚上停着车跟狗似的在饭店和歌舞厅门前等他们，我老婆也不答应呢！"

杨乾不无得意地说："那你就在民政局耗到退休算了，富不了，可也穷不着！"

"那——是——啊——"张迷糊快意地打了两声口哨，拉着长腔说，"毕竟还有人请我们吃杀猪菜呢！"

天水和青杨其实都没睡着，他们眯着眼，听着大人的话。他们很后悔没有戴上凉帽，杨乾说森林的风比扇子还厉害，热不着他们。他们还后悔没有带上两瓶矿泉水，也是杨乾说了，沿途到处是溪流，那水清冽甘甜，渴了可以随时随地喝。谁料森林中的太阳如此毒辣，它投下来的光炽热而沉闷，所以即使落着车窗，行驶的车又带来微微的风，他们还是感觉不到凉快。再说那溪流，有倒是有，张迷糊也曾停车让他们下去掬捧水喝，可他们到了溪畔一看，水里不但有石子、绿苔和倒木，还有大脑袋小尾巴的蝌蚪漂来荡去的，他们真怕把蝌蚪也喝进肚子里，隔不多久再从嘴里吐出只蛤蟆来。小哥俩只能悻悻地又回到车上。而这辆吉普车呢，的确是风烛残年了，风挡玻璃上满是划痕，座椅也塌陷了，坐在其上就跟跌进坑里一样。最要命的是它爬着爬着坡就会熄火，惊出人一身的冷汗。这车在城里行驶着时，是看不出大毛病的，一遇山路，有如兔子遇见了猛虎，哆哆嗦嗦的，仿佛魂都没了。

"杀猪菜有什么好吃的？不就是血肠、猪肉炖酸菜吗？"天水忽然睁开眼，拉了一下青杨的手，问，"老哥，你说呢？"

青杨也睁开眼睛，说："老弟，咱们要吃的是伊里库的杀猪菜，是现宰的猪，没准香呢！"

天水嘟囔着："把猪肠子里的屎挤出来灌上血，不就是血肠吗？怎么吃也是个臭！"

杨乾笑了，说："小东西还穷讲究呢！"

青杨和天水在长相上迥然不同。青杨属于清秀型的男孩，瘦而高，脸盘不大，下巴有些尖，眼睛很大，说话声音轻慢些；天水呢，他长得四方大脸，细长的眼睛，塌鼻子，大嘴巴，嗓音很粗，属于那种憨头憨脑的男孩。大人们要是夸青杨漂亮，天水就会负气地说："男孩子长得漂亮，不就成了女的吗？"言下之意，男孩就该长得丑一些、粗糙一些。有一回青杨赤红着脸对天水说:"我也不想长成这个样子,我说了又不算。"天水说:"都怪你妈和我妈,她们要是把我们放到一个肚子里生出来,我们不就一模一样了吗?"

吉普车不知碾碎了多少阳光,踏碎了多少只蚂蚁,又撞碎了多少飞虫的翅膀,沾上了多少水洼溅起的泥点和土路上的灰尘,终于在正午时跟个醉鬼似的摇摇晃晃地到达了伊里库。

刚进乡里,他们就被阻拦住了,一行人被迫下了车。只见一群人站在路中央,正围着一个头发蓬乱、面色灰黑的坐在地上的男人,看着他吃虫子。那些大小不同、形态各异、颜色不一的虫子被装在一个透明的玻璃瓶中。想必其中有不少活的虫子,只见瓶壁不停地变幻着图案。

杨乾吆喝那男人:"哎,起来,你又不是鸟,吃的什么虫子呢!"

人群中一个龅着牙的瘦男人嘻嘻哈哈地说:"你跟他说话等于白费唾沫,他听不懂,就认得虫子!"

张迷糊问:"你们冯乡长呢?"

一个妇女搭腔说:"刚才还瞅着他呢,这工夫可能撒尿去了!"

这妇女的话音刚落,一个歪嘴男人就抢白她说:"你见着乡长那玩意儿了?要不怎么知道它有尿了?"

妇女呸了一口歪嘴男人,回敬道:"我没见着你的屁眼,可你刚才放的屁哪个没听到?!"

先前天水和青杨的情绪还一落千丈着,见那男人吃虫子吃得津津有味,就乐开了怀。他们蹲下来,聚精会神地看着他吃。那人每扔进嘴里一个虫子,都要快意地"啊"地叫一声,仔仔细细地咀嚼透了,才把它咽下,再倒出另一只。

当那人将一只绿色的大肚蝈蝈吃力地从瓶颈中倒出，正要吞进嘴里的时候，只听一声又急又高亢的顿喝像惊雷一样在人群中响起："还不快闪开？没见上面的领导来检查工作了吗?！"

天水和青杨抬头一望，只见围观者自动给这说话的人闪出一条道来，他穿一件皱巴巴的有着四个口袋的灰布上衣，刀条脸，高颧骨，小眼睛，大嘴巴，塌鼻子，戴一顶灰布帽，手里举着一盒香烟，怪模怪样的像从森林中跑出的一只猴子。

杨乾对这人说："冯七，你这乡长是怎么当的，你的乡民不至于饿得吃不上粮食要吃虫子吧？"

冯七一边忙三迭四地从烟盒里往外弹出一颗香烟递给杨乾，一边咧着大嘴说："杨局长，你说我怎么管吧？他老娘死了，老爹瘫在炕上，家里就一个哥哥是劳力，还是个酒鬼，挣俩钱都他妈的灌猫尿了！他自小精神不好，不但吃虫子，老鼠也吃呢！你看像他这种特殊情况，民政局是不是能高抬贵手，给他申请个低保，一个月一百来块，够他吃粮食的了！"

杨乾说："行啊，我回去考虑一下。"

人群中一个矮胖男人牢骚满腹地说："要是一个月也给我一百来块，别说让我吃虫子，吃屎我也干！"

冯乡长冲那人挥舞了一下胳膊，说："你还想当狗是不是？你家的香瓜不坐果，是秧掐得不及时。你还不回地里干活去，在这瞅什么？"

那人一梗脖子，理直气壮地说："不是你吆喝大伙来看他吃虫子的吗！"

冯乡长急了，他一急说话就有些不利落了，"谁、让你、来、看、看他、吃、吃虫子了？"说完，一脚踢在吃虫子的人的后背上，说："还不滚回家给菩萨磕头去？杨局长答应考虑你的事了，你前世的造化有多大啊！"

吃虫子的男人果然乖乖站了起来，他像拉磨的驴似的原地转了几个圈后，拎着瓶子走了，围观的人也渐次散开。天水和青杨正看得兴味盎然，免不得有些失落。杨乾连忙跟冯乡长介绍他们："这俩小东西听说我来伊里库，非要闹着来！"他指着天水说："这是我孙子！"冯乡长点着头笑着说："瞧他那大耳朵，一看就是个有福的人！"杨乾又指着青杨说："这是我外孙！"冯乡长依然是点了一下头，笑着说："好模样！我看当个小演员都够格了！"天水噘着嘴，低声说："给他扎上两条小辫子，演个小姑娘正好。"青杨知道天水为什么噘嘴，他岔开话，拍了一下天水的肩膀，说："老弟，要知道这人爱吃虫子，咱就把花大姐带到这儿来了！"天水想起抛在爷爷脑壳上下落不明的花大姐，忍不住龇着牙乐了。

冯乡长请杨乾再回到车上，说："让局长的坐骑受惊，是我的罪过！"

杨乾说："伊里库没多大，空气又好，几分钟的路走过去算了，上车下车的倒麻烦！"他吩咐张迷糊自己把车开到乡政府去。

冯乡长说："我已经让人摘了篮香瓜，苞米也焯了一锅，晌午了，到了招待所先尝尝鲜，垫补垫补。猪呢，我还没打发人宰呢，不过早就捆了它了！如今饭店点菜不是都时兴让客人看个活物吗，单等局长过了目，再结果它的小命！"

杨乾揉了一下鼻子，意味深长地说："冯七，你这几年长进不小啊。"

冯乡长嘿嘿笑着说："咱这也是与时俱进嘛！"

天水和青杨见伊里库没一座楼，都是清一色的平房，而且很多平房都矮矮趴趴的，像是要倒的样子，天水就悄声对青杨说："我看这里要是刮八级大风的话，起码有一半的房屋都得倒了。"青杨说："就是不刮大风，连下几天暴雨的话，这房屋也得给泡塌了，我看它是泥垒的！"他们说话的时候，乡村的泥土路上不时出现几只鸡、一群鹅或是几条汪汪叫着的狗。狗对生人的态度很像人对辣椒的态度，想吃又怕辣，可是不辣又觉得不过瘾，它们冲生人叫几声遭到训斥后会掉头跑开，然而没过一分钟，它又跟在人身后汪汪地跑来了。天水和青杨怕狗咬，他们就一左一右地跟着乡长走，他们知道狗欺生，跟着杨乾走不保险。冯乡长乐得领着他们，他说："一会儿让我家地龙和丑妞陪你俩玩，让他们带你们去江边捞鱼！"

天水和青杨又渴又饿，他们巴不得早点走到乡政府。他们憎恨天空没有云彩，使太阳那么有恃无恐地泼洒炽热的光芒。他们还抱怨爱在晚上出现的风，为什么白天需要它的时候它却无影无踪的？

快到乡政府的时候，热闹又来了，又有一群人聚集在前面了。天水和青杨以为吃虫子的人转战到这里来了，不由得一阵兴奋。走到近前一看，席地而坐的却是一个头发稀疏而斑白的老女人，她瘦得满脸的褶皱，眼睛凹陷着，唇角凹陷着，脸颊也凹陷着，好像她身上有一股神奇的魔力，要把她的五官给变没了。冯乡长分开众人，先大喝一声："谁又在这里给我丢人现眼哪？！"待他看见是老女人，就跺了一下脚说："老梁婆子，你怎么又来了？"

老女人用她散漫的目光扫了一眼杨乾，又扫了一眼乡长，说："我七十九了，没人管，我不上你这里，上哪里啊？"虽然她的声音听上去有些沙哑，但底气很足。

杨乾说："冯大乡长啊，这又是唱的哪出戏啊？"

冯乡长涎着脸说："这老婆子的事我上回跟您说过，您工作忙，可能忘了。要不就是没忘，正想研究呢。这老婆子现在孤身一人，您看您管着城里的敬老院，能不能把她收进去？"

"她没儿没女吗？"杨乾问。

"有三个呢！"一个大舌头的男人一边搭话一边竖起三根手指。

"有儿有女的进什么敬老院！"杨乾说，"这不符合规定。"

那个大舌头男人急切地说："她有仨孩子不假，可有俩到地下去了！一个捉鱼时淹死，一个采山货时让熊给咬死！"

杨乾"哦"了一声，说："几年前你们这里有个四十多岁的男人让熊给咬死，就是她儿子啊？"

老女人先前还安静着，别人一提她死去的儿子，她就拍着腿哭了起来。

杨乾问："她的另一个孩子呢？"

冯乡长说："活着倒是活着，可他前年进城打工，不往好处学，拦路抢劫杀人，被杀的人虽说活了下来，但他被判了无期，你说他活着跟死了有什么区别？"

"这种情况倒是可以考虑。"杨乾说，"快让人把老太太搀回家去吧。"

冯乡长笑得嘴都合不上了，他对老女人说："还不快谢谢杨局长，你命好，碰上活菩萨了！你知道在敬老院有人侍候着你，睡着热炕，顿顿都是白米馒头，你快要掉进福堆里了！"

一个黑红脸厚嘴唇的胖女人说："老梁婆子算是交了好运了，还要当城里人了！早知道也让我的儿女不学好，我也离开伊里库这个鳖地方！"

冯乡长指着发牢骚的妇女说："真是站着说话不嫌腰疼，你的儿女真要是学坏了，你还不得哭死？都大晌午了，还不家去给你老爷们儿做饭！"

有人扶起梁老太，送她回家了，聚集的人随之一哄而散。

杨乾叹了一口气，指着冯七说："我看你改行得了，当个导演你是绰绰有余——两出戏演得真绝啊！"

冯乡长拱手说："局长，您老可是误会我了，这不是碰巧了吗，我可是诚心诚意请您来吃杀猪菜的！"

"哼，摆的是一出鸿门宴！"杨乾吐了一口痰。

天水问爷爷："鸿门宴是什么宴？"

杨乾说："你小，跟你说了也不明白。"

青杨眨了眨眼睛，对天水说："我猜吃杀猪菜就是鸿门宴。"

杨乾大笑了两声，说："还是我外孙聪明！"

天水的嘴便又噘起来了，他赌气地将地上的一颗石子踢飞，让它像流星一样在空中划过，他骂石子："把你踢成个大傻瓜！"

青杨见天水不高兴了，便也踢起一颗石子，故意让石子飞得又低又平，他对天水说："老弟，你教教老哥怎么使的劲，怎么你踢的石子跟飞毛腿似的跑那么远，那么快，我的却像瘸子一样晃悠不了几步？"

天水说："你瘦，没劲呗！"说完不好意思地抿着嘴笑了。

乡政府的食堂和招待所是一体的，那是一幢长条形的红砖房。房前的院子很大，东一堆西一堆地放置着劈柴。在西北角，站着三个男人和一个女人，他们都穿着深色衣服，看上去像是几朵乌云。他们见了杨乾一行人，纷纷地说，到了，到了，该宰了。

冯乡长引领大家朝西北角走去。那头待宰的猪被放在一个松木杆搭成的架子上，它是头不大的花猪，四蹄被牢牢捆着，侧着身，跟人害了牙疼似的直哼哼。

冯乡长指着那猪对杨乾说："局长，这可是当年的小猪，净喂它精饲料了，它的肉肯定又香又细，您看看可以下手了吧？"

一个脸上长了很多黑痣的男人已将屠刀提在手上了，刀锋在阳光下泛出一阵阵闪电似的白光，仿佛这屠刀要下场大暴雨。

杨乾点了点头，说："快动手吧，别让它在这大太阳下受活罪了！"

天水和青杨没有跟着杨乾进屋，他们手牵手看屠夫宰猪，这场面他们从未见过。屠夫持刀走到猪头一侧，另两个男人一前一后地摁住猪，妇女呢，则捧着一个盆，紧跟在屠夫身后。天水和青杨想看看那刀是如何进去又如何出来的，虽然他们是目不错珠地看着，但屠夫已经飞快使完了刀，猪拼命地嚎叫着，鲜血从脖颈汩汩流出，接猪血的盆子立刻就红了。猪在毙命前一刻的剧烈挣扎使得捆着它的两只前蹄的绳子断了，它的前蹄微微动了动，但很快就僵直了，它断了气了。

苍蝇飞到死猪身上了。血腥气让他们有些恶心，他们的手心出汗了。

青杨说："老弟，走吧，它死了。"

天水兴味索然地说："它怎么这么快就没命了。"

青杨叹息道："那刀子太快。"

天水说："大金牙说人死后都会托生成个动物，我可别托生成猪。"

大金牙是县城开丧葬铺子的老婆子，天水和青杨平素爱到她的铺子里听她讲鬼神故事。

青杨说："我想托生成老虎，人就不敢冲我下刀子了。"

天水说："那你可别碰见武松。"

青杨笑了，说："我先把酒馆全都砸了，不让武松喝上酒，他就没胆量打老虎了。"

张迷糊走出来，将天水和青杨引进了一间屋子。这屋子大约有二十平方米，是饭堂，地中央放置着一张硕大的圆桌，桌上摆着香瓜和苞米，桌前围着几个陌生人，他们全都卖力地吃着香瓜、啃着苞米。

冯乡长一见天水和青杨进来，就扯着脖子喊："惠珍，添两只凳子来！"

很快，一个戴着花围裙、梳齐耳短发的女人笑眯眯地走了进来。天水和青杨见她就是刚才拿着盆子接猪血的女人。她一手拎着一只板凳，麻利地将它们放到青杨和天水身边，柔声问他们："宰猪没吓着你们吧？"

天水和青杨摇了摇头，惠珍就满怀怜爱地用双手分别抚弄了一下他们的头发，说："这俩孩子长得都俊，又都这么干净，真招人稀罕啊。"

青杨并没有像天水那样很快坐下来，他盯着板凳上的一抹绿色，担心它会染了自己的米色裤子。惠珍看出了他的心思，她俯身用袖子蹭了蹭绿颜色，说："都是丑妞干的好事，逮着彩笔满哪儿都画。"

冯乡长说："对了，惠珍，你一会儿抽空把我家地龙和丑妞都叫来，让他们陪陪城里来的这俩小公子！"

惠珍说："地龙倒是好找，他不在家里，就在井台给猫洗澡。你们家丑妞呢，她白天是散仙，晚上是夜游神，我上哪儿找她去？"

冯乡长将啃得粒米未存的毛茸茸的苞米棒扔在桌上，说："可我就喜欢我家丑妞，她要是个小子啊，将来不得了！"

惠珍努了一下嘴，说："先前丑妞过来，看见要宰猪，还硬往猪嘴里塞了一块糖，说是这样它死时就不觉得苦，只感到甜了。"

冯乡长说："对了，血肠灌了没有？"

惠珍说："我这也是刚接完血进来，还没灌呢。到底是小猪啊，那猪血才鲜亮呢！"

冯乡长说："灌血肠时多加点调料——提味！"

惠珍边往出走边说："知道了。"

天水和青杨养成了饭前洗手的习惯，所以当他们光着手要拿苞米时，不约而同地向对方伸出脏乎乎的手。青杨的妈妈早为他准备了一沓密封在塑料纸盒中的湿纸巾，青杨从裤兜里掏出来，抽出两帖，分给天水一份，两个人低着头做贼似的偷偷把手擦了擦，这才拿起苞米。

不知是饿了，还是乡下的苞米真的与众不同，他们吃得格外香。天水连啃了三穗，平素饭量轻的青杨也毫不示弱地吃了三穗。天水啃到第三穗时连打了几个饱嗝，这饱嗝引来大家的笑声。天水觉得人们这是嘲笑他贪吃，很不开心地说："又不是放屁，打饱嗝有什么好笑的！"

冯乡长对杨乾说："你孙子这副不服管的劲头，太像我家丑妞了，回头一定要让丑妞领着他玩！"

天水鄙夷地说："我叫天水，凭什么跟丑妞玩？"

桌旁的人全都笑了，冯乡长笑得尤甚，他的唇角像小孩子一样流出了涎水。他说："你不要丑妞，就是要俊妮了！"他用手点了一下坐在他身旁的一位梳着平头、下巴朝前探的年轻小伙子，"张主任，一会儿领着局长的孙子，在咱伊里库挨家挨户寻，我就不信选不出个俊妮陪他玩！"

看上去很斯文的张主任矜持地点着头，说："行，行！"然后起身拿了几个香瓜，一一放在鼻子下面闻闻，选中两个递给天水和青杨，说："吃吧，这瓜叫蜜糖罐，甜！"

天水和青杨将瓜拿在手中，正想要刀来切，张主任抓起一个瓜给他们做示范，说："香瓜一捶就开了！"他左掌托瓜，右手攒拳，拳头飞快地击在了瓜上。只这一击，那瓜就曲曲弯弯地裂开了，露出一圈雪白的肉和一汪乳黄的籽，溢出温暖的甜香气来。天水和青杨如法效仿，果然把香瓜给敲开了，这让他们开心不已。开心是一味甜味剂，所以本已够甜的香瓜让他们觉得更甜了。

吃了苞米，又吃了香瓜，又饥又渴的感觉就像一对小老鼠一样从天水和青杨身边溜走了。虽然阳光仍然激情四射的，但他们心底却涌起了一股清凉的感觉。乡长正在眉飞色舞地讲着一个人，说他结婚五年了，就是不跟媳妇同房。他不爱说话，也不与人来往，不过他的庄稼侍候得比谁家都好。他很怪，只要伊里库死了人，他就会神秘地失踪一两天，直到死者进了墓地，他才回来。开始时，他媳妇还四处寻他，后来习惯了，也就不找了。只要有人死了，不论这人是寿终正寝的老人还是中途夭折的孩子，他都会像风一样无声无息地消失。他媳妇在那两天也就不给他留门，权当他是一缕魂儿，任其飘荡在外。因为这，大家都不叫他的本名张友顺，而叫他"张无影"。听说张无影对媳妇不闻不碰，是怕搞出小孩子，他说世上没有长生不老的人，生了小孩子不等于是送他去死吗！

张迷糊说："照他这么说，他连饭都不该吃，粮食最后不都变成屎了吗！真没想到我还有这样一个有意思的本家，我倒要见识见识他！"

冯乡长说："那你这次可是难见他了，这两天我们正四处找他呢！"

原来，四天前，乡里死了一个七十八岁的老太太，当晚张无影就失踪了。原想着他如以往一样在死者入殓后就回来，可是新坟已隆起两天了，张无影还不见回，他媳妇就急了，担心他出事了。

"以往他会躲到哪里呢？"杨乾问。

冯乡长说："他回家后从来不说自己去哪里了。他每回都是扛着铁锹走，再扛着铁锹回。"

张迷糊问："他扛铁锹干什么呀？"

冯乡长说："他去给自己选墓地。他要是看上哪块地了，就动手挖个坑。"

"那他得给自己挖多少坑啊？"杨乾说。

"是啊。他挖的坑后来有人见到过。"冯乡长说，"庄稼地有坑，松树林里爱长蘑菇圈的地方有坑，草地的野花丛中也有坑。看来他对自己死后进哪个坑，也是拿不准主意的。"

张主任插言说："他挖的坑还让郑二偏家的牛折了一条腿呢。"

冯乡长说："对对，郑二倔家的牛掉进了张无影挖的坑，跌折了腿，郑二倔找我磨叽了好几次，让张无影赔他家一头牛呢！"

"后来赔没赔呢？"张迷糊问。

"赔啥呀！"冯乡长说，"乡里乡亲的住着，真要赔他，他也未必好意思要！不过郑二倔家的牛成了个废物，拉车轻飘飘的谷糠都费劲，腿吃不住力了，郑二倔没办法，宰了它吃肉了！"

杨乾说："他这回不是让人给拐骗走了吧？"

冯乡长说："伊里库哪个人能拐骗得了他？除非是山里的狐狸精！"

满桌的人又笑了。笑声中，一个又矮又黑又胖的梳短发的中年妇女闯了进来，她眉毛稀疏，鼻孔朝天，厚嘴唇，一只眼大，一只眼小，皮肤粗糙，穿一件破破烂烂的绿花布短袖衫，两条浑圆的胳膊袒露着，结实得似乎能做房屋的大梁。冯乡长见了她就像水遇见了冷空气，顿时霜雪满面的，"你怎么来了？回家去吧。"

"我听说上头来了当官的了嘛！"妇女打量了一圈桌边的人，点着天水和青杨的头说，"这俩小崽子肯定不是了！"她把目光放在陌生的杨乾和张迷糊身上，但她很快又把衣裳散发着汽油味的张迷糊排除在外，她判断出穿着得体、面色红润、神态安详、头发已丢了多半的杨乾是官儿。她向他拱了一下手，拖着长腔叫冤："大人啊，求求你别让我家冯七当乡长了行不行？没当乡长时，他天天晚上老早就往我的被窝钻；当了乡长后呢，我三天两头就得守空房！他今儿说进城开会去了，明儿又说上头来人要在招待所陪个通宵，有时我一连几天都见不着他个影儿！"说着，她像一个在深海中沉潜已久的人要浮出海面一样，身体挺了几下，两手一摊，嗷嗷哭了起来。

张主任上前劝说："王姨，先回家，啊？有话回去好好说。"

乡长的老婆一甩手说："你也不是个好东西！你这乡政府主任是怎么当的？我听人说你跟他进城开会，还安排他去歌厅听妖里妖气的女人唱歌，你还让他洗了澡后让贱女人在他身上摸来摸去的，你还算是个人？你就不怕你老婆给你生个儿子没屁眼？"

乡长老婆这一通热辣辣的骂，倒是把自己的泪水给赶回眼窝了。青杨抿着嘴悄悄笑，而天水咧着嘴乐出了声。

杨乾走也不是坐也不是，将屁股在板凳上蹭来蹭去的。他对一脸尴尬的冯乡长说："你这又是唱的哪一出戏啊？我在民政局见多了你们这种吵吵闹闹来离婚的夫妻，用不了几个月，又没皮没臊地回来办复婚手续！"

冯乡长低着头，讪笑着，"局长，对不住您，这是内政——内政出了问题，您老赶快回房歇息着！"

杨乾刚一起身，乡长的老婆就大喝一声："不能走！"她伸出双臂，拦住门，大有"一夫当关，万夫莫开"的气势。她那一大一小的眼睛也随之睁圆了，小的赶上先前那只大的，而大的则如牛眼一样了。她的鼻孔也是越张越大，嘴唇哆嗦不休。怒火仿佛是氢气，而她的五官是气球，每一处都被气势汹汹地膨胀起来了！天水觉得她比电视中小品演员的表演还要精彩，他不由得冲青杨偷偷竖了一下大拇指，为能看到此出闹剧而击掌叫好。

这戏不仅天水和青杨爱看，张迷糊和那个被称为"纪书记"的乡党委书记也爱看，他们的眼睛都跳跃着快乐的光波。不爱看这戏的，第一是冯乡长，他面色铁青；第二是张主任，他就像做错了事正遭老师训斥的学生一样,一直耷拉着脑袋。杨乾呢,虽然他也做出愠怒的表情,但眼里透露出的却是无尽的兴味。

皱紧眉头的乡长回头看了看窗户,青杨从他的眼神中看出,他老婆既然把门当成了窗户,他就想把窗户当成门,溜之大吉了。

青杨趴在天水耳边悄悄说:"他要把窗户当成门了。"

天水说:"城里的窗户就不能当门使,会摔断腿的。原来乡下人爱住矮房子,是因为窗户也能当门使啊。"

他们互相拍了一下肩膀,笑了起来,期待着乡长的老婆在乡长跳窗时会像猛虎一样扑向他。正在此时,门外突然传来一个男人瓮声瓮气的喊声:"王雪琴,你家地龙掉井里去了!"

乡长的老婆打了个激灵,护着门的胳膊颓然垂落下来,她声嘶力竭地叫了一声:"我的地龙哇!"就冲出了屋子。那个让这场戏戛然而止的人随之进来了,原来是先前宰猪的屠夫!从他的笑容中,人们明白他是诓王雪琴。

"不是地龙掉井里了,是地龙洗的猫掉井里去了。"屠夫说,"我听俺家惠珍说她又来闹了,就——"

"唉——"乡长长叹了一口气,摆了摆手,示意屠夫可以出去了。他哭丧着脸对杨乾说:"你说我去年在城里跑乡牙签厂上马的事,请主管的副县长吃了顿饭,听了听歌,洗了洗澡,捏了捏脚,结果就传得满城风雨的。"他又将脸转向那个被称为"纪书记"的瘦子,"我看还是当书记好,不管这些吃喝拉撒的烂眼子事,只抓思想,清净!所以你看人家纪书记,五十多岁的人了,看上去还跟小伙子一样,牙没掉,头不昏,脸上也没长老年斑,我看再娶个二房这精神头也够用!"

纪书记讪笑着,说:"当书记的不管钱不管物的,操心少,人也就滋润点。不过杨局长,冯乡长为伊里库操心操老了也值啊!看这两年的变化,谁不说冯乡长有才干啊?你看乡里办起了两家小企业,路也比过去宽了,自来水工程年底就能上马,冯乡长可是劳苦功高啊!"

"哪里,哪里。"冯乡长说,"都是纪书记领导得好。"

在基层,党委与政府的不和由来已久,根深蒂固,杨乾深知这点。大多党委口的领导都是些行将退休、性情懦弱、牢骚满腹的人。而行政领导通常是些年轻气盛、脑筋活泛、交际力强的人,他们手中拥有财权,说话底气十足,难免目中无人、颐指气使的。杨乾觉得冯乡长和纪书记这番貌合神离的话很无聊,就略带嘲讽地说:"党委和政府可是鱼和水的关系啊。"说完,吆喝着天水和青杨,由张主任引领着回房间休息了。

招待所的客房有股霉味,房间不大,也就十平方米左右的样子。客房有一扇南窗,一个北门,两张对放着的床,窗下的一张条桌以及两把红色的折叠椅。张主任帮杨乾把床下的拖鞋和脸盆一一拽出,让杨乾换换鞋宽松宽松脚,然后提着脸盆准备打水去。

杨乾说:"算了算了,不洗脸了。"

张主任也没推让,放下了脸盆。

杨乾问天水和青杨:"你们俩睡一张床,嫌不嫌挤啊?"

他们异口同声地说:"不嫌!"

张主任心领神会地说:"我一会儿让服务员再开一间房,杨局长还是一个人住吧,清净!"

杨乾说:"俩小东西在一起总是打打闹闹的,没个消停的时候,也影响我休息，那就麻烦你了！"

张主任说："不麻烦不麻烦！"

天水和青杨可不想像爷爷那样躺在床上被房间污浊的空气包围着，单等着黄昏时的那顿杀猪菜，在他们看来那和贪吃贪睡的猪没什么区别。他们嚷着出去玩，说要寻找那个叫"张无影"的怪人去。

杨乾说："张无影连乡里的人都找不出来，你们人生地不熟的，哪里找得出来！"

天水和青杨同时撇了一下嘴，他们正想找个借口溜掉，门突然"唰——"的一声开了，一个夹带着浓郁野花香气的小女孩出现在他们面前。她看上去十一二岁的样子，个头介于天水和青杨之间，赤着脚，下身是一条打着许多补丁的蓝布裤子，上身是件鹅黄色的圆领短袖汗衫，汗衫已被磨出了许多大大小小的洞，称为"烂衫"更合适。她眼皮很厚，细眯的小眼睛，大鼻头，鼻孔朝天翻着，似乎都可以插蜡烛了。从她细长的胳膊和脖颈上可以看出她很瘦，但她的脸盘却很大，两个脸蛋宽阔得像两片丰盈的张开的荷叶。她的头发长短不一地披散着，有些黄，头顶戴着一个花环。花环的花很杂，紫白红黄的花应有尽有。但正因为这杂色，显得充满了生机；有一枝黄花似要掉下来的样子，半落不落地吊在她右耳际，为她平添了几分妩媚。

"我叫丑妞！"她在说到个别字时会大舌头，"丑妞"从她嘴里出来就成了"手悠"，但天水和青杨都知道她说的就是"丑妞"。她歪着头问："你俩要玩什么？惠珍姨说了，让我领你们出去玩！"

天水居高临下地一扬头说："伊里库这么小，有什么好玩的！"

丑妞一跺脚说："那你们还来这儿干什么？你们在城里待着

呀!"说着,扭身就要走。

青杨顾不得笑话她把"城里"说成了"晴椅",连忙给丑妞赔着笑脸说:"我们想让你领着去找张无影,他不是走了好几天还没回来吗?"

丑妞又转回身来,她从上到下地打量了一番天水,又打量了一番青杨,鄙夷地说:"你们穿这么板正,怎么出去玩?"

天水气恼地说:"穿板正了有什么不好?"

丑妞说:"在我们伊里库,躺在棺材里的人穿得才板正!"

杨乾被丑妞给逗笑了,"小丫头嘴够厉害的了!"

天水毫不示弱地回敬她:"在我们城里,疯子才像你穿得这么破破烂烂的!"

丑妞又跺了一下脚,说:"你们城里的疯子有花环戴吗?"她忽左忽右地摇晃着脑袋,使沉静释放的花香猛然间变得热烈起来,香气快乐地奔跑着,屋子的空气骤然变得清澄起来。天水和青杨被丑妞逗笑了,他们可不想让眼前这个丑得有趣味的女孩溜掉,所以就放下自尊,在丑妞的埋怨声中,厚着脸皮跟着她出了招待所。

午后的阳光富有挑逗性,它们无所顾忌地伸出滚烫的舌头,在人的脸上舔来舔去的,这种强行的抚慰你是抗拒不了的,因为没谁能斩断了阳光。伊里库的土路上没有树,有的只是矮矮的篱笆,所以无阴凉可寻,天水和青杨很快就走出汗了。

"这鬼天,要把人晒冒油了。"天水嘟囔道,"还是城里的马路好,有树荫,还有冰激凌卖!"

丑妞回头问:"冰激凌是什么玩意?"

天水"哼"了一声,说:"你连冰激凌都不知道啊,它就是能吃的雪，里面有牛奶，有糖，吃了特凉快！"

丑妞说："我们把西瓜放在江水里一拔，吃了照样凉快！"

"我不信！"天水说，"放在冰箱里的冰镇西瓜我又不是没吃过。"

"冰箱那还算是个东西？"丑妞说，"刘金牙家买回来一个，只能晚上有电的那工夫使！没等东西在里面冻实呢，电就走了，东西又回到原来的样子了，气得刘金牙用笤帚打了好几回冰箱，骂它是个懒虫。江心的水拔凉拔凉的，它不用电，就能把东西弄得跟冰似的！"

"我俩没吃过拔在江水中的西瓜，怎么知道它比冰激凌要凉快？"青杨毕竟比天水大两岁，心机也就多些，他的话带有激将和怂恿的成分。

丑妞果然中了圈套，她一顿脚说："走，我领你们上地里摘个西瓜，把它拿到江水里拔一拔，你们不喊冰牙才怪呢！"

丑妞在伊里库一定是招人喜爱的女孩，见着她的人都爱和她打招呼。

一个驼背老汉说她："丑妞，你美啊，戴着花环，又遮太阳又能闻香气！"

丑妞得意扬扬地拖着长腔说："是——啊——"

一个坐在家门口奶孩子的青年妇女说："丑妞，你领的这俩小子是谁呀？我怎么不认识啊？"

丑妞用不屑一顾的口气说："你看他们穿着皮鞋，衣裳又没露肉的地方，肯定是城里人呗！"

那妇女逗她："那你喜欢哪一个啊？"

丑妞说："喜欢你怀里吃奶的那个！"

妇女笑了，说："你还喜欢小女婿啊。"

当然也有对丑妞不太友好的人。他们快走出乡里的时候，一个赶着只老山羊的黑脸老头对丑妞说："我听见乡政府那儿有猪嚎了，你爹这又是宰猪溜须谁呀？你回家问问他，我俩儿子都当兵去了，我光荣不光荣啊？他怎么不知道给我送碗杀猪菜呢？哼，当官的没个好货，全他娘的眼皮朝上翻！"

丑妞也不生气，她指着老汉赶着的那只山羊，说："你要是馋肉了，把它烤了吃了，滋味不是比杀猪菜美？"

老头气咻咻地停下来，瞪着一双小老鼠眼，恨恨地看着丑妞，直喘粗气。

伊里库的家畜，跟丑妞的关系就不大好了。鹅见了她张着翅膀一路疾行地回家；猪本来在墙角晒太阳，见了她会骨碌一下站起来；最明显的是那些狗，见了她一律缩头缩脑地溜掉。

丑妞对这些不敢和她面对面的家畜非常瞧不起，她骂鹅："扭着大屁股跑吧，下次我还用柳条捅你的屁眼！"

她骂猪："傻吃贪睡的废物，怪不得那么短命！下次我还用铁丝给你扎耳朵眼，让你戴耳环！"

那头猪的一只耳朵果然豁着个口子。

她骂狗："我让你们改不了吃屎的毛病，下回我还把火炭包在馒头里，烫你们的狗舌头！"

天水和青杨从这些言语中，已然明白她是如何捉弄家畜，与它们结下怨的。

乡间的路就像一个懒于洗濯的老太婆的肮脏的腰带，废纸、破

195

烂的布头、流脓的废旧电池、草棍、碎玻璃碴随处可见。让天水和青杨不能容忍的是星星点点的羊粪蛋、鸡屎和马粪。他们想丑妞的脚底板一定是用钢铁铸就的，不然她光着脚走这样的路，怎么会如此悠然自得？

房屋的影子退去了，人影和家畜的影子也消失了，他们出了伊里库。天与地顿时变得开阔起来，大片大片的庄稼地碧青青地呈现在他们面前。远方，还有一叠又一叠山的剪影，那半圆的轮廓像一座一座的拱桥，又像拉起的弯弓。一群麻雀喳喳叫着飞过去，又一群喳喳叫着飞过来。想必麻雀眼中的田野太值得歌唱了，它们的嘴始终没有闲着。

田间的路，都是羊肠小径。它不坚实，走上去就像踩着地毯，但它却是干净的，至多不过有些野草或是匍匐着的瓜秧的藤蔓。走在小径上的丑妞更加的如鱼得水，她美滋滋地说："这路有股子香味，我觉得脚下踩的是根大香肠！"

一阵微风吹来，田地中的各色作物的叶片随之舞动，使先前杨柳细腰的一丛丛站在它们身上的阳光不同程度地栽歪了身子，破碎的光影一波一波地颤动着、摇曳着，香瓜的甜香气也随着风像蝴蝶一样起舞。

丑妞领着他们绕过大片大片的香瓜地，来到了高坡上的一片西瓜地。西瓜秧还碧绿着，掩映在枝叶中的瓜也是个个碧绿碧绿的。丑妞说，西瓜还没到熟透的时候，但它一样能解渴。

"这是你家的瓜地？"青杨气喘吁吁地问。他已走得双脚发胀，皮鞋灌进了不少泥土，使本来很宽松的鞋子显得拥挤了，他的每一个脚趾都有疼痛的感觉，他很想坐下来把鞋窠里的泥土倒掉，但又怕遭到丑妞的耻笑，只得忍着。

"是不是我家的瓜地有啥呀？"丑妞不以为然地说。她从这堆儿瓜秧又跳到另一堆儿上，俯着身，在那些圆头圆脑的瓜上打鼓似的敲来敲去的，每敲一个都要叹息一声，他们明白，这瓜都是生的，这让她很失望。

天水说："这要是别人家的瓜地的话，你这就是偷瓜！偷东西是可耻的！"

丑妞直起腰，笑得前仰后合的，连花环都掉到地上了。她不是用手，而是用脚将花环勾起来，钩到腰际后，再用手拿起，重新扣到头顶。她说："谁说偷东西可耻？偷东西最快乐了！你没见偷碗柜里的鱼来吃的猫最快乐！你也没见偷鸡窝里的蛋来吃的狗有多快乐！"说完，她又俯身在瓜地上跳来跳去地选瓜，最终揪下来一个朝阳的那侧表皮微微有些泛黄的瓜，将它当成篮球投到青杨手里，像教练一样命令他："你个子最高，该你抱着，咱们去江边吧！"

"要是种这瓜的人撵上来，抓住我们怎么办！"青杨忧心忡忡地问。他觉得这瓜不是用钱买来的，拿在手里总是不妥。

丑妞说："种这瓜的人我认识，是许老黑！许老黑你们知道吗？他是伊里库最乐和的人，他不会愁，整天笑，他媳妇管他叫'许老乐'，他可大方呢，他的瓜，我们随便摘，他就是看见了也不说我们！不像马九，你要是碰落他家地里的一串土豆花，他都会心疼得直叫。我看越大方的人，他家的地收成就越好。许老黑家的地种啥收啥，不像马九，种啥啥不成，白菜爱招腻虫，苞米出穗少，瓜长得跟他的脸一样歪歪扭扭的，就连他家养的鸡和狗，也都贼眉鼠眼的样子，好像老也长不开！"

青杨和天水笑了。他们仨离开瓜地向江畔走去。路上丑妞继续发表她关于"偷"的高论，她说凡是放在住户屋子里的和院子里的东西，你若是不打招呼就拿走，那算是偷；凡是没被篱笆隔起来的直接面对着天空和大地的东西，都可以信手拈来。她还说最大的小偷就是风，它能偷花的香气，偷鸟儿的羽毛，偷江水的水汽，偷草地上的雾气，偷人身上的热气，所以着了风的人总要感冒。

天水和青杨渐渐喜欢听丑妞说话了。青杨抱着瓜，才走了几百米，就胳膊发酸，面露苦色。天水自告奋勇地接过来，然而没抱多久，也嚷胳膊酸，又送回青杨怀里。两个人把西瓜倒来倒去的，到江边时，折腾得衣衫已被汗水濡湿了。

江比他们所在的县城南郊的罗沱河要宽阔和清澈多了。罗沱河畔，是茂盛的柳树丛和壁立的青山，而这条江的两岸，青山是远远地隐藏在背景之中的，它的近景，是浩浩荡荡的庄稼地。由于没有柳树丛作为过渡带，所以江水出现在人们视野中，是突然的。你走在田间小路上，以为前方还会是碧绿的瓜地或是还未被秋风吹黄的麦田，可是一片浩渺的水波突然就晃着你的眼睛了，一条江沉静地出现在你面前了。也许是因为它太宽阔了，容纳了众多的溪流，它呈现着无与伦比的安详感，不像那些狭窄的河流，总带着股激愤的情绪，哗哗地叫得很响。江水也有声音，不过它的旋律是那种轻柔的厚重，浑和而恬静。天水和青杨被它给深深地震慑了。

天水说："真宽啊。"

青杨则说："真深啊。"

丑妞抱着西瓜，告诉他们要转过身子，她要把西瓜送到水里去。

"你送你的瓜。"天水说，"我们看江还不行吗？"

丑妞说："我在江里，你们看江就是看我。"

"你还怕看呀？"天水"嘘——"了一声。

"我不能弄湿了衣服裤子，就得脱光它们才能下江里呀。"丑妞说。

天水和青杨都红了脸，他们乖乖转过身。

天水悄声说："老哥，我估计她下到江水里，会偷偷洗洗脚，这一路她不知沾了多少鸡屎呢！"

青杨说："我看她挺牛气的，一会儿她从水里出来，你问问她，都去过什么地方？"

"你自己怎么不问呢？"天水说。

"哎呀——"青杨叫道，"她比我小，我不好问。"

"你是说我是她弟，你是她哥，哥哥和妹妹不好意思说话，就得弟弟跟姐姐说？"

青杨又"哎呀——"叫了一声，甩了甩胳膊，说："老弟，你这不是糟践老哥吗？"

天水说："就是！我老哥这么帅，怎么会看上个丑妞！"

他们悄悄议论丑妞的眼睛、牙齿、耳朵和鼻孔，总之，把她的五官贬得一无是处。他们说的时候眉飞色舞的，说完又有些怅惘，青杨甚至叹了一口气。

天水说："你说丑妞长得眼睛不是眼睛，鼻子不是鼻子的，可它们摆在她的脸上还不算太难看，真怪！"

青杨说："就像猪八戒，他那么丑，咱们还爱在电视上看他。"

天水说："爷爷不是说了吗，猪八戒的前世是天蓬元帅，丑妞是什么，她可能连天蓬元帅的马夫都不是！"

青杨正想说什么，只听背后传来丑妞的呼喊："你们转过身来吧！"她把"身"说成了"心"。

丑妞上了岸，虽然她穿上了衣裳，但仍然打着寒战，足见江水有多凉了。

"你从岸边就能把西瓜浸到水里，为什么还要下到江里？"青杨问。

丑妞说："江边的水浅，都让太阳给晒温乎了；江心的水深，太阳照不透它，水透心的凉。江心还有好多小石洞，我把西瓜放在洞里，它就不会被漂走了。"

"你能游多远？"青杨指着对岸说，"能游过去吗？"

"游三个来回都行！"丑妞得意地说，"我五岁就下江游泳，我还在里面摸过鱼呢！"她问青杨："你能游多远？"

"他不会游！"天水抢先回答。

"对，你会游。"青杨有些不高兴地挖苦天水，"能在澡堂子里游个来回。"

"反正我比你强。"天水说，"会几下狗刨呢！"

青杨不满地扫了一眼天水，然后把目光放在对岸的远山上，好像天水那番令他不悦的话已化成了他目光中的一部分，被他投到了遥远的天边上。

"你是跟谁学会游泳的？"天水问丑妞。

"跟鱼呗！"丑妞说，"你看鱼怎么游，你就怎么游嘛。"

丑妞不再打哆嗦了。她坐到沙滩上，召唤天水和青杨也歇歇脚。青杨先坐下来，他坐在丑妞的右边；天水呢，他先是坐到了丑妞的左侧，和青杨明显地分开，但他很快又站起来跟青杨并排坐着。他不想让丑妞成为中心，那样他俩不就成了她一左一右的守护神了吗？这也太抬举她了！

"你进过城吗？"青杨问丑妞。

"没有。"丑妞说，"伊里库好多孩子都进过城，我没去过。我家地龙也去过，他三岁时头上长了烂疮，进城看病，去了一个礼拜呢！"

"你不想到城里玩？"天水问。

"城里有啥好玩的？"丑妞问。

"有高楼，有水泥路，汽车多，人多，商店也多。"天水得意扬扬地说，"拉屎撒尿不用出屋，做饭不用烧柴，一拧煤气就能打出火来，还有，还有——"天水一时语塞，他求助地侧脸望着青杨。

"有电视。"青杨说，"个人家还有电话。"

丑妞扑哧一声乐了，说："在屋里拉屎撒尿，那不成了窝吃窝拉的瘫子了吗？电话我也见过，不就是人对着看不见的人说话吗？疯子才这么说话呢！这些有啥稀罕的？"

"那伊里库有啥稀罕的？"天水带着挑衅的语气问。

"你们见过白鹤吗？"丑妞问。

"没有。"青杨说。

"见过。"天水说，"在画片上。"

"对，我们在画片上见过白鹤。"青杨说，"它的脖子长长的，嘴长长的，腿也长长的。"

丑妞捡起一颗石子，"咚"地扔进江水中，看着水面绽开的一片涟漪，无限陶醉地说："我见过真的白鹤！"她歪了一下头，看了看天水和青杨，说："有一回我在松树林中采蘑菇，突然来了雨了，我就在一棵大松树下躲雨。躲着躲着，我突然发现不远处的草丛中出现了好几团白云！我就纳闷，你说云彩是天上的东西，它怎么会落到草地上呢？就是真的落下来的话，也不该是白色的呀，下雨天的云应该是灰色的云彩呀。我就盯着它们看啊看啊，后来我发现那是几只白色的大鸟！它们的脚长长的，一会儿张开翅膀飞到树梢上，一会儿又落到草地上低着头好像在找什么东西，后来我才知道它们那是找虫子吃，白鹤爱吃鱼，也爱吃虫子！"

"你怎么知道你看见的是白鹤？"青杨问。

"我回家跟我爸说了，他告诉我这种身子雪白雪白的，有着长长的腿、长长的脖子的大鸟叫'白鹤'，我爸说一般的人很难见到它们。"丑妞说，"你们说这够不够稀罕呢？"

天水毫不掩饰地叹了口气，青杨也跟着微微叹了口气，他们都有些气馁，丑妞见过白鹤，而他们却只在画片上见过。太阳向西了，它那乳黄的光芒斜斜地插在江水中，就像一片被风吹拂着的芦苇。他们心事重重地看着江水，发现江上出现了一条小船，船上站着一个穿蓝衣的男人，丑妞介绍说，这是打鱼人的船，船主叫刘守金，他是伊里库唯一不种地的男人。几年前他买了一批玉米种子，说是那玉米一株能结十几个穗。结果呢，这玉米只知道长个子，却不结玉米，他种的玉米全部绝产，气得他老婆不给他饭吃。刘守金窝囊得大病了一场。病好后，他就不种地了，他说种子看不出好坏，运气好的话，埋下的是母猪揣了崽的肚子，一家伙能给你生出一窝崽来甜和你；弄不好，埋进去的就是地雷，把你炸得血本无归。他专门打鱼，打多了就拿到城里去卖。他家的鸭子最有口福，他把那些手指大小的小鱼都喂了它们了，所以刘守金家炖鸭子，隔着几趟房的人都能闻到香味。

"他每天都能打到鱼吗？"青杨问。

"赶上运气好，一天能打上六七条筷子那么长的鱼，要是运气差，连条小鱼都捞不上来。"丑妞说，"城里来的人爱吃江鱼，我爸老在他这儿拿鱼，招待上边来的人。"

"'上边'来的人是什么人呀？"天水明知故问。

"比我爸官要大的、坐着汽车来的城里人呗！"丑妞抽了一下鼻子，说，"我发现城里人是属猪的，来这里的人都是为了个吃！吃苞米，吃西瓜香瓜，吃杀猪菜，吃鱼，吃鸡鸭鹅狗，看来城里没什么可吃的东西！"

天水和青杨又不高兴了，他们明明很想吃嵌在江心石洞中的西瓜，丑妞这么一说，他们决意不吃了。

天水首先对青杨说："老哥，我不想等着吃西瓜了，西瓜咱们天天都能吃着。"

"就是。"青杨说，"这瓜可能还不熟呢，有个什么吃头。"

他们同时站起来，准备走。这时打鱼人的船快到岸边了，刘守金在喊："丑妞，城里又来人了吧？问问你爸，要不要鱼？我今天打了四条细鳞，才出水的鱼，不给这些城里人鲜个跟头才怪呢！"

"他们今天是来吃杀猪菜的，不吃鱼！上午时宰了头猪呢！"丑妞迎着小船跑过去，"刘叔叔，你不是嫌我爸拿你的鱼老不给现钱，不再给他了吗？"

刘守金说："说是那么说，一个乡政府，能黄了我那点鱼钱？你爸说了，年底时把白条子都给我换成现钱，现在等于帮我攒着钱呢！"刘守金已经跳上岸，小船颤颤悠悠地摇晃着，使那片水域波光点点的。

天水和青杨很想去看看刚出水的鱼，不知它们是否还活着，它们长什么样，有花纹吗？可是丑妞的话伤了他们的自尊心，他们只能离开江岸。

丑妞在他们身后叫："哎，你俩不吃西瓜了？！"

他们一齐回头，同声说："不吃！"又一齐扭回头来，继续走。

"不吃就不吃！"丑妞气鼓鼓地说，"留着给江里的鱼吃！"

他们离开江岸，刚上了通往乡间的小路，却见张迷糊开着吉普车一颠一颠地找来了。张迷糊是城里最有名的敢睡着开车的司机，他似乎总也睡不够，一天到晚迷迷糊糊的，不过即使这样，他开车还从未出过事。

路太窄，吉普车的性能又差，张迷糊驾驶的车看上去就像瘸了腿的山羊，寒酸、凄凉。

未等车停稳，张迷糊的脑袋就像伸出篱笆的倭瓜一样从车窗探了出来，他说："得亏地龙领着我来，要不还找不见你们呢！快上车吧，杀猪菜都炖好了，闻着都流口水，保你们吃了这碗想着下碗！"

天水和青杨想既然不吃西瓜了，对杀猪菜也应该断然拒绝，他们可不想成为丑妞眼中的吃货。他们说："我们不饿！"

从车里跳下来一个七八岁左右的男孩，他一定就是地龙了。他瘦小极了，怀里抱着只猫。感觉他自己是只小老鼠，那只肥硕的大猫可以三下两下就把他吃了。他穿着绿色短裤，海蓝色的塑料凉鞋，杏黄色背心。他可不如他怀中的猫干净，背心上污渍斑斑，细脖子上弥漫着两片灰迹，鼻孔下一长一短地吊着两串鼻涕，头发黏糊糊地板结在一起，而露在凉鞋外的脚指头呢，个个都是板栗的颜色，黑黢黢的。

天水一见地龙的形象甚为寒碜，自己比他不知要强几倍，心情就开朗了些。他问地龙："不是说你的猫掉井里去了吗？"

"它在井里打了几个滚，扒着井沿的木框上来了！"地龙一开口说话，青杨和天水都乐了。他说起话来尖声尖气的，好像是用鼻子说话，每个字词都有股患了感冒的味道。

"地龙地龙——"丑妞提着一条鱼，一路吆喝着赶了过来，"刘叔叔送给咱家一条鱼，你拿回家去，让咱妈炖了吃！"

"你妈中午时闹你爸去了，她晚上哪有情绪给你炖鱼？"青杨对丑妞说。他这样说是想寒碜丑妞，谁知她不以为然。"我妈再和我爸闹，也不拿我们撒气。再说了，不叫城里来人，我爸晚上就能回家和我妈睡，我妈能去闹我爸吗！"也许丑妞并无意回敬青杨，但她的话在青杨听来却是字字经过预谋，像一串被风扬起的粗粝的沙砾一样打痛了他的脸。

地龙说："要送你自己回去送，我还有事呢。"

丑妞说："你有个屁事？"

地龙说："张无影回来了。"

丑妞说："这有什么稀奇的？"

地龙说："人家说他扛回了一个炸弹！"

丑妞说："瞎说吧！"

地龙说："真的！咱爸还去看了呢，我也要去看，听说那炸弹可大呢！"

丑妞说："那我也去！"她提着鱼返身跑回刘守金那儿，将鱼塞回鱼篓，说："我不吃鱼了，我要上张无影家看炸弹去！"

刘守金说："哪儿来的炸弹啊？"

"张无影扛回来的！"丑妞说。

张迷糊开着车，由丑妞引路，将四个小家伙送到张无影家。

张无影家的院子不仅聚集了人，还聚集了几条狗，可见这些狗是跟着主人来的。丑妞一进院子，那些狗纷纷夹着尾巴溜了。

炸弹更像个风尘满面的旅人，靠着院子的篱笆站着。它的个头跟丑妞差不多，玉米形状。它的身上已看不到金属的光泽，岁月的风雨侵蚀和泥土的尘封使它看上去尘垢满面，锈迹斑斑。张无影蹲在这枚炸弹下，用手指轻轻抠着那上面结了硬痂的泥土。

"吃碗面吧。"一个挺俊俏的小媳妇戴着花围裙，端着一碗热气腾腾的面条笑吟吟地走了过来，不用说，她就是张无影的媳妇了。

张无影面色青黄，他用充满血丝的眼睛湿漉漉地看了媳妇一眼，接过面，不声不响地吃起来。

"香玉，你家男人这回可是出了名了。"一个啃着青萝卜的矮个女人对张无影的媳妇说，"冯乡长不是说了吗，这炸弹是日本人遗留下来的，有价值。这事要向上汇报，还得来人给它照相做鉴定呢！我看你不能白白让他们把炸弹拿走，这炸弹是你家男人挖出来的，起码得朝他们要个三百五百的，买上几块好缎子，冬天时好做棉袄穿！"

香玉说："人家上边怎么说，咱就怎么做。要钱，咱张不开这个口。"

"听说他挖出了两颗，只扛回了一颗？"那女人接着问，"他是在哪儿挖出来的？"

"我哪知道。"香玉说，"他只说挖出了炸弹，他在哪儿挖坑，从来都不跟人说的。"

那女人龇着牙说："你是怕俺们知道地方了，把那颗扛回来卖钱？"她伸了个懒腰，叹息了一声，说："这炸弹如今比千年万年的老人参都值钱了，是不能随便告诉人它埋在啥地方。"

香玉一改脸上的温和表情，说："你怎么净把人往歪里想呢？"

"就是，一颗炸弹你也眼馋，要是它把你炸成肉酱，你也就不眼馋它了。"一个留着两撇小黑胡子的男人为香玉说话。

那女人受了奚落后自觉无趣，赌气地把吃剩的萝卜掷在地上，用脚狠狠地踩了一下，瞟了一眼炸弹，瞟了一眼香玉，走了。

天水见吉普车那儿有两个人提着瓶子转悠，就指给青杨看，说："他们看咱们的车呢。"

青杨说："他们真能喝酒，出门还提着酒瓶子！"

天水啐了一口痰，说："这帮酒鬼！"

张无影吃完了面。不知是已呈现出橘红色的夕晖的照映，还是那碗面为他注入了活力，张无影的面色看上去红润了。人们议论着这枚炸弹。有人说这炸弹在地里一待就是五十来年，可能早就成了哑巴——不会爆炸了。有人说既然伊里库发现了炸弹，证明日本人当年在这儿肯定有弹药库，他们暗中不知杀了多少中国人呢。还有人说这炸弹如今看不到任何标识和字迹，日本人能承认这炸弹是他们的吗？

丑妞说："这还不简单，把炸弹上的泥土用刀给刮掉，就能看清字迹了！"

"万一碰着了引信，把它刮爆炸了呢?！"张无影开口说话了，他的声音好听极了，像山涧流下来的溪水一样清脆。

"嗨，把它搁在江里，将它身上的泥泡透了，一搓不就下来了吗？"丑妞说。

"你以为这是给人洗澡呢。"天水说。

"就是给它洗澡嘛！"丑妞一仰脖子说，"它弄了一身的泥，你不用水给它洗，能弄干净它吗？"

一个上了岁数的老头说："这炸弹啊，也不一定是日本鬼子留下来的。当年苏联红军解放东北时打鬼子，飞机从天上可没少往下扔炸弹。赶上这炸弹是哑弹，就没炸开。"

"苏联红军投下的炸弹不能连着都是哑弹吧？"张无影反驳说，"坑里还有一颗呢，肯定是日本鬼子逃跑时丢下来的！"

老头说："这可难说了，要是赶上一个人放蔫屁，那一串屁就不会有一个响的。"

他的话把大家都逗笑了。

张迷糊觉得那土里土气的炸弹实在没什么看头，而且这个被人绘声绘色描述的本家也不如他想象的神秘、有趣，他就召唤天水和青杨上车，说是再不回去，冯乡长就会打发人来叫了。天水和青杨出来了半天时间，也乏了，肚子更是饿得跟布谷鸟似的咕咕叫，他们一呼即应地跟着张迷糊走出院子。地龙不请自来地跟在他们身后。只听丑妞数落弟弟："地龙，你真没出息！人家又没叫你去吃杀猪菜，你跟着走什么呀？真赖！"

地龙咕哝着："我又不上桌，我就是在灶房跟着惠珍姨一起吃。"

依然是中午的那间饭堂，坐在圆桌旁的也依然是那些人，不同的是那时天光明亮，如今室内却已昏暗了。桌子上已经七碟八碗地摆满了菜，既有用瓦盆装着的杀猪菜，又有凉拌猪耳、蒜茸猪肝、尖椒炒肥肠、红烧猪拱嘴、酱猪骨棒、五花肉炖豆角，总之，把猪各个部位的肉充分利用起来，成就了一桌的美味。每个大人面前都放置着玻璃酒杯，张主任正从杨乾开始逐一斟酒，酒气快活地融入肉香气中，勾起人的食欲。青杨和天水一落座，杨乾就对冯乡长说："把你家丑妞和地龙也叫来吧。"冯乡长说："乡下的小孩子怎么上得了席面！"本来抱着猫的地龙倚在门框旁悄悄打量桌子下还有没有闲着的凳子，打算随时坐过去，他爸这么一说，他彻底灰了心，转身去灶房了。

冯乡长站起身来举着酒杯说了一大堆开场白，诸如欢迎局长到来、局长到了伊里库的天都蓝了等等一番充满了嬉笑意味的吹捧的话，大家纷纷将杯子撞到一起，将第一杯酒干了。

冯乡长敬完第一杯酒，张主任给每个人又满上，纪书记站起来敬第二杯酒，他说："到了伊里库，就得按这里的规矩办事，要先干三杯！杨局长干了冯乡长敬的第一杯酒，我这当书记的敬的第二杯酒就不能不干了吧？"

杨乾一边摇头做着无可奈何的表情，一边笑着说："我可是高血压，脂肪肝，医生让我少喝酒，少吃肉，可到了伊里库，书记乡长这么高看我，我要是不干，不是辜负了你们的一番好意吗！"说着，举起杯一饮而尽，其他人也都相跟着干了杯中酒。

第三杯酒是张主任敬的，他谦卑地说自己是晚辈，虽然与杨局长接触的时间短，但感觉老局长是那么和蔼可亲、品德高尚，自己一定要好好向杨局长学习，为人民多办实事。

杨乾只有干的份了。

三杯酒落肚，大家才纷纷拿起筷子吃菜。杨乾对每道菜都赞不绝口。酒桌热烈的气氛犹如一团火焰，随着天色的转暗更加活跃起来。大家的话也多了，话语如燃烧的柴火，噼啪噼啪地响。他们一会儿议论花翅子鱼怎么做才好吃，一会儿又议论乡上的一个小寡妇，说她的戏唱得好，就是模样差了点，不然可以叫来助助兴。说着说着，他们又提起了那颗炸弹，冯乡长调侃说张无影本来要给自己找个安息的地方，没想到掘了个炸弹窝。纪书记说半个多世纪前伊里库一带曾有被逼为日本人采金子的劳工，他相信肯定有劳工私埋过金子，放在不知名的地方。他信誓旦旦地表示将来自己退休了，一定要扛着铁锹去挖金子，一夜挖成个大富翁。大家就举杯为这未来的大富翁干杯。

一瓶白酒很快就空了肚子了。张主任又启开一瓶，人们嘴上都说不能再喝了，但所有的人看着酒时，眼里闪烁的都是看待情人的那种温柔和依恋的目光。天水和青杨吃出了汗，大人们的注意力都在酒上，那些菜也就成了后宫中的娘娘——只是个陪衬了。天水和青杨窃窃私语着，酒究竟有什么好的，能让人们对它如此钟情？

"嗨，照我看，大人喝酒就是为了能说胡话。"天水说，"他们平时不敢乱说话，憋得慌，喝上酒呢，就能胡说八道了。"

青杨说："这说明他们平时不喝酒时说的话是假正经的。"

"咱们长大了也会像他们一样吗？"天水打了一个饱嗝，忧心忡忡地问。

"也许吧。"青杨叹了一口气说。

青杨的话令天水很失望，他也叹了口气。

惠珍又端上来两样菜，一盘爆炒腰花，一碗土豆炖茄子。冯乡长夹了一筷子腰花放到杨乾的碟子中，说："吃腰子补肾，老局长多吃几口！"

"我这岁数的补不补肾有什么用？"杨乾用筷子点着腰花说，"你们这些年轻力壮的多吃点！"

张迷糊已经不胜酒力，话都说不连贯了，但他依然奋勇地要酒喝，一遍遍地唠叨："酒逢知己千杯少——倒酒！"纪书记更是喝得心花怒放，他吹嘘自己年轻时是美男子，上他家提亲的人要把他家的门槛踏平了。冯乡长呢，他喝热了，脱下了那件有着四个口袋的外罩，只穿一件紫背心，裸着又黑又瘦的胳膊，用筷子敲着碗边，哼着怪里怪气的小调，说这是流传在伊里库一带的"蛇腔"，是蛇求偶时发出的叫声。只有张主任，他似是海量，敬了这个又敬那个，连干了无数杯，说话仍不走板，照样手持酒瓶恭恭敬敬地为大家斟酒。

青杨和天水嫌屋子里酒肉气太浊，正想着到外面透透气去，突然，屋子好像失了火了，本以为是瞎眼的那盏吊在饭桌上的灯泡，如今盛满了暖融融的光，把每张脸都照亮了。由于没料到电会突如其来，大多的人在沐浴光明的那一瞬间，都不由自主地抖了一下，好像遭了狗咬。

冯乡长不失时机地说："杨局长一来，真是蓬荜生辉啊。"

杨乾说："你这发电机发的电也不错嘛，光挺足的嘛！"

这电大约没见过世面，很羞涩，不经夸，杨乾的话音刚落，光焰就开始打哆嗦，顷刻间花容失色，骤然暗淡了许多。冯乡长急赤白脸地对张主任说："去看看，这电怎么发的？"纪书记说："电刚送来不稳，跟新嫁娘似的，你得容她熟悉一会儿。"

冯乡长说："它平时不稳没人计较它，今天杨局长来了，它缩手缩脚的这也太不像话了。我看这个新嫁娘啊，没见过什么世面，杨局长多担待吧！"

纪书记唱戏似的"唉——呀——"地充满韵味地叫了一声，说："冯乡长在伊里库可是太委屈了，凭你的口才，当个县长也绰绰有余啊。"

冯乡长正咧着嘴大笑着说纪书记可真抬举我，惠珍进来了。这回她换了装束，老蓝色的长袖上衣被一件翠绿的紧绷绷的短袖衫所代替，她的胸脯比先前看上去高了，浑圆而细腻的胳膊充满了性感，先前垂在肩头的短发也用杏黄色的手绢束了起来，使她生就的宽脸显得瘦削了，为她平添了几分俏丽，仿佛是变了个人。她捧来一盆碧绿的蒸豌豆，说是专门给天水和青杨的，小孩子可拿它当点心吃。

冯乡长用热辣辣的眼光看着惠珍，夸她："还是你想得周到。"

惠珍微笑着出去了。天水和青杨早已饱了，但那碧青青的豌豆又勾起了他们的食欲，他们各自抓了一把，放在桌上剥豆子吃。那豆子又香又软，又面又甜，像栗子肉，但又比栗子要细腻；像地瓜，但又比地瓜甜得微妙。他们吃了一把后意犹未尽，先后又抓了一把，他们想丑妞若是见到他们这副吃相，更得说城里人都是吃货了。

灯泡依然忽明忽暗的，笼罩着饭桌的光随之忽强忽弱，那些菜肴也就跟着变戏法似的颜色忽深忽浅的。天水和青杨实在吃不动了，他们出了屋子，去灶房找地龙。正在扫地的惠珍对他们说，地龙吃了碗杀猪菜，早就回家去了。不过地龙走了，他的猫还没走，它正懒洋洋地趴在灶台前，有滋有味地舔着脸。

天水和青杨来到院子，天还没有黑透，西边天仍有几丝淡粉的云霓，以此可窥视出先前的晚霞是多么的轰轰烈烈。夜晚的空气清爽极了，就像新煮的玉米的气息，有点微微的甜。他们都想撒泡尿，两个人去了东南角的厕所。它看上去像座破败的庙，歪歪斜斜的，用木杆搭就的。他们才走到门口，就被刺鼻的臭气给挡了回来。

"别进去了，实在太臭了。"青杨说，"万一再掉进粪坑里，那可太倒霉了。"

天水说："行，反正没人看见，咱就站在外面尿吧。"

小解完，他们觉得轻松极了。他们怕院外游荡的狗会咬着自己，所以尽管很想走远些，也不敢擅自出去，只能在院子里转来转去的。他们先去了上午宰猪的地方，那木架还在，只是猪不见了，他们想着自己的肚子里就有猪的影子，不知怎的有些害怕。他们手拉手走到房屋的西头，那里有一片枝叶婆娑的豆角地，他们走了进去。原来这片地正对着灶房的西窗。窗户竖着纱窗，上面附着飞蛾和一些不知名的虫子，不用说，是屋内的光明充当了巧手，将它们"绣"在了纱窗上。透过它，可以看见惠珍忙碌的身影。他们正想离开窗口，忽然听见灶房的门响了，跟着，冯乡长的声音飘了过来："惠珍，快脱！我闩了门了，你穿成这样，我刚才一见就憋不住了！"

惠珍说："怎么能在灶房里？"

冯乡长急切地说："快呀，我受不了了！我说出来撒尿的，一会儿就得回去！"

天水和青杨对男女之事一知半解的，他们悄悄趴在窗台上朝里张望。

冯乡长把惠珍摁到灶台上了，惠珍斜着身子，连连说："这样不行——"冯乡长就把她扳倒在地上了，好像一头凶蛮的牛撞倒了一棵青碧的柳树。灶台挡住了他们大半的身子，天水和青杨只看见了他们的小腿和脚。他们的四只脚就像漂荡在激流中，有节律地颤动着。只听他们"哎哟哎哟"地叫个不休，天水和青杨看得脸热心跳，手心都出汗了。他们想离开，但窗里的风景和声音却像两条绳子一样，捆住了他们的脚。突然，先前蹲在灶台的猫一跃而起，朝他们扑去，冯乡长的叫声变得更加怪异了，怪异得有些凄厉，他们想冯家的这只猫一定是败坏他们的好事去了。但他们的脚依然没有停止颤动，直到冯乡长又畅快淋漓地大叫了一声，那脚才像历经了一场战斗的刀枪一样，黯然静止了。

冯乡长站了起来，跟着惠珍也站起来了。

冯乡长叹了一口气，说："不叫这猫，更美！"

惠珍一边整理散开的头发一边嗔怪地说："怨不得猫，怪你嘴急。"

冯乡长说："饿了当然嘴急了，下回慢点吃。"

惠珍说："快回去吧，人家该问你一泡尿怎么撒这长时间了。"

冯乡长不无得意地说："我肾好，尿长！"

惠珍说："听说这局长答应给三革子弄低保，也答应把老梁婆子收到城里的敬老院去？"

"那是啊。"冯乡长说，"连老带少的吃了我小半头猪呢，他不给我办事说得过去吗！"

惠珍说："别唱高调了，你也是自己馋肉了，我又不是不知道。"

冯乡长说："我这是公私兼顾、一举两得嘛。"

惠珍说："剩下的前槽和后鞘叫俺男人卖了，卖多少钱他还没跟我说，反正他会交给乡里的，俺们不会昧一分钱的。还有些碎肉、排骨、肺子和猪蹄，我都给放到地窖里了。"

"你家王屠夫真是有口福！"冯乡长用手拧了一下惠珍的脸蛋，感叹道，"他白天黑天吃的都是好肉！"

惠珍笑着骂他："滚你的吧！"

冯乡长亲了一口惠珍，这才像在山坡上吃足了草的山羊一样乐颠颠地走了。

天水和青杨悄悄离开西窗，他们像两只小老鼠一样窸窸窣窣地穿过豆角地，又回到院子。他们不约而同地仰头望着天空。半轮鹅黄的月亮出现在东方，星星也如野花一样点点簇簇地在夜空中四处绽放了，让人觉得天与人间一样，在夜晚也是万家灯火的景象。只是不知月宫和星星里都住着些什么人，那里有山吗？有河吗？有火种吗？那里的人也会喝酒吗？正当他们浮想联翩的时候，突然看见一颗流星划过天际，它犹如从天庭失落的一盏明灯，顷刻就没了踪影。

"流星！"他们同时叫道。

"哎，你们俩——"他们的话音刚落，背后就传来了丑妞的吆喝，"刘四家的牛刚下了个小牛犊，你们去不去看？"

他们转过身来，说："去看！"

月光下的丑妞不像白天那样戴着花环了，她披散的头发也梳了起来，肩膀上一左一右地荡着两条辫子，显得文静多了。

"我们看见流星了。"青杨说。

"张无影过两天又得没影儿了。"丑妞说，"我们这里要是出了流星，不出三天，乡里准得死人！"

"有那么灵？"天水问。

"真的。"丑妞说，"刘老邪那瘸腿的爹死的前一天，我就看见了流星；王双和的老婆难产时，我看见了两颗流星呢，结果他老婆和她肚子里的小孩子都死了！"

青杨和天水立刻觉得流星是射向人间的一支毒箭，他们很懊恼与它相遇。

他们走出乡政府的院子后，就被此起彼伏的狗叫声所包围了。看来黑夜的狗比白天胆量大，丑妞的呵斥并没有使它们闭嘴。

想起刚才冯乡长与惠珍的所作所为，天水觉得丑妞很可怜。他很想套问一下丑妞对此事是否略知一二，谁知他没城府，自以为是试探性的问话，其实是富有针对性的，"那个做饭的女的和你爸是啥关系啊？"

青杨叫了一声"老弟"，暗中拉了一下天水的手，示意他不该这样问话。

"啥关系？"丑妞不无得意地说，"我爸是乡长，惠珍姨是个做饭的呗！"

天水"哼"了一声，说："我看你爸这个当乡长的不怎么样！"

青杨又叫了一声"老弟"，使劲捏了一下天水的手，强烈制止他说下去。可天水甩开了他的手，一副要把事情戳穿的架势。青杨情急之中只能装作肚子疼，说不去看牛犊了，要回招待所。丑妞正因为天水无端指责了父亲而心生不悦，听见青杨嚷肚子疼，就赌气地说："回就回去吧，就看你们的爷爷在城里当官，你们就瞧不起我爸，怪不得我妈说了，城里人个个势利眼，指望他们为她撑腰，那是白日做梦！"丑妞撇下他们，一个人去看牛犊了。

待丑妞走远了，青杨埋怨天水："这种事是不能说的！"

天水辩解道："我又没说真事。"

青杨责备道："跟说真的也差不多了。"

天水委屈地说："我说什么都不对，你说什么都对。"

"老弟——"青杨拍了拍天水的肩膀，"其实你比我有正义感，长大了会比我有出息！"

"老哥——"天水笑了，"你别忽悠我了。"

"咱们回去睡觉吧。"青杨说，"明早醒来后咱就回城了。"

"就是。"天水说，"伊里库真没什么意思，乡长都是个流氓，其他人还有个好吗？"

"丑妞还挺有意思的。"青杨说，"就是脾气太大了。"

天水说："她有什么好？连鞋子都不穿，将来沾着一脚鸡屎上你的床，你干吗？"

"老弟！"青杨高叫了一声，"我生气了。"

"跟你闹着玩呢。"天水连忙说。

他们回到招待所后，筵席已经散了。杨乾的呼噜声灌满了走廊。纪书记、冯乡长已不知去向，张迷糊也睡下了。惠珍听见天水和青杨的脚步声，连忙从灶房迎了出来，她柔声地说："张主任找你们去了，你们困了吧，洗洗脚睡吧。"惠珍要为他们去端洗脚水，被他们拒绝了。他们觉得让坏女人为自己做事，是可耻的。

好像电也长着眼睛似的，天水和青杨刚钻进被窝，电就来了。他们折腾了一天，乏了，很快就睡着了。惠珍悄悄进来将一个尿罐放在门口，听着小哥俩香甜温柔的鼾声，她无限怜爱地独自感叹道："小孩子睡得可真甜啊。"

天水和青杨一觉醒来，天已经很亮了。夏天的太阳就像个爱抛头露脸的女人，早把自己打扮得鲜亮亮的，招摇在天上了。

杨乾和张迷糊早已起来了，他们昨夜看上去像是两株枯败的草，经过一夜睡眠的滋润，又神奇地活了过来，看上去格外的精神。他们刚从江边散步归来，说是江边的空气好极了，要不是蚊子太凶了，他们还会多待一刻。

天空出现了云朵。有了云朵的天空就像有了伞，让人觉得有阴凉可寻了。杨乾说，早饭一过就往回返，估计中午时就该到家了。

戴着灰布帽的冯乡长一甩一甩地来了，他的腋下夹着一捆烟叶。跟他同来的，是位胖胖的面目有些迟钝的人，冯乡长介绍说这是乡人大的汪主任，专程来陪杨局长吃早饭的。他把烟叶递给张迷糊，说："给老局长放在车上吧，这烟叶比什么'中华'和'熊猫'都好抽，伊里库没啥好拿的，就当是尝个鲜吧。"

杨乾说："冯乡长太客气了。"

张迷糊去送烟叶，汪主任则去厕所了。

冯乡长小声对杨乾说："要是不让人大主任出席一下，他就闹情绪。可你让他来吧，那吃相就像八辈子没吃过东西似的！你看，这是他的老习惯了，开吃前要把屎尿打扫得干干净净的，好多装点！"

"哎，可不许这样说老同志啊。"杨乾说，"人大可是监督你们政府工作的啊。"

"那是，那是——"冯乡长有些不好意思地笑了，他指着天上的一朵云说，"瞧这朵云，像棵玉白菜，多俊！"

吃过早饭，一行人上了吉普车，杨乾正将头探出车窗和冯乡长握手话别，一辆银灰色的丰田越野车像匹骏马一样英气逼人地开进院子。车好，驾驶它的人也身手不凡，一个漂亮的急刹车，车居然晃都没晃一下。车门打开后，从副驾驶位置跳下来一个穿一身米色休闲装的中年男人，他的头发似乎打了发油，梳理得柔顺而光亮。

"哎呀！"冯乡长惊喜地大叫一声伸出双手迎上前去，紧紧握住那人的手，"宋局长大驾光临，怎么连个招呼也不打啊？我说早起时听见喜鹊叫嘛，真的是有贵客光临啊！"

"到冯乡长的地盘上还用得着提前打招呼吗？"宋局长调侃完，发现了杨乾，连忙走过去和他打招呼，"想不到在伊里库能遇见杨局长，真是有缘啊！"

杨乾只好下车来，跟宋局长寒暄道："你这水利局局长一大早往伊里库赶，是不是有洪峰要经过这里啊？"

宋局长笑了，说："杨局长还是那么风趣！我有两个来月没下乡了，这不雨季来了吗，想看看江堤牢固不牢固，防患于未然嘛！"说完，回头介绍与他同来的一位女孩，说："这是小姜，去年分来的大学生，跟着我下来熟悉熟悉情况！"

穿一套鹅黄色休闲装的肤色白皙的小姜将一只纤纤素手伸给杨乾，矜持地问候道："杨局长好。"

宋局长又发现了坐在后座上的天水和青杨，他问杨乾："是您孙子吧？"

杨乾说："一个是孙子，一个是外孙。"

"好福气，好福气！"宋局长赞叹道。

"那就不耽误宋局长检查工作了，我们回去了。"杨乾准备上车。

"哎，那怎么行！我来你走，也太不给老弟面子了！"宋局长说，"起码应该在一起喝顿酒才是啊，在城里想请您还请不动呢！"

杨乾说："我这儿的工作也完了，没事了，该回了！"

宋局长说："反正今天是双休日，您吃过午饭再往回返，天黑前准到了，不耽误明天上班的！"

冯乡长巴望着杨乾快走，可他又不得不做出挽留的姿态，"就是，杨局长，吃了午饭再走吧！"

"家里还一大摊子事呢。"杨乾说，"不留了。"

如果没有接下来发生的事情，杨乾真的也就走了。

冯乡长殷勤地问宋局长，中午想吃点什么，是江鱼、土鸡还是鹅？他好让人提前准备着。谁知宋局长一挥手说："我看勒条狗吃吧！三伏天吃狗肉，那才叫美呢！不过我可有言在先，这买狗的钱由我来出！"说着，从兜里掏出钱包，抽出一沓崭新的百元钞票，往冯乡长手里塞。冯乡长笑着说："钱我是一定要收的，不过要等到宋局长走时才能收，您先替我拿着！"杨乾觉得他们的话似乎都是针对自己而来的，他就大声对张迷糊说："对了，老张，我让你把饭钱和住宿费结了，你没忘吧？"张迷糊在人情世故上一点都不迷糊，他马上心领神会，故作懊恼地"哎呀"叫了一声，狠狠拍了一下自己的脑门，说："瞧我这臭记性，真还给忘了，我这就去结！"说着，打开车门跳了下来，朝招待所走去。

冯乡长一脸尴尬地看了看杨乾，又看了看宋局长，好像一个犯了错误的孩子要等待着两个家长的训斥和处罚，诚惶诚恐，苦不堪言。

宋局长大约也意识到刚才的举动伤害了杨乾，他又一次拉起杨乾的手，说："杨局长，您要是真回去的话，我也不检查工作了，我送您回去！"

杨乾说："只怕你送我，像旋风小子送瘸腿老汉——送得不那么痛快！我这国产破吉普跟你这进口的丰田越野车跑在一起，还不得给拉下十万八千里！"

宋局长说："您这么说，我可就真送您回去了。"

杨乾不敢得罪这个在仕途上一帆风顺的人，谁都知道他是县委书记身边的红人，他可不想在退休前让这个姓宋的到县委书记那儿奏自己一本，那可是连破吉普车都坐不上了。所以尽管心中格外厌烦宋局长，他也只能屈尊留下来陪他吃顿狗肉。

冯乡长领着水利局的一行人进屋吃早饭去了。在招待所走廊空转了一圈的张迷糊出来了。他见了杨乾啐了一口痰骂道："操，这几年发大水，省里年年往下拨款修堤坝，没见堤坝修成什么德行，倒肥了这些水利局的头头！妈的，他们的车越换越好！"

杨乾说："哎，眼馋这个干什么，人早晚有一天得两眼一闭去见阎王爷，再好的汽车，终究不过是堆废铁！"

"就是，"张迷糊说，"就像张无影挖出的炸弹，几十年前它肯定锃明瓦亮，一身的威风；现在呢，跟泥猴似的，废物一个！"

张迷糊悄声对杨乾说，这个宋局长和那个新来的大学生关系暧昧，他去哪儿检查工作都要带着她，水利局的人对此议论纷纷的。

天水和青杨不想在伊里库再待一刻了，杨乾决意留下在他们看来是很没面子的事情，所以他们被迫下车时都噘着嘴。张迷糊乐得留下，他声言自己中午要喝三碗狗肉汤，啃两条狗腿，再灌水利局那个牛烘烘的司机一斤白酒，让他晕得分不清东西南北，把车当成船，给开到江里去。

天水没有好气地说："那你干脆把四条狗腿都啃了得了，要不进了你肚子的狗还是个瘸子！"

青杨笑了，他叫了一声"老弟"，天水便将紧绷的脸松弛下来了，他长嘘了一口气，说："老哥，留下也不错，咱们一会儿看他们怎么勒死狗吧，那肯定比杀猪有意思！"

水利局的人吃过早饭后，冯乡长就陪他们去江畔巡视江堤去了。杨乾由纪书记和乡人大主任陪同，在屋子里打扑克。张主任受冯乡长的嘱托，到乡里买狗。冯乡长对他说："你先垫上钱，拿现钱买一条肥狗！哪怕花三百块钱也行！把宋局长招待好了，他就能多批给咱点防汛经费，咱这一条狗跟那经费比起来，九牛一毛！"

张主任去买狗，天水和青杨便尾随着。乡里的人家都养狗，有的人家还不止一条狗。但凡那些瘦的、毛色不润泽的、呆头呆脑的狗，都被张主任给排除在视线之外了。最后他挑中了一条黄狗，它个头高、毛发光亮、表情灵活、身形俊美。这黄狗的主人正捧着一碗面条蹲在门前吃得满面流汗的，听说张主任要牵走他家的黄狗给水利局的局长吃，他丢下面碗怒气冲冲地说："我都不舍得吃，给城里来的当官的吃，你做梦去吧！"张主任连忙说这狗不白牵，他会给钱的。那人呸了张主任一口，说："你们上回抓了葛老头子家四只鸡，说是年终给钱的，最后不是才给了一半吗？"张主任说："我这回给现钱，一次给全！"

那人立刻就不激愤了，他挤出两团干涩的笑容问张主任："给多少钱啊？"

张主任沉着地说："一百八。你知道，一条狗最多值这个价。以前，我一百三十块就买一条。看这条狗长得肥才多给你。"

那人一撇嘴说："一百八太少了！我这狗在伊里库可是数一数二的，要模样有模样，要身段有身段！少了三百，你连根狗毛也别想拿走！"他介绍这黄狗，倒像是媒婆在介绍待嫁的姑娘，听得天水和青杨嘻嘻乐了。

张主任故作生气地说："好好，这狗这么值钱，你自己留着享受吧，我找别的狗去！"张主任放开脚步，吆喝天水和青杨跟他走，说："伊里库的好狗有的是！"

那人见张主任真的走了，就飞快地撵上来，一口一个"张主任"地叫，说："那我就少要二十块，你看二百八总值了吧？"

张主任仍然嫌贵，那人就抽搐着脸把价钱降到二百五，张主任这才答应，拿出二百五十块钱给他，顺顺当当地把黄狗牵走了。

狗的脖颈上拴着皮项圈，这狗并不知道死到临头，走得乐颠颠的。才走了一会儿，那人又气喘吁吁地撵上来了，他说勒死黄狗后，那个皮项圈他还得要回来，留着养狗用。张主任不耐烦地说："又不是金项圈银项圈，值得你跟着屁股要？"

惠珍的男人王屠夫早已在院子里候着这条狗了。这回他手里没有持刀，而是拿着一条两米多长的绳子。黄狗见王屠夫和他手中的绳子，感觉大事不妙，先前还活泼张开的耳朵和快活摇动着的尾巴，全都像霜打的叶子一样耷拉下来了，它"呜呜"地缩头叫着，准备逃跑。可是张主任已牢牢地把它牵在手中了。

王屠夫朝手心吐了一口唾沫，接过拴狗的绳子，生拉活拽地把狗弄到院门口的一根水泥石柱下。这石柱的顶端吊着一个大喇叭，大概这喇叭久已不用，已被鸟做了窝了。石柱的中端，固定着一个铁质滑轮，而石柱的下端，附着斑斑驳驳的陈年血迹，看来在这石柱下毙命的狗已经不止一条了。

王屠夫麻利地将手中的绳索挽了个扣，套在黄狗的脖子上，然后垫着木墩，跷脚将绳索穿到滑轮下，从木墩上蹦下来，吆喝围观的人："闪开——闪开——"他站在地上奋力唰唰唰地拉起绳子，黄狗就像漩涡中的一片落叶一样被拉得团团转。它凄厉地叫着，疯狂地扭动着四条腿，逐渐地像一条被钓出水面的鱼一样给提了起来。它的身体不像在地面上是横着的了，而是竖着的了，好像它已把天空当成了道路。黄狗叫得越来越哀，越来越沙哑，越来越微弱，与此同时，它的眼睛暴突出来，舌头像一片花瓣似的从口中脱落出来，它的四肢也不再抽搐了，而是像干枯的树枝一样僵直地垂着——它死了。它的嘴角流出一缕血来，仿佛它曾收藏了人间的一缕晚霞，在它告别之时，又把它吐了出来。

一个欢蹦乱跳的狗这么快就死了。天水和青杨哀伤极了。王屠夫将狗从水泥石柱上落下来，拖它到昨天宰猪的地方，剥它的皮，肢解它。苍蝇又嗡嗡叫着来寻美味了，它们对杀戮总是报之以喝彩。

"我不想吃它的肉。"青杨说。

"我也不吃。"天水说，"我宁愿饿着！"

他们不再看王屠夫在黄狗身上轻灵地用刀，他们百无聊赖地找到一处比较干净的地方，席地而坐，用木棍画了一个“十”的图形，玩起了“天下太平”的游戏。青杨用作棋子的是四粒石子，而天水用的则是四块碎玻璃碴。玻璃能反射阳光，所以天水一运棋时，他的手指就闪闪发光，好像他长着金手指似的。

他们大约玩了一个小时，地龙来了。地龙加入了他们的行列，他从灶房取来四粒黄豆做棋子，豆子很“圆滑”，他常常捏不住“棋子”，就骂它们是贼，只会溜。往往是棋子一落下来，他的鼻涕也跟着出来了，他就一次次地把鼻涕抽回去。他不能输，一输就要哭，天水和青杨只好变着法让他赢。

太阳快走到中天了。从灶房里飘出烀狗肉的香气。只见张主任忙三迭四地一会儿从外面提进灶房几条鱼，一会儿又提进来一只鸡，午饭的丰盛可想而知了。

他们玩腻了“天下太平”，就围作一团说话。

青杨问地龙：“‘伊里库’是什么意思啊？”

地龙说：“这地名又不是我起的，我怎么知道！”

青杨说：“那你姐姐一定知道吧？”

地龙一扭脖子说：“她也不见得知道！”

天水觉得青杨这是变着法打听丑妞呢，他冲青杨挤了一下眼睛，问地龙：“你姐呢？”

“上张无影家去了。”地龙说，“她说要给炸弹洗澡去，好看看它身上的字。我爸不让她去，说是就是洗出了字，也是日本字，她又不认识。可我姐不听。”

青杨微妙地叹息了一声，说：“你姐可真犟，想干什么就干什么。”

他们正说到落寞处，场院里来了热闹。一个穿蓝衣的男人牵着一条狗来了。跟着，一个穿花衣裳的中年妇女也牵来了一条狗。只短短五六分钟的时间，已有七八个人牵着狗进了院子。狗的主人嚷着要见张主任，而那些被牵着的狗则因为这意外的相逢而忙碌着，它们有的彼此友好地贴着脸，有的则充满敌意地互相咬着。

天水和青杨跑了过去。原来张主任花二百五十块现钱买了黄狗的事被主人炫耀出去，很快传扬开来，大家都觉得这买卖划得来，纷纷来卖他们的狗。眼见着围观者越来越多，陪杨乾玩牌的纪书记只得出来调停，他劝他们回去，说是一天也用不了这么多条狗，将来需要了，再找他们去。可那些人就是不走，人人都说他们家的狗适宜吃肉，急得纪书记满面汗流的。幸而张主任这时回来了，听明事情原委后，他不慌不忙地从兜里掏出一个小本子，又摸出一支笔来，说："什么事都得有个先来后到。这样吧，按先后顺序先登记一下，然后你们把狗牵回去等消息！"那个穿蓝衣的男人兴奋得脸颊都红了，他尖声叫道："我是头一个牵狗来的！"于是张主任就在本子上把他的名字写在最前面。第二第三的登记也很顺利，轮到第四第五个人时，他们发生了争执。年轻的说他是第四，年老的说他是第四。年轻的说他进院子时，年老的在他身后，而年老的说虽然他比年轻的落后几步，可他牵着的狗比年轻人牵着的狗走得要靠前，这是卖狗，又不是卖人，得以狗的前后为准吧？张主任有些不耐烦了，他说："好了好了，并列第四！"就这样，只用了短短几分钟时间，就将狗的主人的名字排好了顺序，大家这才像揣了一份保险单似的四散了。人走了，他们的狗也自然跟着走了。

纪书记酸溜溜地对张主任说："倒是张主任年轻，有魄力，跟冯乡长走南闯北的见识多，能把问题这么快就解决了！"

张主任说："哪里，我这不过是雕虫小技！"

纪书记的脸拉长了，他想说什么，嘴唇嚅动了许久，那些话最终还是被他咽了回去，他神色黯然地接着陪杨乾打牌去了。

谁家的驴受了委屈似的呜呜咽咽地叫了起来。地龙说驴这是在叫午。只要太阳走到天中央，它就会扯着脖子叫，好像太阳会赐给它食物似的。果然，太阳正当头顶。水利局的车回来了，冯乡长陪着宋局长一行下了车，他们纷纷去了厕所。跟着，杨乾、张迷糊和纪书记等人也接二连三地出来上厕所。地龙说，这些人只要一上厕所，酒筵就要开始了。似乎是为了验证地龙的话似的，张主任过来招呼天水和青杨去吃饭，他们就说自己不想吃狗肉，张主任说："那就吃别的，菜多着呢。"

这回天水和青杨是被安排到灶房的一张小方桌上吃饭的，他们也不喜欢和大人聚在一起，听他们说那些似是而非的酒话。地龙搬来三个圆凳，他们一人坐上一只，围在桌前，拿起了筷子。菜都是用小碗盛的，天水和青杨对狗肉和鸡肉一律不碰，只吃了少许的鱼和芹菜。地龙呢，他对狗肉情有独钟，把一小碗全都吃了。

吃过饭，地龙提了一只空酒瓶，带着天水和青杨去灶房西窗下的菜地捉蝈蝈。明明听见蝈蝈在豆角叶片上叫，可他们奔过去，声音就消失了；有一刻他们甚至看见了它站在金黄色倭瓜花上的翠绿的身影，可他们扑过去，它又无影无踪了。他们扑落了很多豆角花，又踩烂了好多大头菜的菜心，踏破了无数葱管，可善于奔跳的蝈蝈总是能逃脱他们的手，让他们的瓶子只装着些虚飘的阳光。

惠珍听见他们在菜地闹得凶，就跑到西窗前吆喝地龙："你把菜地都糟践了，我拿什么做饭？"

地龙说："拿我的鼻涕，给他们炒盘大鼻涕吃！"

天水和青杨虽然没受到责备，但他们觉得惠珍训斥地龙，也就是不满意他们，遂出了菜园，每人捡了一颗石子，去打水泥石柱喇叭里的鸟窝。正打在兴头上，猛听得"轰——"一声巨响，大地仿佛颤抖了一下，招待所的玻璃窗也被震得"哗啦啦"地响。张主任跑出来问地龙："什么响？"地龙说："我怎么知道？"张主任嘟囔道："肯定是谁偷着使炸药炸鱼了。"说完，不以为然地回屋了。

天水他们接着砸鸟窝，最终把它给捣毁了。他们正为此欢呼着，打鱼人刘守金上气不接下气地唤着："冯乡长——冯乡长——"跌跌撞撞地进了院子。

他一见了地龙就瘫倒在地上，断断续续地说："快、快叫、你、你爸，丑妞、出、出事了。"

地龙去叫父亲时，酒筵正在高潮。杨乾、宋局长已喝得面呈猪肝色，张迷糊虽然声称下午开车返城要少喝点，但是谁给他倒酒，他都来者不拒。那个姓姜的女大学生喝了一大碗狗肉汤，肤色愈发显得白皙润泽了。纪书记喝得舌头大了，乡人大主任喝得暗中松了两次裤带，冯乡长呢，他借着酒劲赞美小姜比演员还受看，他明白，赞美小姜，比直接拍宋局长的马屁作用要大。小姜被说得娇羞地低下头来，愈发惹人怜爱了。

地龙告诉父亲丑妞出了事时，冯乡长还以为她让狗咬了或是崴了脚，就一摆手轰他出去："去去去，找你妈去！"

地龙说是刘守金来报告丑妞出事的，姐姐出了多大的事他不知道，因为刘守金栽歪在院子里起不来了。冯乡长知道大事不好，连忙撤下酒杯出了屋子。

刘守金一见冯乡长眼泪就下来了，他拍着腿说："冯七啊，你还喝啊，你没了闺女了！丑妞让炸弹炸死了！"刘守金哭得鼻涕都流出来了，"丑妞被炸得七零八落的，我只捡着一条胳膊，在我的渔船上呢！"

原来，丑妞真的去了张无影家，央求他把炸弹扛到江岸，张无影答应了。他们把炸弹放置在江心的一处石缝中，那时刘守金正在撒网，还帮了他们的忙。张无影待丑妞安置好炸弹后就侍弄他家的庄稼去了，丑妞到岸上去采野花。她说采了野花，编了花环后，这个泥人似的炸弹就可以洗了。刘守金划着船往上游走，继续撒网。撒完网，他在上游抽了一颗烟，又顺流而下回到伊里库渡口。当他的小船快到渡口时，只听得江面传来巨大的爆炸声，好像江底钻出了一头怪兽，把江面搅得一片喧嚣沸腾，波浪翻卷，水花飞迸，他的小船也摇摆起来。他意识到是那颗炸弹爆炸了，担心丑妞出事了，就加快划船的速度。当他到达出事现场后，一看见江水中那隐隐的血色和漂浮着的花布碎片后，他就明白丑妞已死了。他想找到她的尸首，然而只在江水转弯的地方找到她的一只胳膊，有一刻他还看见探进江水的几丛芦苇挂住了一个圆圆的东西，他以为那是丑妞的头颅，可过去一看，原来是个西瓜！

天水和青杨明白，那西瓜一定是昨天丑妞放到江心的那个，爆炸力像一只手，将它从石缝中托了出来。他们想在江水中拔了一天一夜的西瓜，一定比冰还要凉吧——就像他们此刻的心。

江岸上聚集了很多闻讯赶来的乡民。冯乡长的老婆坐在沙滩上已哭得气息奄奄，一帮女人也陪着她哭；冯乡长则像只饥渴的水鸟似的一次次地冲入大江，声嘶力竭地呼唤："我的丑妞——"人们就得一次次地将他从江水中拉回来。泊在岸边的小船微微摇荡着，人们已将爆炸引起的一些游荡到岸边的漂浮物打捞上来，丑妞的一只脚，几团粉红的碎肉，被炸死的鱼，炸弹的金属碎屑，连同刘守金找到的那只胳膊，都被装在小船里。

太阳依然将它的光明洒在江水、大地和山峦上。宋局长和杨乾满嘴酒气地走过去安慰乡长的老婆。他们刚说了两句话，就被那女人给骂了回来："你们滚！不叫你们来，我男人能天天陪我们娘儿们在家，丑妞也不会出事！"宋局长和杨乾只能讪讪走开，又去安慰冯乡长。冯乡长倒是没骂他们，他哀哀地听着他们重复了多遍的"节哀保重"一类的话，痴痴地看着江水，什么也没有说。

宋局长和杨乾只能选择告辞。走前，宋局长掏出五百元钱给张主任，说："一点心意，给冯乡长的爱人买点营养品。"

杨乾的兜里只有一百多块钱，他觉得拿不出手，尤其是在宋局长面前。杨乾将张迷糊拉到一旁问他要，张迷糊说只有五十多块钱。杨乾很生气，问他为什么出门不多带些钱。张迷糊说："哪个干部下基层带钱啊，谁能预料出了这档子事呢！"最终，他们凑了二百元给了张主任，也请他转达他们的哀思和慰问。

宋局长一行先上了车，走前他颇为无奈地握着杨乾的手说："这酒没喝痛快，下回吧！我就不陪你们了，接着去前开乡看看那里的防汛去！"

宋局长这是由伊里库去沿江的另一个乡了，天水和青杨想前开乡也要有一条狗遭殃了。

张迷糊驾驶着破吉普车，载着杨乾、天水和青杨离开了江岸，离开了伊里库，离开了背后的哭声和那条不忍目睹的渔船。他们很快进入到森林原野之中。那些绿树和野花又扑入他们视野之中了。

"妈的，这趟来得可真晦气！"张迷糊说。

"是够晦气的。"杨乾长长地叹了一口气。

吉普车内的气氛显得格外沉闷，杨乾不再说话，张迷糊也只是闷闷地开车，丑妞的死已使他们酒醒了大半。天水和青杨也不说话，他们在后座一左一右地将头探到车窗外，看着林中飞鸟一样的树叶和在花间翩跹的蝴蝶。就这样了无情趣慢悠悠地走了两小时后，太阳已经偏西了，杨乾打起了呼噜，张迷糊也呵欠连天的，他把不稳舵了，车子开始像蛇一样游走。天空呈现着微微的橘色，劳作了一天的太阳要给自己披上一件金色的霓裳，以最美的姿态与天空作别了。

吉普车突然怪叫了几声，骤然停了下来。张迷糊踩了好几次油门，也没打着火，他看了一下油表指示仪盘，说："怎么他妈的没油了，破车真是耗油！"他趴在方向盘上迷糊了片刻，突然抬起头骂："准是伊里库这帮王八蛋偷了我油箱的汽油！他妈的，乡下人就爱偷汽油去洗他们被油弄污的烂衣裳！"

天水和青杨回忆起，昨天吉普车停在张无影家门口时，他们确实看见有人提着瓶子围着吉普车转悠，当时他们还以为那是酒鬼呢。

张无影肯定又扛着铁锹失踪了。这次他会把自己的墓地选在哪里？他还会再回到伊里库吗？

杨乾睡着了，张迷糊也睡了。他们睡在途中的吉普车上，竟像婴儿睡在摇篮中一样安稳。

天水和青杨打开车门，走到林间的草地上。这片草地处于洼地，隐约可见几片清亮的水色在闪烁。他们一直向前，忽然，在被夕阳笼罩的草地上，突然出现了几团雪白的云朵！它们悠然游动着，像几朵绽开的白莲花！他们抬头看了看天，天上也有云朵，不过那里的云朵比草地上的云朵要大，而且懒洋洋的。而草地上的云朵娇小柔美，妖娆绮丽地变幻着身姿。他们放慢脚步，慢慢地接近那几朵云。他们看见了在画片中看见过的事物：几只白鹤游动在草地上，它们身躯雪白，有着长长的脖颈，长长的脚，长长的嘴。它们在自己的天地中自由自在地游走着，看上去是那么的无忧无虑！

　　天水和青杨想起了丑妞所描述的有关见到白鹤的情景，他们再也控制不了自己的泪水了，一任它们像一串连着一串的删节号一样滑过脸颊。他们多么希望白鹤能衔住他们的泪滴，把它带到天庭去，因为他们相信，丑妞已是天上白云中的一朵了。

2004 年

图书在版编目（CIP）数据

日落碗窑 / 迟子建著 .—北京：作家出版社，2021.9（2024.2 重印）
（迟子建作品）
ISBN 978-7-5212-1172-6

Ⅰ.①日…　Ⅱ.①迟…　Ⅲ.①中篇小说－小说集－中国－当
代　Ⅳ.① I247.5

中国版本图书馆 CIP 数据核字（2020）第 217487 号

日落碗窑

作　　者	迟子建
策　　划	省登宇
责任编辑	周李立
装帧设计	好言好羽
出版发行	作家出版社有限公司
社　　址	北京农展馆南里 10 号　　邮　　编：100125
电话传真	86-10-65067186（发行中心及邮购部）
	86-10-65004079（总编室）

E-mail:zuojia @ zuojia.net.cn
http://www.zuojiachubanshe.com

印　　刷	北京盛通印刷股份有限公司
成品尺寸	145×210
字　　数	210 千
印　　张	7.375
印　　数	16001-19000
版　　次	2021 年 9 月第 1 版
印　　次	2024 年 2 月第 4 次印刷

ISBN 978-7-5212-1172-6
定　　价：49.80 元（精）